« Un délicieuse introduction hot et sexy
à une série prometteuse. » *— Library Journal*

NE MANQUEZ PAS LE PREMIER TOME
DE LA SÉRIE *WILD SEASONS*
DE CHRISTINA LAUREN

Par les auteurs du best-seller
BEAUTIFUL BASTARD

Cette inoubliable idylle au bureau qui est devenue
un classique international de la romance.

Beautiful Bastard • *Beautiful Stranger* • *Beautiful Bitch*
Beautiful Sex Bomb • *Beautiful Player* • *Beautiful Beginning*
Beautiful Beloved • *Beautiful Secret*

« ...délicieusement érotique... » *— EW.com*

« Du sexe torride et une tension brûlante. » *— RT Book Reviews*

« Du sexe merveilleux et torride. Du sexe qui donne envie de ne pas aller travailler. Du sexe ardent, dans le genre : viens par ici, dépêche-toi parce qu'on risque de se faire attraper. »
— Heroes and Heartbreakers

« La perfection absolue. »
— Katy Evans, auteur de best sellers du New York Times

À PROPOS DE WILD SEASONS - SAISON 1

Sweet FILTHY BOY

« Une aventure touchante totalement folle et surprenante de réalisme... L'alchimie [entre Ansel et Mia] est incroyable. Le duo qui se cache derrière le nom de Christina Lauren m'a soufflée ! »

– RT Book Reviews (Sélection du mois, « Excellence »)

« J'ai eu le cœur battant de la première à la dernière page... À lire absolument ! »

– Fangirlish

« Une intrigue délicieusement érotique que vous allez adorer ! »

– Martini Times Romance

« Lire Christina Lauren m'a ramenée à ma jeunesse, mes premiers émois, ma soif d'aventures. Je vous défie de ne pas tomber sous le charme d'Ansel, en particulier de son accent français à couper le souffle ! »

– HernyCavill.org

« Si vous appréciez les intrigues super sexy et les histoires d'amour malicieuses de Christina Lauren, vous ne serez pas déçu(es) par celle-là. Ansel est tellement... miam. »

– The Rock Stars

« Les fans de Christina Lauren se réjouissent à l'idée de dévorer leur nouvel opus. Si vous cherchez une lecture torride, ne cherchez plus, vous avez trouvé : *Sweet Filthy Boy* est votre livre. »

– Harlequin Junkie

« Personne n'écrit des romances contemporaines comme Christina Lauren. Avec *Sweet Filthy Boy*, émotion garantie. »

– Bookalicious

« C'est officiel : je serais capable de lire la liste de courses de Christina Lauren si j'en avais l'occasion. Ces filles ont décrit le fantasme du garçon français comme je n'avais jamais eu l'occasion de l'imaginer... »

– *That's Normal*

« La combinaison parfaite entre le récit d'un coup de foudre et une histoire d'amour torride ! Christina Lauren est mon premier choix quand je suis d'humeur à rire et à m'émouvoir, une romance sexy entre les mains. »

– *Flirty and Dirty Book Blog*

« Ansel est la perfection incarnée. Le genre d'homme que deviennent les jolis garçons qui nous ont fait vibrer pendant l'adolescence. Et il parle français... Que dire de plus ? »

– *Too Fond of Books*

« Drôle. Sexy. Captivant. *Sweet Filthy Boy* était à la hauteur de mes attentes. »

– *The Autumn Review*

« *Sweet Filthy Boy* fera trembler votre cœur de lectrice. Christina Lauren a le don de vous faire chavirer dans une histoire, de vous faire ressentir toutes les émotions imaginables : la joie des personnages, la tristesse quand ils ont le cœur brisé... Sexy, malin, mignon, extrêmement addictif et plein d'humour. »

– *Literati Literature Lovers*

« Drôle et adorablement charmant... Le voyage [de Mia et d'Ansel] est tendre, sexy, déchirant parfois, et tellement réussi ! »

– *Heroes and Heartbreakers*

« Je reconnais un roman de Christina Lauren à leur humour caractéristique et aux scènes plus torrides les unes que les autres. Le jeu de rôle des personnages est sexy comme jamais, sans faire l'impasse sur la légèreté. J'ai sérieusement envisagé d'aller en France pour trouver mon propre Français, beau et obscène comme Ansel. Mon mari ne le prendrait pas mal, si ?! » – *Three Girls and a Book Obsession*

« *Sweet Filthy Boy* est un grand livre. Vraiment... Ce roman est d'une simplicité désarmante, ce qui le rend parfait. Le lecteur ne s'enlise pas dans des rebondissements complexes ou une dramatisation excessive. C'est une romance pleine de tendresse, de moments sexy dans l'intimité de la chambre à coucher. Une combinaison gagnante. »

– *Sinfully Sexy Book Reviews*

« *Sweet Filthy Boy* a tout d'une grande romance. L'amour, la passion, les bouleversements, l'humour sont parfaitement dosés. Ajoutez à ça un style extraordinaire. Je ne vois pas quoi demander de plus. »

– *Bookish Temptations*

« Le facteur tendresse est à 110%. Les moments d'intimité, les sentiments, les traits d'esprit à mourir de rire sont tous réunis. Et le sexe... Seigneur... le sexe. Christina Lauren sait décrire les scènes érotiques comme personne. J'étais si émoustillée que je ne pouvais m'empêcher de regarder mon mari comme un inconnu. Si seulement il parlait français ! »

– *Nicely Phrased*

« Ce livre possède... tout. Des situations horriblement gênantes à mourir de rire. Du badinage plaisant. Des sentiments. La bonne dose d'aventure. Des bribes de français sexy – vie parisienne, art, nourriture. Tout en français. Tout tellement sexy. Un type magnifique en costume. Un type magnifique en boxer. Un type magnifique tout nu. Seigneur ! Christina et Lauren prouvent encore une fois leur talent immense, leur alchimie créative indéniable, leur sensibilité romantique, leur capacité à inventer des intrigues délicieusement salaces. »

– *Nestled in a Book*

Du même auteur

CHRISTINA LAUREN

Série Beautiful

Beautiful Bastard

Beautiful Stranger

Beautiful Bitch

Beautiful Sex Bomb

Beautiful Beginning

Beautiful Beloved

Beautiful Secret

Série Wild Seasons

Sweet Filthy Boy

Dirty Rowdy Thing

Dark Wild Night

Wicked Sexy Liar

Wild SEASONS

SAISON 2

Dirty ROWDY THING

Gallery Books
Division de Simon & Schuster, Inc.
1230 Avenue of the Americas
New York, NY 10020

Cet ouvrage est une fiction. Toute référence à des événements historiques, des personnes réelles ou des lieux réels cités n'a d'autre existence que fictive. Tous les autres noms, personnages, lieux et événements sont le produit de l'imagination de l'auteur, et toute ressemblance avec des personnes, des événements ou des lieux existants ou ayant existé, ne peut être que fortuite.

Première édition en poche de Gallery Books commercialisée en novembre 2014.
GALLERY BOOKS et colophon sont des marques déposées de Simon & Schuster, Inc.

Couverture : création et photographie : © Pixdeluxe/iStockPhoto

Ouvrage dirigé par Isabelle Solal
Collection New Romance dirigée par Hugues de Saint Vincent
© 2015, Editions Hugo Roman
Département de Hugo & Cie
38, rue La Condamine
75017 Paris
wwwhugoetcie.fr

ISBN : 9782755617405
Dépôt légal : juin 2015
Imprimé en France par Corlet imprimeur, S.A
N° d'imprimeur : 172007

NEW ROMANCE

CHRISTINA LAUREN

Wild SEASONS

SAISON 2

Dirty ROWDY THING

Roman

Traduit de l'anglais (États-Unis)
par Léna Roméo

Hugo Roman

À nos pères,
Pat et James, pour nous avoir soutenues
même dans nos aventures les plus folles.

Chapitre 1

Harlow

JE FRANCHIS EN TROMBE LES PORTES du premier Starbucks trouvé sur mon chemin, après m'être échappée du lit où dort encore le second pire coup de mon existence. Pour me réveiller, il me faut un café et un croissant. Et vite ! Sans aucun doute, ils seront aussi insipides que le type d'hier. Toby Amsler : un dragueur né, sexy, membre de l'équipe de water-polo de UCSD par-dessus le marché. Toutes les qualités requises pour me faire monter au septième ciel, et pourtant...

Publicité mensongère puissance mille.

Parce que je suis une experte en la matière. Les mecs entrent tous dans l'une des trois catégories de base : le tombeur, l'incompris, le petit garçon à sa maman.

La gamme du *tombeur,* d'après mon expérience, est très variée : rock star enchaînant les conquêtes, quarterback musclé, parfois même geek au charme irrésistible. Leurs atouts au lit ? En général, des mots cochons et une endurance à toute épreuve. Je suis fan.

L'*incompris* est souvent un artiste, un surfeur discret ou un musicien émotif. Ces types savent rarement quoi faire, mais ils sont prêts à se donner du mal pendant des heures.

Le petit garçon à sa maman est le plus facile à repérer. À La Jolla, il conduit la Lexus de seconde main de sa mère et la brique tous les jours. Ce genre de mec enlève ses chaussures avant d'entrer quelque part et te regarde toujours dans les yeux quand il te parle. Au lit, le petit garçon à sa maman n'a pas beaucoup de qualités mais, au moins, il a tendance à être consciencieux.

Toby Amsler s'est avéré être un mélange rare et étonnant de petit garçon à sa maman *et* de tombeur. Un échec total. Après un affreux cunni type aspirateur, il a touché le fond quand sa mère est entrée à six heures du matin dans sa chambre – sans frapper – avec une tasse de thé et des Cheerios. Nul besoin de préciser que ça n'a pas été le réveil le plus glorieux de ma vie !

Je ne sais pas pourquoi je persiste à m'en étonner. Malgré ce que les films et les chansons veulent faire croire aux filles, les mecs sont *tous* nuls au pieu. Orgasme féminin ? Jamais entendu parler. Les garçons espèrent en apprendre sur le sexe en regardant du porno, alors que tout est fait pour l'angle de la caméra et non pour le plaisir de la fille. De toute façon, elle est payée pour s'extasier. Quand on baise, c'est à l'intérieur que ça se passe, pas sous le regard d'une caméra. Les mecs l'oublient toujours.

Le couple devant moi met des plombes à commander. Le garçon demande :

– Si on n'aime pas le café, qu'est-ce que vous conseillez ?

Probablement pas un coffee shop, ducon. Mais je me retiens de tout commentaire. Après tout, ce n'est pas de la faute de ce mec en particulier si tous les hommes sont des bons à rien ou si je suis frustrée et grognon. En temps normal, je ne dramatise pas. Mais c'est une matinée de merde, j'ai besoin d'un break.

Les yeux fermés, je respire un bon coup. Voilà, ça va mieux.

J'avance d'un pas en observant l'étalage des pâtisseries. Elles ont l'air dégoûtantes.

Et puis je bats des cils en apercevant le reflet dans la vitrine.

C'est... impossible ! Finn Roberts ? Juste derrière moi ?

Je me penche en faisant mine de m'intéresser aux cheesecakes... C'est bien Finn. Je réfléchis à toute vitesse. Que fait-il en Californie ? Pourquoi n'est-il pas à Vancouver ? Où suis-je ? Est-il possible que je rêve... de Finn Roberts dans le lit de Toby Amsler ?

C'est un mirage. Mon cerveau déraille totalement. Ce matin, je donnerais mon bras gauche pour un orgasme, *voilà pourquoi je pense à Finn, n'est-ce pas ?* Finn Roberts, la *seule* exception à ma règle des trois catégories. Finn Roberts, mon ex-mari d'ivresse à Vegas, si doué de ses mains, de sa bouche *et* de sa bite, qui m'a fait jouir tant de fois que j'ai cru m'évanouir.

Finn Roberts qui s'est avéré être un connard, par ailleurs.

Mirage. Impossible que ce soit lui.

Mais quand je m'aventure à jeter un coup d'œil pardessus mon épaule, je réalise que c'est *vraiment* lui. Sa casquette bleue de marin cache en partie ses yeux noisette encadrés des plus longs cils que j'aie jamais vus sur un homme. Il porte le même T-shirt vert, avec le logo de l'entreprise de pêche de sa famille, que le jour où je suis tombée sur lui à San Diego il y a un mois environ. Il a croisé ses bras bronzés et musclés à la perfection sur son large torse.

Finn est *ici*. Bordel. Finn est *ici*.

Je ferme les yeux en ronchonnant. Mon corps a cet affreux réflexe : immédiatement, je me sens fondre, brûler, je me cambre comme s'il se collait à moi. Je me souviens de la première fois où je l'ai vu à Vegas. Ivre, je l'ai pointé du doigt et j'ai lancé, assez fort pour que tout le monde l'entende : *Lui, je le baise ce soir.*

Ce à quoi il a répondu dans le creux de mon oreille : *Tu es mignonne. Mais c'est moi qui vais te baiser.*

Et je sais pertinemment que si j'entends sa voix grave, calme comme de l'eau dormante, rauque par nature, je serais capable d'avoir un orgasme en plein Starbucks Café.

Malheur. J'aurais dû aller jusqu'à Pannikin pour prendre mon petit déjeuner, comme d'habitude. Je reste sans voix. Mia, l'une de mes meilleures amies, plaisante toujours en disant que je ne suis silencieuse que si je suis surprise ou énervée. Ou, comme à l'instant, les deux.

Une fille maigrichonne me hèle :

– Voulez-vous goûter notre mocha épicé à la citrouille ?

Toujours sous l'effet de la surprise, j'acquiesce.

Attends, quoi ? Non, ça a l'air dégoûtant ! La partie fonctionnelle de mon cerveau me hurle de commander ce que je prends toujours : un grand café noir sans sucre. Mais, pétrifiée, je regarde la serveuse inscrire ma commande au marqueur sur un mug en carton. Je n'ai d'autre issue que de lui tendre la monnaie puis de ranger mon portefeuille dans mon sac.

Un peu calmée, je m'appuie au bar pour attendre mon café. Finn me repère et sourit :

– Salut, Gingembre.

Impassible, je lui jette un coup d'œil. Il ne s'est pas rasé ce matin, l'ombre laissée par sa barbe naissante promet bien des dangers. Son visage est bronzé, après un été entier à travailler sur l'océan. Mes yeux s'attardent sur lui, parce que – soyons réalistes – il serait dommage de ne pas profiter de l'occasion pour l'admirer avant de lui dire d'aller se faire foutre.

Finn est bâti comme les héros de bande dessinée qu'affectionne Lola. Larges épaules et taille fine, avant-bras puissants, jambes musclées. Il donne l'impression d'être inébranlable, comme si sa peau dorée recouvrait des couches de titane. Bon sang, ce type travaille avec ses mains, transpire, baise comme si c'était sa vocation. Il a été élevé par un père qui attend de ses fils qu'ils sachent pêcher avant toute chose. À côté de lui, tous les mecs que je connais font figure de mauviettes.

Il sourit et hoche la tête :

– Harlow ?

Sa casquette cache en partie ses yeux, mais je remarque qu'ils s'écarquillent imperceptiblement. Un regard, et me voilà harponnée. Je ferme les yeux et secoue la tête pour reprendre mes esprits. Me pâmer d'admiration, je veux bien, si les conditions s'y prêtent. Mais je déteste sentir que mon indignation, très justifiée, dérive lentement vers un sentiment plus doux. Harlow, reprends-toi !

– Attends une seconde.

Je réfléchis à ma réponse. Perplexe, il fronce les sourcils. Enfin, il me semble. Cet homme est un mystère, son expression est la même, qu'il soit perplexe, impatient, frustré ou concentré. Pas facile à déchiffrer.

– Ok...

Voilà le problème : après nos aventures matrimoniales à Vegas, je suis allée le voir. Je suis arrivée à Vancouver (à Vancouver !) nue sous un trench-coat. *Surprise !* On a baisé pendant dix heures d'affilée – dans toutes les positions, en criant très fort. On a dû baptiser à peu près toutes les surfaces planes de son appartement. Quand je lui ai dit que je devais rentrer, il a souri et m'a appelé un taxi. Il venait de jouir sur mes seins et il a *appelé un taxi* pour me ramener à l'aéroport. Qui s'est arrêté juste derrière le pick-up Ford F-150 rouge cerise de Finn.

J'en ai conclu calmement qu'on ne s'entendait pas si bien que ça, même pour un plan cul transfrontalier, et j'ai arrêté de penser à lui.

Alors pourquoi sa présence m'irrite-t-elle autant ?

La serveuse propose la même boisson spéciale à Finn, qui lui répond par une grimace et commande deux grands cafés noirs.

Ça m'énerve encore plus. *J'aurais dû* réagir comme ça.

– Qu'est-ce que tu fous dans *mon* coffee shop ?

Il écarquille les yeux et ouvre la bouche, l'air incrédule.

– C'est *toi* la propriétaire ?

– T'es perché, Finn ? N'importe quoi ! C'est un *Starbucks.* Ce que je veux dire, c'est qu'il se trouve dans ma ville, dans mon quartier.

Je mens.

Il ferme les yeux en éclatant de rire. Un rayon de soleil illumine son visage, en particulier sa barbe, et j'imagine la sensation sur ma peau... *argh !*

Le regard noir, je hoche la tête.

– Qu'est-ce qui est si drôle ?

– J'ai pensé une minute que ce Starbucks t'appartenait *vraiment.*

Je roule des yeux, attrape mon café et me dirige vers la sortie.

Devant ma voiture, j'étire le cou, roule des épaules. *Pourquoi suis-je aussi affectée ?*

Ce n'est pas comme si je m'étais attendue à ce qu'il me ramène en calèche quand je suis arrivée sans prévenir dans sa petite maison du bord de mer. J'avais déjà couché avec lui à Vegas, j'étais d'accord pour ne pas en faire des tonnes. Pas d'attachement. Évidemment, j'étais venue pour sa bite. En réalité, j'avais besoin de la confirmation qu'il était aussi bon au lit que dans mon souvenir.

Et c'était tellement *mieux.*

Bien sûr, la nuit que je viens de passer avec Toby Amsler, à ce point décevante, m'empêche d'être aussi pragmatique et calme qu'à l'ordinaire. Ma rencontre fortuite avec Finn se serait passée très différemment si je ne venais pas de quitter le lit du premier mec avec qui j'ai couché depuis le Canada – deux mois déjà ! – pour un résultat plus que douteux.

J'entends des pas et me retourne quand une main puissante me saisit l'avant-bras. Finn m'a attrapée plus fort qu'il n'en avait l'intention et résultat, mon monstrueux café à la citrouille se renverse par terre, à quelques centimètres de mes chaussures.

Je lui lance un regard exaspéré et jette le mug vide dans la poubelle.

– Oh, ça va... (Il me tend le café qu'il a acheté pour moi.) Ce n'est pas comme si tu comptais boire ça. La dernière fois, tu as catégoriquement refusé de goûter à mon cappuccino vanille.

Je prends le café qu'il m'offre, marmonne des remerciements et regarde ailleurs. Je me comporte exactement comme le genre de fille que je n'ai jamais voulu devenir : rejetée, martyrisée, en rogne.

– Pourquoi es-tu si énervée ?

– Je suis préoccupée, c'est tout.

Je l'ignore, il continue :

– Est-ce parce que tu as pris la peine de venir mi-juillet jusqu'à Vancouver Island, chez moi, uniquement vêtue d'un trench-coat, et que je t'ai baisée comme un fou ?

Je sens poindre un sourire dans sa voix – il ne croit pas vraiment à cette éventualité.

Il a tout à fait raison.

Je me fige et l'examine en détail.

– Tu veux dire le jour où tu n'as pas pris la peine de t'habiller pour me conduire à *l'aéroport ?*

Il cligne des yeux et secoue la tête.

– J'ai loupé une journée entière de travail quand tu es venue. Je ne fais *jamais* ça. Je suis parti travailler à la minute où le taxi a démarré.

C'est... nouveau. Le regard ailleurs, je me dandine d'un pied sur l'autre.

– Tu ne m'as pas dit que tu devais travailler.

– Si.

Je sens ma mâchoire se contracter d'irritation.

– Non.

Il soupire, retire sa casquette et se gratte les cheveux avant de remettre son couvre-chef.

– D'accord, Harlow.

– Qu'est-ce que tu fais ici, d'ailleurs ?

Tout à coup, je comprends : Ansel est venu voir Mia, nous devons tous nous retrouver pour la soirée d'ouverture de la boutique de bandes dessinées d'Oliver,

Downtown Graffick, demain. Finn le Canadien, Ansel le Parisien, Oliver l'Australien déjanté : nos mariés de Vegas. Alors que nous avons tous les quatre rectifié le tir en annulant, Mia et Ansel ont décidé de rester mariés pour de bon. Lola et Oliver sont devenus amis, ils partagent une même passion pour les bandes dessinées et les romans illustrés, ça aide. Donc, Finn et moi n'avons pas vraiment le choix. Nous sommes condamnés à faire partie de ce petit groupe.

– Ah, c'est vrai ! Le vernissage d'Oliver, ce week-end. Voilà pourquoi tu es venu.

– Je sais que *Seventeen* et *Cosmo* ne se battront pas en duel pour assister à la soirée, mais tu devrais passer. La boutique a l'air sympa.

Je porte la tasse de café à mes lèvres. Café noir, brut. Parfait.

– Bien sûr que je compte passer ! J'aime beaucoup *Oliver*.

Souriant, il s'essuie la bouche.

– Donc tu es en colère à cause du taxi ?

– Je ne suis pas *en colère*. Ce n'est pas une querelle d'amoureux, nous ne sommes pas en train de nous disputer. La matinée a mal commencé, c'est tout.

Il plisse les yeux et me dévisage de la tête aux pieds. Son regard est si perçant que je rougis. Son sourire revient – il a deviné que je n'ai pas dormi chez moi.

– Tes cheveux sont emmêlés, mais tu sembles tendue, malgré tout. C'est intéressant. Tu as l'air de ne pas avoir obtenu exactement ce que tu voulais...

– Sans blague !

Le sourire aux lèvres, Finn s'approche d'un pas et me regarde de côté.

– Je peux arranger ça. Si tu me le demandes gentiment.

J'éclate de rire, le repousse de la main en caressant au passage son torse musclé.

– Va-t'en !

– Parce que tu en as envie ?

– Parce que tu dois prendre une douche.

– Écoute, dit-il en riant. Je ne vais pas te poursuivre si tu continues à me dire non, mais on va sans doute être amenés à se voir de temps en temps. On devrait se comporter comme des adultes, tu ne crois pas ?

Sans attendre ma réponse, il se détourne et j'entends le bruit léger de l'ouverture des portes du pick-up.

Il s'éloigne, j'en profite pour lui faire une grimace et un doigt d'honneur. Puis, le cœur battant, je m'immobilise. Finn monte dans le même pick-up rouge cerise que la dernière fois. À une différence près, il est couvert de poussière et de crasse accumulées après des heures de route.

Ce qui soulève une question : s'il ne vient que pour le week-end, pourquoi a-t-il pris la peine de conduire de Vancouver à San Diego ?

Je ne dispose pas de beaucoup de temps pour y réfléchir : mon téléphone vibre dans ma poche. J'ouvre le message de ma mère :

`Peux-tu venir à la maison tout de suite s'il te plaît ?`

EN CAS DE PROBLÈME, je suis toujours là.

À quatre ans déjà, après avoir cassé le collier préféré de

ma mère, j'ai passé trois heures à tenter de le recoller dans ma cabane. Bien sûr, j'ai surtout réussi à me mettre de la colle plein les doigts. Au lycée, quand Mia a été renversée par un camion qui l'a laissée presque paralysée, j'ai passé l'été à lui tenir la main. La pauvre avait un plâtre des orteils à la hanche. Je savais qu'elle aurait forcément besoin de moi à un moment ou un autre. J'étais là pour elle. Je lui ai apporté des DVD, des magazines débiles d'adolescents. Je lui ai fait les ongles, je me suis évertuée à introduire subrepticement les choses les plus étranges possibles dans sa chambre – de l'alcool, son petit ami Luke et même son chat – pour obtenir un sourire d'elle. Quand le père de Lola est parti en Afghanistan, surtout quand il est revenu, bouleversé, différent, et quand la mère de Lola les a abandonnés pour de bon, j'ai fait les courses pour eux, j'ai cuisiné, je les ai épaulés comme je pouvais. Quand Ansel et Mia ont rompu, j'ai tout fait pour favoriser leur réconciliation.

Quand mes amis ont besoin de quelque chose, je n'hésite jamais. Quand quelqu'un que j'aime ne parvient pas à résoudre un problème, je trouve une solution. Pour le meilleur ou pour le pire.

Je me gare dans l'allée, entre dans la maison et m'assieds à côté de ma petite sœur, dans notre salon spacieux et *chaleureux*. Ce soir, l'ambiance est inhabituellement lourde – alerte maximale. Dans la famille, nous sommes tous des grandes gueules. Pourtant, le silence règne. Je devrais peut-être dire bonjour, briser ce calme angoissant. Les rideaux sont ouverts, mais la brume qui monte de la mer contribue à la morosité ambiante.

Ma famille est, et a toujours été le centre de mon existence. Quand mes parents se sont mariés, ma mère était une actrice en vogue. La carrière de mon père n'a décollé que plus tard, pendant mes années de lycée. Pendant mon enfance, mon père et moi voyagions d'un plateau de cinéma à l'autre avec ma mère. Jusqu'à la naissance de ma sœur, Bellamy – j'avais alors six ans – nous vivions l'aventure tous les trois.

Toujours plein d'énergie créative et de passion, mon père est l'incarnation de l'intelligence émotionnelle et de l'amour débordant. Ma mère gère tout de A à Z, c'est la force tranquille de notre famille. Mais là, assise à côté de mon père, elle agrippe sa main avec une expression que je ne lui connais pas. La sueur perle sur son front.

Ils vont peut-être nous dire qu'ils vendent la maison. (Je m'allongerai au milieu de la voie privée jusqu'à ce qu'ils oublient cette idée.) Qu'ils déménagent à Los Angeles. (Je ferai une crise monstrueuse.) Que leur couple va mal, qu'ils ont besoin de faire une pause. (Je ne sais même pas comment je réagirais.)

Je demande doucement :

– Que se passe-t-il ?

Ma mère ferme les yeux, respire un bon coup puis déclare en nous regardant bien en face :

– J'ai un cancer du sein.

Après cette annonce, je n'arrive plus à me concentrer sur ses paroles. Je comprends tout de même que la tumeur de ma mère mesure trois centimètres et qu'ils ont trouvé des cellules cancéreuses dans les ganglions lymphatiques. Mon père a remarqué une boule pendant qu'ils prenaient une douche ensemble un matin – je suis tellement soulagée qu'il l'ait trouvée que cette information ne me dégoûte pas. Elle ne voulait pas nous en parler avant d'en savoir plus. Elle a opté pour une mastectomie, puis une chimiothérapie. Elle doit se faire opérer... dans trois jours.

Tout va beaucoup trop vite, mais pour moi, qui règle toujours les problèmes, c'est trop lent. Les questions fusent dans mon esprit : as-tu demandé un deuxième avis ? En combien de temps seras-tu sur pied après l'opération ? Quand commenceras-tu la chimio ? Quels médicaments prendras-tu ? Mais je suis trop abasourdie pour savoir si cette pluie de questions est la réaction appropriée.

Quand mon père raconte qu'il a trouvé la grosseur, Bellamy éclate de rire puis se met à pleurer à chaudes larmes. Pour la première fois de sa vie, pendant qu'elle décrit sa situation, ma mère a l'air d'un automate. Une fois n'est pas coutume, mon père reste silencieux.

Voilà donc la question : comment *se comporte-t-on* quand la personne qui se trouve au centre de votre monde vous annonce qu'elle est mortelle ?

Après nous avoir donné toutes les informations, et promis qu'elle se sentait forte, *bien, vraiment bien*, ma mère nous informe qu'elle a besoin de rester seule un moment. J'ai du mal à respirer. Vu l'expression décomposée de mon père, il est au trente-sixième dessous.

Bellamy et moi regardons *Clue*, le son presque au minimum. Elle se blottit contre moi. Mon père a disparu dans le couloir. Je fais défiler les sites Internet parlant du cancer du sein stade trois sur mon téléphone en emmagasinant les informations. Le générique de fin défile et l'écran est devenu noir avant que je réalise que le film est terminé.

MAIS JE NE PEUX RIEN FAIRE. Ma mère ne veut rien nous laisser faire, elle ne me donne même pas la moindre chance de *prendre soin* d'elle. Elle veut que nous « puissions vivre nos vies » sans que sa maladie « monopolise nos pensées ».

On dirait qu'elle a oublié qui nous étions, papa et moi.

Quelques heures après cette annonce, son cancer est devenu *une chose*, une entité vivante qui prend autant de place dans la maison que n'importe lequel d'entre nous. Je n'arrive pas à penser à autre chose, je ne vois que ça quand je la regarde. Je suis incapable de me décider à faire quoi que ce soit d'autre.

Ma mère me tire de mes pensées :

– Je croyais que Lola organisait une soirée tout à l'heure.

Elle est dans son état normal, peut-être un peu plus fatiguée. Je l'observe râper du fromage. Elle me jette un coup d'œil par-dessus son épaule. Faire à dîner un vendredi, c'est un classique. Seulement, ce soir, nous la regardons tous les trois cuisiner en nous retenant de lui suggérer de s'asseoir, de se détendre et de nous laisser lui apporter quelque chose à manger.

Elle nous tuerait.

– C'est *vrai*... (Je vole quelques morceaux de fromage.) Mais je reste ici.

– Absolument pas. (Elle se tourne vers moi et me lance son regard le plus persuasif.) La boutique d'Oliver ouvre demain.

– Je sais.

– Tu sors et tu dors chez toi ce soir, insiste mon père. Ta mère et moi allons au cinéma. Quand nous rentrerons à la maison... (il fait mine de danser derrière elle) tu n'auras aucune envie d'être là le reste de la nuit.

Oh Seigneur! Je me bouche les oreilles, Bellamy baisse la tête et se cache sous le bar.

– Tu as gagné. Mais demain, on fait un truc tous les quatre.

Je me suis efforcée de prendre un ton léger, de réprimer la panique qui monte en moi. Je n'ai pas envie de m'éloigner de ma mère. Mon père acquiesce et me sourit courageusement.

Je ne l'ai jamais vu aussi bouleversé.

POUR ÊTRE TOUT À FAIT HONNÊTE, sortir fait un bien fou. Le pire, c'est d'imposer à ma mère nos expressions inquiètes et affligées, de scruter le moindre de ses mouvements. Mon père m'a assuré que j'aurai mon rôle à tenir dans les semaines et les mois à venir. Ça me va. Bellamy est adorable mais elle n'a que dix-huit ans, et c'est une catastrophe ambulante. Chaque micro-événement l'angoisse comme s'il s'agissait d'un tremblement de terre. Elle a décroché le rôle de la fille *« restons positifs ! »* alors que je suis celle qui gère tous les problèmes. Je serai la fille qui conduira ma mère aux rendez-vous, posera beaucoup trop de questions, s'occupera d'elle quand mon père devra travailler et, probablement, la rendra folle.

Mais en l'occurrence, à l'instant présent, je me sens affreusement mal.

En dehors de ma famille, les seules personnes que j'ai envie de voir, ce sont mes meilleures amies.

Le nouvel appartement de Lola doit *vraiment* la changer de la résidence universitaire. Je m'attendais à ce qu'elle s'installe chez moi après l'obtention de nos diplômes, mais elle avait envie de vivre dans le centre-ville. Chaque fois que je lui rends visite, je comprends. Son appartement au nord de Gaslamp Quarter, dans une tour géante, toute neuve, offre un confort de roi : des pièces gigantesques et une vue imprenable sur le port. Pour couronner le tout, il est situé à deux blocs du Donut Bar. La chance !

– Harlowwwwwww !

On hurle mon prénom de l'autre côté du grand salon. Tout de suite, quatre bras m'enlacent. Deux appartiennent à Lola, deux à London, la colocataire de Lola. C'est la jeune fille américaine la plus adorable qui soit : cheveux blond cendré, taches de rousseur, fossettes, grand sourire. Le tout rehaussé de lunettes d'intello sexy et de vêtements extravagants. Ce soir, par exemple, elle porte un T-shirt Tardis, une jupe verte à pois jaune et des chaussettes à rayures blanches et noires qui lui arrivent au genou. Lola a choisi une robe noire rétro à la Bettie Page. À côté des maîtresses de maison, nous avons tous l'air ringards.

Je me blottis dans le cou de Lola – j'en ai besoin – et je lance :

– Salut, Lola-London !

Lola murmure dans mes cheveux :

– On dirait le nom de scène d'une strip-teaseuse.

London éclate de rire. Je m'écrie :

– Un Lola-London on the rocks, s'il vous plaît.

– Eh bien, réplique London en désignant le frigo dans la cuisine, nous pouvons l'inventer ce soir. J'ai acheté de tout. Des softs, de l'alcool, des bières, des cacahouètes et... (elle ferme les yeux, lève la main comme pour saluer l'assistance et hurle) des *Fritos !*

On sonne à la porte, elle s'éloigne pour ouvrir. Je hoche la tête.

– J'aime cette fille.

– Quelqu'un m'a dit qu'il y avait une fiesta dans cette *casa !*

Je me retourne en entendant la voix profonde d'Ansel, teintée par son accent français. Pendant un instant, le bruit alentour diminue, puis tout le monde l'applaudit en éclatant de rire. Il porte un sombrero rempli de tortilla chips. Parce que c'est un adorable imbécile.

Mia fonce vers moi et m'enlace.

– Ça va ?

J'ai appelé Lola et Mia un peu plus tôt pour leur annoncer la nouvelle. Elles me connaissent assez bien pour anticiper l'énorme crise d'angoisse qui m'attend.

Je cligne des yeux devant la danse bizarre d'Ansel.

– Hum... Tu sais...

Elle s'éloigne un peu pour m'examiner en silence. Puis elle décide, et elle a raison, que je suis ici pour me distraire, pas pour parler de ma mère. Nous observons Ansel offrir les chips de son sombrero à tout le monde. L'enfant qui sommeille en lui est bien vivant, il lui donne de sacrés coups de pied.

Je désigne sa tête.

– Pourquoi le...

Mia me coupe.

– Aucune idée. Finn et lui sont allés boire des bières tout à l'heure, il est rentré avec. Il le porte sans arrêt depuis et l'a déjà *rechargé* trois fois. Mais attention les filles... (elle récupère une bière dans le frigo) le beau gosse m'appartient.

Au moment où Mia prononce son prénom, je repère Finn de l'autre côté du salon. Il a dû venir avec eux.

Il rit à une plaisanterie d'Ansel, il n'en faut pas plus pour que mon estomac se retourne. Finn ajuste sa casquette de base-ball, contracte ses biceps – et mon corps s'enflamme. Je descends la moitié de ma bière pour me reprendre. Le liquide froid éteint mon feu intérieur.

– Je ne savais pas que Finn viendrait ce soir.

Mais à quoi pensais-je ? Qu'ils le laisseraient tout seul chez eux ? Finn est une complication supplémentaire que je n'ai pas envie de gérer maintenant. Je ne peux pas.

Mia décapsule sa bière et m'observe, un sourire dans les yeux.

– Ça ne te dérange pas, j'espère.

Hypocrite, par-dessus le marché. Sacrée bande d'amies défaillantes.

– Bien sûr que non.

– Tant que ta libido ne se déchaîne pas, c'est ça ?

Je glousse.

– En effet.

Lola me frotte le dos puis hoche la tête. Elle va rejoindre les gens qui s'apprêtent à jouer aux cartes.

– Tout va bien par ici ?

– Ouais. Je vais rester un peu là et vous regarder vous amuser comme des folles.

Après s'être assurée que je n'ai pas besoin de compagnie, Mia la suit et je me retrouve seule dans cette cuisine abondamment éclairée, à observer le groupe autour de la table. Ansel se lèche le pouce et commence à distribuer, avec une maîtrise certaine, les cartes à chaque joueur. Je me sens un peu perdue, comme si je ne devais pas être là, mais je n'arrive pas non plus à me convaincre de rentrer chez moi. Ma peau me démange, il fait trop chaud dans cet appartement.

Quelqu'un passe derrière moi, je me retourne. Et je me retrouve nez à nez avec un type à la crête décolorée qui récupère un saladier dans le frigo.

– Un choix intéressant. Passion punch !

Il éclate de rire et hoche la tête. Il est plutôt canon, dans le genre un peu destroy, mais quand il sourit, ses dents sont parfaitement blanches. Un hippie de La Jolla. Bien sûr.

– Tu as déjà goûté ? On dirait du jus de fruits !

Le punch, une nouveauté amusante ? C'est donc bien un hippie de La Jolla.

Je lui tends la main :

– Harlow. Si tu as envie de jus de fruits, tu peux en boire, tout simplement.

Il remue le cocktail avec la louche.

– Le jus de fruits, ce n'est pas si excitant que ça.

Il ajoute :

– Not-Joe[1].

– Nacho ?

– Non. *Not. Joe.* Oliver est mon nouveau patron. Il m'appelle Joey. Il se fout de ma gueule comme un kangourou, parce qu'il est australien. Ce n'est pas mon prénom non plus.

J'attends qu'il me donne son vrai prénom Oliver ne doit pas connaître Joe depuis assez longtemps pour l'appeler Not-Joe – mais il ne me le révèle pas.

– Donc, on t'appelle Not-Joe ?

– Ouais.

– Tout le temps ?

– Ouais.

– D'accord. Enchantée.

---

1. Surnommé Not-Joe par Oliver, même si ce n'est pas son vrai prénom.

Même si je crains que Not-Joe ait autant de neurones qu'un poisson rouge, il m'est sympathique. Il porte un short large et un T-shirt. Il a l'air ravi, surexcité d'être là, de faire la fête avec nous.

– Donc tu vas travailler à la boutique ?

Il acquiesce et avale une énorme gorgée de punch. J'ajoute :

– Demain, c'est le grand jour.

– Ça va être tellement bien. Oliver est un boss en or. Ou plutôt, je suis sûr que ce sera le cas. Il est tellement détente...

Je jette un coup d'œil à Oliver de l'autre côté de la pièce. Il est si concentré sur sa main que ses cartes sont sur le point de prendre feu. Contrairement à Finn, qui ne fait pas attention à son apparence même si ses cheveux sont toujours courts et qu'il est bien rasé, le sex-appeal d'Oliver tient avant tout à son élégance. Je n'arrive pas à savoir si tout est aussi facile pour lui en réalité. Je sais que c'est un travailleur acharné. Ouvrir une boutique de bande dessinées à trente ans à peine, dans l'un des quartiers les plus en vue de San Diego, ce n'est pas rien. Il ne doit pas être aussi « détente » que Not-Joe l'espère.

Je reviens sur le hippie.

– Tu vas faire quoi là-bas ?

– Vendre des BD, des choses comme ça.

J'éclate de rire. Livré à lui-même, ce type doit être un danger public.

– Tu veux dire que tu es vendeur ?

– Ouais. Mais je vais aussi m'occuper de la compta.

Il chantonne.

– La com-pta !

– Ôte-moi d'un doute, Not-Joe, tu es complètement bourré ?

Il se fige et semble réfléchir intensément.

– Oui.

– Tu veux boire un ou deux shots ?

Parce que je n'ai aucune envie de coucher avec Not-Joe. La deuxième chose que je préfère faire avec les mecs, c'est de les regarder s'enivrer.

Nous alignons deux verres et les avalons cul sec. Finn se lève, jette ses cartes, retire sa casquette et croise les bras. Il se gratte la tête puis remet son couvre-chef. Je le trouve tellement sexy, c'est agaçant. Il lève les yeux, me repère dans la cuisine avec Not-Joe et fronce les sourcils. Il marche vers nous.

– Oh merde...

– C'est ton mec, Hulk ? demande Not-Joe.

– Pas du tout.

– Ah bon ? Tu as vu comme il te regarde... Un prédateur. (En transe, il frissonne.) Je vais aux toilettes.

– Merci.

Je lui suis reconnaissante de s'éloigner quand Finn arrive à côté de moi et s'appuie sur le bar.

Ce soir, mon armure est craquelée – je veux dire mon enthousiasme social, ma confiance en moi, mon aisance. Ce soir, je sais que tout ne va pas bien pour les gens que j'aime. Une petite alarme sonne dans ma tête : parler à Finn dans cet état-là est une très mauvaise idée. On finira par se disputer ou par baiser. Finn est rigoureusement dépourvu de tendresse. Mais je me refuse à battre en retraite, même quand je sens la chaleur de son corps si près de moi. Sa casquette enfoncée sur sa tête dissimule son regard, je dois analyser sa moue pour interpréter son attitude. Jusque-là, il a l'air... ennuyé, irrité, pensif ou à moitié endormi.

– Drôle de te trouver ici.

– Finn...

Je hoche la tête.

Il me sourit. Que sa bouche charmeuse et lui soient damnés !

– Harlow.

Instinctivement, je me mords les lèvres.

Impossible de discuter de tout et de rien. Je ne suis pas sûre de pouvoir encaisser sa rudesse. J'ai le cœur à vif. Finn ne rentre dans aucune des catégories de mecs que je connais. En un sens, il me met au défi.

Il est difficile à déchiffrer, mais j'adore le regarder. Ça a beau être une très mauvaise idée, je me sens incapable de lui résister.

Se disputer ou baiser.

Après tout, ces deux options me semblent plutôt chouettes.

Chapitre 2

Finn

IMPOSSIBLE DE ME RAPPELER la dernière fois où je suis allé à une soirée organisée par des jeunes débiles de moins de 25 ans, plus ou moins ivres et/ou défoncés. En général, je n'aime pas sortir. Je suis venu uniquement pour voir Ansel. Certes, à Vegas, nos retrouvailles entre mecs ont dégénéré en chaos matrimonial. Mais, dans la mesure où l'on se voit peu souvent, j'essaie de profiter de toutes les occasions. C'est donc par le plus pur des hasards que je me retrouve, gobelet en plastique à la main, si près d'Harlow Vega que je pourrais la toucher. Pour la première fois depuis des mois, l'adrénaline monte dans mes veines.

Éprouver du plaisir en sa compagnie ou avoir envie d'elle ne me surprend guère.

En revanche, son attitude m'étonne. Volontairement isolée du reste de la fête, elle traîne dans la cuisine avec un employé d'Oliver, ivre mort. Nous avons eu beau nous marier à Vegas et passer un week-end endiablé sur l'île de Vancouver, je ne sais presque rien d'elle. Mais je *connais* ce type de filles-là. Il suffit qu'il y ait une table, dans une soirée, pour que les filles dans son genre montent dessus, s'y allongent ou y dansent comme sur un podium.

– Pourquoi n'es-tu pas en train d'écraser tout le monde au poker ?

Harlow hausse les épaules, me prend par la taille pour m'empêcher de bouger et ouvre le placard au-dessus de ma tête.

– Je ne suis pas d'humeur ce soir. (Elle fronce les sourcils en jetant un coup d'œil au placard plein à craquer.) Pourquoi sont-elles si peu ordonnées ? Seigneur !

Je souris en la voyant déplacer des verres.

– Tu vas réorganiser leur cuisine ? À cette heure-ci ?

– Peut-être.

Ses cheveux auburn lui encadrent le visage, elle repousse une mèche et monte sur la pointe des pieds pour atteindre l'étagère la plus haute, m'offrant une vue plongeante sur son cou longiligne. Immédiatement, je m'imagine le sucer et y laisser une traînée de petites marques, de l'oreille à la clavicule.

Je contemple ses épaules nues.

– Préoccupée ce matin, pas d'humeur ce soir.

Elle saisit deux verres à shot propres et, pour toute réponse, me dévisage. Soudain, je me souviens de la chaleur de son regard hypnotique – des yeux qui semblent marron mais dont la couleur s'approche plus de l'ambre – et de la tentation de ses belles lèvres pulpeuses. Elle ouvre une bouteille de tequila de bonne qualité et sert deux verres.

– Je vois que Not-Joe a beaucoup d'influence sur tes états d'âme. Mais tu devrais peut-être ralentir sur les shots avec un mec qui a percé son propre pénis.

Honnêtement, quand Oliver m'a raconté cette histoire, j'ai failli m'étouffer. Harlow allait *me* tendre un shot quand sa main se fige.

– Il... quoi ?

– Deux piercings. Un sur la verge, l'autre sur le gland.

Elle cligne des yeux.

Je me penche légèrement vers elle, son regard fixé sur ma bouche me fait vibrer.

– D'après Oliver, quand Not-Joe se bourre la gueule, ce n'est pas sans « conséquences ».

Harlow quitte ma bouche des yeux et me toise, avant de désigner du menton la table où les gens continuent à jouer aux cartes.

– Et toi, tu me proposes d'aller jouer aux cartes avec des gens qui obligent le perdant de chaque main à boire des shots de jus de tomate-palourdes ?

Je frissonne.

– Encore mieux que ça. C'est de la Budweiser *avec* du jus de tomate-palourdes. Ça s'appelle de la Michelada. Elle doit être tiède à présent.

Sa grimace ressemble à s'y méprendre à celle de ce matin, quand la serveuse du Starbucks lui a proposé un mocha épicé à la citrouille. Complètement horrifiée. Et dire qu'elle a *acheté* le café aromatisé...

– Qui a pu inventer ça ? Il y a vraiment des gens qui boivent ce truc et qui l'apprécient ?

J'éclate de rire.

– Tu sais, contre tout attente, je trouve ton côté diva très amusant.

Incrédule, elle demande :

– Parce qu'être dégoûtée par un mélange de Budweiser, de jus de tomates et de *palourdes* fait de moi une diva ?

Apparemment, je suis assez ivre pour chanter le refrain de la seule chanson de diva qui me vienne à l'esprit : « I Will Always Love You ». Je lève mon shot et le bois cul sec.

Harlow me regarde comme si j'avais perdu la tête, mais j'ai réussi à la faire sourire. Malgré son air perplexe, ses yeux pétillent.

– J'espère que tu n'as jamais envisagé une carrière de chanteur ?

Je m'essuie la bouche.

– Ce n'est rien. Tu devrais m'écouter jouer du piano.

Elle plisse les yeux.

– C'est une citation des Smiths, n'est-ce pas ?

– Ah bon, tu connais ? Ça m'étonne. Ce ne sont pourtant pas des paroles de P. Diddy.

– Je vois que tu as une super estime de moi.

– Tout à fait.

La tequila me monte à la tête, ma poitrine brûle de l'intérieur. Je me penche pour sentir son parfum. Son odeur est chaude, sucrée, épicée. Une fragrance de plage, de crème solaire et de chèvrefeuille. Ces cinq dernières minutes, j'ai plus discuté avec Harlow qu'au Canada. Je suis assez surpris : elle a la répartie facile et, par-dessus le marché, de l'humour.

– Mon impression te concernant évolue à toute vitesse, maintenant que tu n'es plus seulement un joli visage entre mes jambes.

– Tu es un enfoiré de première classe, Finn.

– Depuis qu'on parle, notre horizon ne cesse de s'élargir.

Elle avale son shot en grimaçant.

– Ne t'affole pas, chaton. Notre arrangement me convient parfaitement.

– Quel arrangement ?

Elle ressert deux autres shots.

– On s'insulte ou on baise. Je préfère l'option baise.

– Moi aussi.

Elle me tend le deuxième shot – j'ai déjà bu trois bières avec Ansel, c'est mal parti.

– Pourquoi es-tu venue chez moi, d'ailleurs ? Je n'ai jamais eu l'occasion de te poser la question. Tu as passé ton temps à me mettre ta chatte devant la bouche. Ta visite était... inattendue.

– Mais géniale ?

Elle lève les sourcils, certaine que je ne vais pas la détromper.

– Bien sûr.

Cette fois, elle se lèche la main, verse un peu de sel entre le pouce et l'index et semble réfléchir.

– Honnêtement ? Je crois que je voulais m'assurer que je n'avais pas rêvé à Vegas.

– Parce que le sexe était tellement bon ?

– Ouais.

– Pour moi aussi.

– Je sais.

Elle lèche le sel, avale son shot et attrape du citron sur le comptoir pour le sucer avant de murmurer :

– Dommage que le propriétaire de ce pénis soit un tel connard.

– C'est vrai.

– Tu es marrant. (Elle semble me voir pour la première fois.) Tu es vraiment marrant, je ne m'y attendais pas.

– Toi, tu es *ivre.*

Elle claque des doigts devant mon visage.

– Ça doit être ça ! C'est la tequila qui te rend aussi marrant.

J'éclate de rire.

– Soudain, tu as l'air de meilleure humeur.

– J'ai des problèmes, j'essaie de ne pas y penser. De plus... (elle lève son verre vide) *ça, ça* aide vraiment.

– Tu en as bu combien ?

– Assez pour calmer mes inquiétudes mais pas assez pour me faire tout oublier.

C'est une réponse sinistre pour une fille d'ordinaire aussi sexy, insouciante et enjouée. Mais je ne connais rien de la vie d'Harlow. Je sais seulement que c'est une petite fille de riches et qu'un sacré paquet de petits garçons de riches doivent lui faire la cour. Je sais qu'elle est toujours là pour ses amies Lola et Mia, qu'elle a tendance à vouloir aider tout le monde et qu'elle a énormément contribué à la réconciliation d'Ansel et de Mia. Mais en dehors de ça, rien. Je ne sais même pas ce qu'elle fait comme travail. Ni si elle travaille d'ailleurs...

– Tu veux en parler ?

– Non.

Elle avale un autre shot. C'est à ce moment-là que mon téléphone vibre dans ma poche, la satisfaction de l'ivresse disparaît soudain au profit d'une vague d'angoisse. Je n'ai pas besoin de vérifier pour savoir qu'il s'agit du message que j'attendais. Chez moi, mon frère cadet Levi est en train de mener une opération pour vérifier la sécurité du plus gros bateau de notre flotte, le *Linda,* ainsi nommé en l'honneur de notre mère. Je suis prêt à parier que les nouvelles ne sont pas bonnes.

`Problème de timonerie, plus rien ne fonctionne.`

Bordel.

Je crève d'envie de lui crier ma colère tout de suite, pourtant, je me retiens de répondre. Je glisse mon téléphone dans ma poche, me sers un shot et le bois cul sec. En effet, ça aide.

– Tout va bien ?

Harlow me scrute avec intensité. Je serre les dents à cause de la brûlure de l'alcool, qui me réchauffe néanmoins l'estomac.

– Un peu préoccupé, moi aussi.

– Eh bien, buvons encore un verre !

Elle sert deux shots et m'en tend un.

Ce n'est pas la solution. Je dessoûlerai demain matin – peut-être demain après-midi – et la timonerie du bateau ne fonctionnera toujours pas, notre gagne-pain continuera à être en danger comme il l'est à l'heure actuelle. Mais, merde, j'ai envie d'oublier tout ça pendant quelques heures.

Je jette un coup d'œil au liquide transparent, me penche vers Harlow, effleure presque son oreille du bout des lèvres.

– Nous savons tous les deux comment s'est terminée la dernière soirée où nous avons bu de la tequila...

– C'est vrai. (Elle me regarde dans les yeux.) Mais il n'y a aucune chapelle ouverte toute la nuit à proximité, aucun imbécile assez dingue pour nous marier. Nous sommes protégés.

Argument recevable.

Harlow avale son shot et grimace.

– Oooooh... Je ne peux plus en boire. (Elle compte sur ses doigts plus de trente et me sourit.) Encore un et je m'effondre dans le saladier de Fritos auxquels London tient tant.

Elle a peut-être perdu le compte, mais pas moi. Quatre shots dans la cuisine avec Harlow. En dehors de notre soirée à Vegas, c'est la première fois que je suis ivre depuis des années.

J'ai l'impression que Not-Joe a disparu pendant une heure, mais il finit par revenir, empestant la marijuana. Il me tend la main en déclarant mollement :

– Salut, je suis Not-Joe... ravi de faire ta connaissance.

J'éclate de rire et lui rappelle :

– On s'est rencontrés à la boutique quand Oliver terminait ses dernières installations.

Not-Joe fait claquer sa langue.

– *Voilà pourquoi* j'avais l'impression de te connaître.

C'était il y a trois heures. Ce type ne doit pas savoir respirer sans fumer un joint.

– Tu es le bûcheron de la Nouvelle-Écosse ?

– Pêcheur de l'île de Vancouver.

Harlow pouffe de rire.

– Pauvre Finn !

Il nous regarde tous les deux.

– Donc, vous vous connaissez grâce à Oliver ?

– Pas exactement. (Elle me lance un sourire bête.) Finn est mon ex-mari.

Not-Joe écarquille les yeux.

– Ex-*mari ?*

Je hoche la tête pour confirmer.

– C'est exact.

Le gamin dévisage Harlow, puis la regarde *vraiment*. Il la mate de haut en bas, avec une intensité telle que j'ai envie de lui mettre une raclée pour qu'il arrête de jouer au pervers. Putain.

– Tu n'as pas l'air assez vieille pour être divorcée, conclut-il.

Je m'agite pour détourner son regard de sa poitrine.

– Moi oui ?

Il me scrute avec beaucoup moins d'intérêt.

– Ouais. Tu es plus vieux qu'elle, n'est-ce pas ?

– Oui. (Harlow glousse à côté de moi, c'est un délice.) Merci.

Not-Joe attrape une poignée de chips.

– Passer une soirée avec ton ex doit te perturber, non ?

Elle fait non de la main.

– Nan. Finn est un type cool.

– Ah oui ?

Cette remarque me fait rire, parce que personne ne m'a jamais décrit comme un mec *cool.* Ansel, lui, est cool. On dit souvent que je suis « sérieux ». Et c'est vrai, je dois l'avouer. Un peu réservé aussi. En tout cas, *cool* n'est pas le terme approprié.

Elle hoche la tête, me scrute pendant un moment.

– Oui. Tu aimes te promener sur les quais, fabriquer des attrapeurs de rêve quand il te reste du fil de pêche et passer des soirées avec les MILFs de la police à cheval au bar si joliment nommé Le Jarret d'Élan.

Je manque m'étouffer de rire.

– Oh oui !

Sa moue est adorable.

– Hum, hum.

– Je dois dire que tu es assez facile à vivre, toi aussi. Une fille tellement drôle, aux goûts simples : shopping, vernis à ongles... (Je fais mine de réfléchir.) Et shopping.

L'air joueur, elle m'effleure la joue.

– C'est merveilleux de connaître quelqu'un par cœur.

– C'est vrai.

Nous levons en même temps nos verres à shot pour trinquer.

– Pourquoi avez-vous divorcé alors ? Vous avez l'air de beaucoup vous apprécier.

– Vraiment ?

Je ne quitte pas Harlow des yeux. Avant ce soir, je n'avais pas réalisé à quel point elle me plaisait.

Elle cesse enfin de me regarder.

– La vérité, c'est qu'on a été mariés une nuit et une demi-journée à Vegas. Nous avons dû passer tout au plus vingt-quatre heures ensemble, la plupart du temps nus ou totalement ivres.

– Ou les deux.

– Sérieusement ?

Nous hochons la tête de concert.

– C'est *ouf !*

– Oui, crois-moi. Vraiment *ouf.*

Elle me lance un regard lourd de sens, et je ne parviens pas à m'arracher de la contemplation de ses lèvres. Quand elle les lèche, une décharge électrique parcourt mon corps et explose dans ma queue. En réalité, je suis presque assez ivre pour lui suggérer de fêter les retrouvailles de cette langue et de ce sexe.

– C'est quelque chose qu'on devrait tous faire une fois dans sa vie. (La voix de Not-Joe m'oblige à sortir de ma contemplation passionnée.) Tout le monde devrait courir un marathon, lire *Candide* et se marier à Vegas.

Harlow pouffe de rire, lui explique que c'était cher, putain, et pas si drôle après tout. On aurait pu baiser et se dire au revoir sans aucun frais supplémentaire.

Au moment où elle commence à raconter nos mésaventures à Not-Joe, je m'éclipse pour aller aux toilettes.

Hors de la cuisine, la fête bat son plein. London tape en rythme avec sa ceinture sur la table de poker, Mia joue aux cartes, assise sur les genoux d'Ansel, le sombrero sur la tête. Lola et Oliver sont les seuls joueurs apparemment sobres. Ils sont très amusants à observer. Oliver prend les jeux de cartes très au sérieux, je lis la même détermination sur le visage de Lola. Au milieu des autres ivres morts, eux seuls tentent de conserver un semblant de concentration dans le jeu. Libres à eux d'essayer !

Au moment où je sors des toilettes, Harlow attend dans le couloir. Elle passe devant moi avec un petit sourire, je me tourne pour faire quelque chose – bordel, je ne sais pas, une blague, la regarder, *l'embrasser* –, mais elle me referme la porte au nez.

J'oublie toujours à quel point l'alcool me désinhibe, annihile ma réserve et mon sérieux. Je me sens plus libre mais, dans un petit coin de mon esprit, la lumière rouge *danger, danger* clignote.

Je jette un coup d'œil dans le couloir. Je pourrais retourner jouer au poker. Impossible de bouger. Ce serait amusant de jouer avec Ansel et Oliver, mais je ne peux pas mettre un pied devant l'autre.

Harlow rouvre la porte des toilettes, pas du tout étonnée de me trouver appuyé contre le mur en face d'elle. Elle s'attarde dans le couloir pour me dévisager.

Elle me fixe – c'est nouveau, ça. Je me demande où est passée la jeune fille délurée de Vegas ou la diablesse qui a presque cassé ma porte d'entrée. *Cette* Harlow semble patiente, *fascinante*, pleine de séduction. Dans son regard, je lis une faille, une profondeur qu'elle dissimule habituellement. Ce soir, la carapace n'est pas de mise. Ce n'est pas seulement l'alcool – je l'ai déjà vue ivre. Ce n'est pas non plus parce qu'elle veut m'embrasser, ça aussi, nous l'avons déjà fait.

Plus Harlow me regarde et plus j'ai l'impression que mon cœur est un radeau pneumatique qu'elle gonfle lentement.

Ma poitrine se contracte de plus en plus.

Elle a remis du gloss dans les toilettes, sa bouche rouge scintille. Elle sourit.

– Alors ?

Elle me tire de mes pensées, je prends son bras et entre avec elle dans la chambre de gauche.

La chambre est vide, en dehors d'une pile de draps, d'une petite commode et de quelques cartons dans un coin.

– Une chambre libre dans un appartement pareil ?

Je marche jusqu'aux immenses fenêtres qui occupent tout un pan de mur. Cet appartement compte trois chambres, il fait deux fois la taille de ma *maison* de l'île de Vancouver. La vue sur le port est éblouissante ; au loin, on distingue Coronado.

– C'était la chambre de Ruby, explique Harlow en s'appuyant contre un mur. London a hérité de cet appartement. Il y a quelques semaines, après l'arrivée de Lola, Ruby a déménagé à Londres où elle a décroché un stage.

Perplexe, ou plutôt ivre, je la dévisage.

– Ruby et London ?

– Ruby a emménagé à Londres, en Angleterre. Eh oui, je sais. Sa colocataire s'appelle London, et elle part à Londres ! On peut plaisanter là-dessus pendant des heures. C'est un peu comme Abbott et Costello ici. (Elle avance vers moi et ouvre une fenêtre.) Elles cherchent un nouveau colocataire, si tu connais quelqu'un qui veut fuir le régime tyrannique du Canada...

– Et toi, tu ne veux pas vivre ici ?

– J'aime avoir mon espace. J'aime vivre seule.

Je comprends. Moi aussi. Ma ville natale est suffisamment petite comme ça. Parfois, je ferme les yeux et je me coupe du monde. C'est très agréable.

Mais malgré la distance, je n'arrive jamais à me détacher totalement de ce qui se trame chez moi. Mon téléphone pèse lourdement dans ma poche, je le pose sur la pile de cartons. Harlow m'observe et fait la même chose. Elle extirpe son téléphone de sa jupe en jean et le retourne à côté du mien.

Je fais un pas vers elle. Elle lève la tête et ferme les yeux ; je glisse la main dans son cou puis dans ses cheveux.

– Tu sens bon, putain.

– Ah oui ?

Je hoche la tête mais elle ne peut pas le voir, les yeux fermés.

– Donne-moi ta culotte.

Aucun faux-semblant, aucun préliminaire, pourtant, elle ne sursaute même pas. Mes inquiétudes sont posées là, sur un tas de cartons à quelques mètres de moi, et devant moi, cette fille magnifique fait tout disparaître comme par magie. Elle me jette un coup d'œil, passe la main sous sa jupe et me tend sa culotte bleue en dentelle. Je glisse la culotte Aubade dans ma poche et l'embrasse.

Ça, aussi, c'est nouveau. Plus tendre, plus honnête que nos baisers déchaînés, nos morsures. Je l'embrasse une fois, juste pour effleurer ses lèvres, et soupire quand elle m'attrape par la taille. Nos lèvres se connaissent –

il n'y a aucune hésitation, aucun doute. Harlow m'offre ses belles lèvres pulpeuses, me donne des petits coups de langue, gémit, pleine de désir. J'ai le goût de son gloss à la cerise dans la bouche, je distingue l'arrière-goût de tequila. Elle n'est pas totalement ivre, mais ses joues sont roses à cause de l'alcool et son corps est détendu. Je pourrais la prendre dans n'importe quelle position. Lui écarter les cuisses par terre, poser ses jambes sur mes épaules, la baiser si fort que les gens dans le salon entendraient ma peau claquer contre la sienne.

– Tu imagines parfois que tu baises avec moi ?

Je l'embrasse dans le cou, fais descendre sa bretelle sur son épaule.

– Ouais.

– Raconte-moi.

– Je pense à toi quand je veux me faire jouir toute seule.

– Donc, tu penses à moi cinq fois par jour ?

Harlow rit et hoquette imperceptiblement. Je remonte sa jupe sur ses hanches et la soulève contre l'armoire, en lui écartant les jambes. La chaleur de sa chatte contre mon jean me provoque une érection. Je gémis dans sa bouche en balançant les hanches en avant.

Elle se colle à moi, je glisse la main entre ses jambes, sur sa peau douce et trempée.

Bordel.

Elle halète, tremble contre moi. Je bande si fort que je dois me maîtriser pour ne pas ouvrir ma braguette, sortir ma queue et la prendre tout de suite. Je préfère glisser mes doigts en elle. C'est la première fille que je touche depuis si longtemps... Difficile de me forcer à ne pas penser qu'elle est *mienne* quand je l'embrasse dans le cou, sur les lèvres, sur l'épaule. Le monde en dehors de cette chambre s'évapore, ou du moins, est mis sur pause. Ce soulagement – même virtuel – me fait frissonner de plaisir, jusque dans mon sexe. Cette fille me rend fou, je n'ai jamais été si raide de ma vie. Je jure que je sens encore ses lèvres sur ma queue, ses mains qui me guident en elle. Alors que la dernière fois que nous avons couché ensemble c'était il y a deux mois.

– Tu sais l'effet que tu me fais ?

Je regarde mes doigts aller et venir sur son clitoris puis plonger en elle. J'aime les voir trempés.

– Seigneur, ta chatte est tellement sucrée. Tu as laissé l'enculé d'hier soir te lécher ?

Je la contemple, elle me regarde, se mord les lèvres. Cette pensée me torture.

Elle ferme les yeux, s'empale sur ma main, je l'embrasse dans le cou. C'est un oui – on vient de craquer une allumette dans ma poitrine. Et puis je me souviens de son air ce matin : elle semblait avoir envie de me baiser et de me gifler en même temps.

– Dis-moi que tu aimes ma bouche.

Elle murmure :

– J'aime ta bouche.

– Dis-moi que tu te souviens d'avoir joui quand je te léchais.

– Oui.

– Combien de fois ?

Harlow tousse puis maugrée. Je dessine des petits cercles sur son clitoris.

– *Beaucoup de fois.*

– Je me souviens de t'avoir demandé de ramper dans la chambre pour que je te lèche.

Elle enfonce les ongles dans mon épaule.

– *Connard.*

– Mais tu l'as fait. (Je l'embrasse dans le cou, sur la joue.) Et j'adore te lécher. J'adore t'entendre gémir.

Soudain, deux coups frappés sur la porte brisent la tranquillité de la chambre, nous faisant sursauter. Contre moi, Harlow se raidit mais immobilise mon bras pour que je n'arrête pas de la caresser.

– Finn ?

Bordel. C'est Ansel.

– Ouais ?

– Euh... on y va. Si tu veux qu'on te raccompagne chez Oliver.

Je sens qu'Harlow attend ma réponse. Son corps se contracte sur mes doigts.

– Oliver rentre quand ?

– Il est parti il y a dix minutes pour jeter un dernier coup d'œil à la boutique.

Je grogne en retirant ma main. Sans réfléchir, je m'essuie la bouche. Mes doigts sentent Harlow. Je peux la respirer, la goûter, je bande tellement que mon corps entier est douloureux.

Elle me dévisage mais, dans le noir, je n'arrive pas à déchiffrer son expression. Si je ne pars pas avec eux, je serai obligé de prendre un taxi. Et l'entreprise familiale Roberts a besoin de chaque centime des cinq mille dollars restants sur le compte commun. Mettre trente dollars dans un taxi n'est pas une bonne idée.

– Je dois y aller.

– Je sais.

Elle n'a pas l'air énervée ni même déçue... juste lasse.

– Ne prends pas ta voiture pour rentrer. Tu as trop bu.

Elle cligne des yeux, me jette un coup d'œil. L'armure est à nouveau en place. Glaciale, elle réplique :

– Tu me prends pour une idiote ?

– Non.

Je récupère mon téléphone. Étrangement, j'ai l'impression que c'est elle qui a mené le jeu.

– Tu veux qu'on te ramène ?

Elle secoue la tête.

– Non merci.

– Je te vois demain ?

Je me penche pour l'embrasser, mais elle tourne la tête et me repousse. À demi ennuyée, à demi joueuse.

– Va t'en, chaton. Les adieux enflammés ne font pas partie de notre arrangement.

C'est vrai. Cette Harlow détachée me semble plus familière. J'ajuste ma casquette et lui adresse un signe de tête avant de marcher jusqu'à la porte.

Chapitre 3

Harlow

JE COMMENCE À PEINE À RÉALISER que sous des abords doux et plutôt réservés, Oliver est un véritable homme d'affaires. Après avoir cherché pendant des mois le meilleur emplacement pour sa boutique, il a choisi un espace rénové et spacieux coincé entre un tatoueur tendance et un bar sur G Street, en plein quartier de Gaslamp.

Le pari est réussi : dans ce lieu magique, l'ambiance ne doit rien à la foule ni à la présence des auteurs et dessinateurs de comics en vogue, venus en nombre pour signer leurs albums.

Je croise le regard de Lola : elle est aussi impressionnée que moi.

Je ne suis jamais entrée dans une librairie de bandes dessinées, mais l'agencement me semble être un coup de génie. Je m'attendais à des rayonnages serrés, des étagères impressionnantes remplies de livres colorés et de magazines ; Oliver a préféré disposer le long des murs des bibliothèques cubiques, asymétriques, avec des panneaux de différentes tailles pour évoquer l'univers de la bande dessinée. Le choix de livres et de produits dérivés est énorme, mais on ne se sent jamais à l'étroit dans la boutique. Des tables en forme de livre ouvert, décorées avec des planches connues de BD, permettent de feuilleter les albums à loisir. En devanture, un espace pour lire avec un canapé et des fauteuils lounge en cuir rouge.

Je demande à Oliver qui vient de finir le tour du propriétaire :

– Les gens ne risquent-ils pas de s'asseoir ici pour lire sans rien acheter ?

Mais il s'est déjà éloigné pour accueillir un client – l'inauguration bat son plein. C'est Finn qui me répond :

– Je lui ai posé la même question.

Sa voix profonde semble éraillée, comme s'il avait trop crié hier soir. Je sens encore ses doigts sur moi, j'entends l'écho des choses cochonnes murmurées à mon oreille. Quand il s'approche d'un pas, un frisson d'excitation m'étreint.

Je plonge mes yeux dans les siens. Je m'attendais à de la gêne, après nos préliminaires d'hier soir, mais il ne détourne pas le regard. Au contraire, il sourit. Ses yeux marron tirent sur le vert, ses cils semblent encore plus épais et foncés. Ses lèvres gercées me donnent envie de les sucer, de les embrasser pour les apaiser.

Ivre, je lui roule des pelles et, sobre, il me semble encore plus sexy ? Ce n'est pas juste, l'Univers.

Je sens que nous nous efforçons tous les deux de nous la jouer détendue. Suis-je aussi mauvaise que lui ?

Ses yeux se fixent sur mes lèvres.

– Oliver dit toujours que les fans de comics aiment détenir des exemplaires originaux de leurs bandes dessinées favorites. Il veut mettre les gens à l'aise, les aider à trouver de nouveaux centres d'intérêt. Il veut aussi initier les néophytes à entrer dans cet univers, à trouver le héros dont ils auront envie de suivre les aventures.

Avec cette explication, Finn a utilisé plus de mots qu'il n'a jamais prononcés en ma présence.

– Tu as mémorisé tout ça ?

– Ouais.

– Pas mal. J'aime découvrir cette profondeur en toi.

Je me fige. Il ferme les yeux, se gratte le nez.

– Ça va, Roberts ? Tu viens de rater une occasion en or de faire des sous-entendus !

Il ouvre un œil.

– Je ne boirai plus jamais.

J'éclate de rire. Finn l'Invincible a la gueule de bois ?

– Tu es trop vieux pour dire ça.

– La crise de la quarantaine approche... Je pourrais aussi filer d'ici et boire une bière en guise de petit déjeuner.

– De petit déjeuner ? (Je lève son poignet et désigne ostensiblement son énorme montre waterproof.) Il est presque *onze* heures.

– J'ai été un peu lent à démarrer ma journée. Je me suis couché tard...

L'air malicieux, il sourit. Finn me déshabille des yeux et je ne peux m'empêcher de revoir ses doigts aller et venir en moi – *Seigneur, ta chatte est sucrée* –, je sens son souffle dans mon cou. Je me souviens de sa bouche avide, de ses doigts, de son érection qui tendait son jean.

Et il est parti. J'aurais pu hurler de frustration.

Je ne devrais pas être aussi à l'aise avec lui aujourd'hui. Pourquoi le suis-je autant ?

Après une pause, il me demande :

– Es-tu bien rentrée hier soir ?

Je regarde au loin, légèrement déstabilisée par toutes les images mentales suscitées par cette question. Quand je suis rentrée à presque deux heures du matin, Bellamy n'était pas couchée. Je l'ai trouvée le regard vide, dans la cuisine. *Je suis sortie. J'ai tout fait pour... passer une bonne soirée,* m'a-t-elle expliqué. *Mais je me sentais trop bizarre. Ailleurs. Et maintenant, je suis incapable de dormir.*

Alors, je me suis mise à culpabiliser. Dans la cuisine de Lola puis avec Finn, j'avais presque tout oublié. Ce matin, ma mère m'a virée de la maison en me disant qu'elle ne m'avait pas vue chez moi un seul samedi depuis mes douze ans et qu'il était hors de question que je rate l'ouverture officielle de la boutique d'Oliver.

– J'ai un peu dormi dans le lit de Lola et j'ai pris un taxi. Voilà ce que je fais après t'avoir roulé des pelles, apparemment.

– Tout à fait.

Il n'a pas l'air de me trouver aussi drôle que moi.

Il regarde la foule par-dessus mon épaule, j'en profite pour le détailler. Son corps viril n'a aucun défaut ; pour être honnête, ses avant-bras épais et noueux m'obsèdent. Chaque muscle est clairement défini. J'aimerais le voir tirer un énorme filet sur le pont de son bateau. Seigneur, il serait le pêcheur parfait d'un film porno.

– À quoi tu penses ?

Je cligne rapidement des yeux.

– Je me demande si je vais acheter la paire de boots que j'ai repérée en venant ici.

Un mensonge crédible. Finn a l'impression que je suis une écervelée folle de shopping. Autant éviter de lui dire que je l'imaginais dans le rôle du Pêcheur Sensuel de la petite production *Écarte tes roseaux que je pêche au large.*

– En cas de doute, achète les boots. C'est ce que je suis censé dire, non ?

– Tu n'es pas obligé d'avoir un avis sur la question.

– Dieu merci !

Ansel et Mia entrent, il se dirige vers eux sans hésiter. Pas très poli ! Mais je suis soulagée, tout se passe bien. Pas de malaise, aucune hésitation pour reprendre la conversation après l'ivresse de la veille. En même temps, rien à voir avec ce dont nous avons l'habitude, Finn et moi – se marier et baiser toute la nuit. On aurait été gênés à moins.

Mia fait un petit clin d'œil à Finn et s'approche de moi, un verre en plastique au logo « Bio », plein d'un jus vert, à la main.

– La folie des jus a titillé la curiosité d'Ansel. Donc, bien sûr, il a fait le puriste et a avalé plusieurs litres de jus de chou kale. J'avais peur qu'il vomisse dans la voiture.

Je regarde mon verre avec suspicion.

– Dans le tien, il y a aussi de la banane, de la mangue et de l'ananas. (Elle hausse les épaules.) À ce qu'il paraît, ça nettoie le corps des retombées toxiques des mauvaises décisions.

– Finalement, la soirée d'hier s'est avérée *amusante.* Bon sang, je n'arrive pas à m'empêcher d'admirer ce corps de rêve.

Instinctivement, je jette un coup d'œil à Finn, en pleine discussion avec Ansel et Oliver. Il me regarde au même moment. À l'instant où nos yeux se rencontrent, il tourne la tête rapidement. Les deux garçons l'écoutent. Il doit leur donner des explications, lui aussi.

– L'étalon a-t-il parlé hier soir ? murmure Mia. Je sais que ça t'énerve toujours quand ils essaient de faire la conversation.

– La créature a prononcé quelques mots, mais pas trop. C'était acceptable. Surtout des trucs coquins. Mais nous n'avons pas baisé...

– Ouais, je m'en doutais. À moitié ivre, Finn a marmonné quelque chose à propos de couilles bleues dans la voiture. Où est Lola ?

Je lève le menton vers l'endroit où je l'ai vue pour la dernière fois, Mia suit mon regard. Lola est complètement absorbée par la lecture d'une bande dessinée et semble avoir oublié ce qui l'entoure – les gens qui parlent, les clics des appareils photos, les visites encadrées par Not-Joe, les félicitations bruyantes adressées à Oliver.

Finn a dû parvenir à rassurer ses amis. Ils n'ont pas peur de former le Groupe qui Pourrait être Gênant : Ansel rejoint Mia et lui passe le bras autour des épaules. Il la serre contre lui et se penche pour l'embrasser. Elle est tellement petite, lui immense, que c'en est presque comique. Mia disparaît dans ses bras.

– Vous voulez que je vous laisse un peu seuls ? je demande.

La bouche collée contre la sienne, Ansel répond :

– Ce serait merveilleux, merci. Demande à tout le monde de sortir.

J'éclate de rire et lui tapote l'épaule. Il desserre son étreinte. Les joues rouges, le souffle un peu court, Mia lui effleure les lèvres. Pendant un instant – petit, *minuscule* – j'envie leur amour passionné.

Mais le pincement au cœur disparaît presque aussitôt.

– Nous étions en train de réfléchir à aller déjeuner, lance Finn.

Bordel ! Une vague de chaleur monte dans ma poitrine. Mia jauge ma réaction. Finn se tient juste derrière moi, j'écarquille les yeux, comme pour dire à Mia : *Tout va très bien. Parfaitement bien.*

– Nous sommes arrivés il y a un quart d'heure à peine. (Je me tourne lentement vers lui.) On devrait peut-être rester encore un peu ?

Il jette un coup d'œil circulaire à la boutique.

– Tu as vu le monde ? Les amis viennent à ce genre d'événement pour donner l'illusion qu'il y a de l'affluence. Maintenant, nous gênons.

Je devrais aller avec eux, je suis sûre que je m'amuserais, mais j'ai vraiment envie de rentrer chez moi et de faire semblant de ne pas harceler ma mère.

– Tu pars ce soir ou demain ?

– Hum...

Il jette un coup d'œil à Ansel qui hoche la tête, l'air extrêmement amusé. Presque hilare. Mia me dévisage, comme si Finn s'apprêtait à dégoupiller une grenade.

Il se gratte la joue.

– Je reste quinze jours chez Oliver.

JE N'AI JAMAIS EU L'ESPRIT AUSSI EMBROUILLÉ.

Je ne peux pas passer mon temps focalisée sur l'opération de ma mère, qui va avoir lieu lundi. Je m'interdis d'envisager l'éventualité de coucher à nouveau avec Finn. Je n'ai pas envie de faire du shopping. Ni de surfer. Donc, je vais chez mes parents samedi après-midi pour nager jusqu'à en avoir mal aux jambes. Ainsi, je serai proche de ma mère sans lui imposer mon inquiétude.

Apparemment, mon père a eu la même idée. Il me repère dans le jardin, finit sa longueur, sort la tête de l'eau. Puis s'appuie sur le bord de la piscine. Ses cheveux poivre et sel dégoulinent sur sa peau bronzée, il enlève ses lunettes de natation, ferme les yeux, le visage tourné vers le ciel. J'aimerais tellement faire quelque chose pour le rassurer.

Je m'assieds à côté de lui et mets les pieds dans l'eau. Nous restons silencieux pendant qu'il reprend son souffle.

– Salut, Tulipe.

– Salut, Poup.

Je me glisse dans la piscine, la fraîcheur de l'eau, en septembre, est juste ce qu'il me faut. Je m'immerge totalement avant de revenir à la surface.

– Ça va ?

Il rit sans joie, jette ses lunettes sur sa serviette à quelques mètres de là.

– Pas vraiment.

Il n'a toujours pas repris son souffle. Mon père est dans une forme physique incroyable, il a dû beaucoup nager ces derniers temps.

– Et toi ?

Je hausse les épaules. Je ne sais pas pourquoi, mais j'ai l'impression de ne pas avoir le droit d'être aussi affectée que mon père. Après tout, il a toujours été le parent le plus proche de moi. La carrière de ma mère a explosé quand j'avais deux ans, s'est calmée seulement au moment où j'entrais à l'université. Mon père a dû attendre jusqu'à mes seize ans, la première année où il a gagné un Oscar. Il nous aime avec une férocité qui m'émerveille, mais je sais que ma mère est l'alpha et l'oméga de son existence.

– Tu es allé travailler ce matin ?

Il sourit et perce immédiatement à jour ma tactique de diversion.

– Seulement une heure. Je réfléchis à m'impliquer dans le projet de Sal. Ça me permettrait de rester à la maison jusqu'en avril, au moins.

Salvatore Marin est un producteur-réalisateur, également l'un des meilleurs amis de mon père et son collaborateur préféré. Je sais que le travail préoccupe mon père : comment concilier sa carrière et la nécessité d'*être là* pour ma mère le plus possible ? Mon père ne reste jamais très longtemps au même endroit, je suis persuadée que l'idée de partir maintenant, de rater une seule seconde avec ma mère, le terrifie.

J'opte pour la légèreté.

– C'est le plan parfait.

– Je pense que tu aimerais ce film. (Son sourire est authentique et malicieux, un vrai sourire.) Ça parle de mecs sur un *bateau*.

– Très drôle.

Je lui envoie de l'eau à la figure. Son rire m'avait manqué, ses sous-entendus aussi. Si m'embêter avec Finn, ou n'importe quel autre mec, le fait sourire, je ne risque pas de lui en vouloir.

– Alors, tu as fait quoi hier soir ?

Je plonge la tête sous l'eau et ramène mes cheveux en arrière.

– Je suis allée chez Lola.

Il m'observe. En règle générale, je lui donne tous les détails.

– Et ? C'était bien ?

– Sympa. (Je plisse les yeux dans le soleil.) Marrant... Finn était là.

Il lève les sourcils.

– Finn, hein ?

J'ai toujours compté sur mon père pour m'aider à faire le point sur ma journée, mes frustrations, mes aventures. Donc, bien sûr, il connaît chacun des rebondissements de notre séjour à Vegas : nous nous sommes rencontrés dans un bar, nous avons bu comme des trous et nous nous sommes mariés. J'ai sauté le récit de notre nuit pour lui raconter l'annulation le lendemain après-midi.

Il sait aussi que je suis allée voir Finn au Canada. En m'entendant mentionner sa présence à la soirée, mon père comprend tout de suite.

– C'était une distraction agréable... (J'avoue.) Mais il ne s'est pas passé grand-chose.

Il écarquille les yeux et me taquine.

– Il est venu pour l'ouverture de la boutique d'Oliver ?

Je hoche la tête. Je ne précise pas qu'il semblerait qu'il reste deux semaines à San Diego. Je n'arrive pas à savoir si cette perspective m'excite ou m'irrite. Comme si je n'avais pas assez de sujets de préoccupation... Je vais être obligée de le voir chaque fois que j'aurai envie de rencontrer des gens.

Mon père me regarde dessiner sur le bord du bassin du bout de mon doigt mouillé. Je ne lui ai jamais caché mon intérêt pour les garçons, mon ennui profond avec les filles qui en font des tonnes, mes peurs, mon angoisse du futur. En grandissant, nous avons passé un accord : tant que je lui raconterais toujours tout, il ne me ferait pas la leçon, ne me jugerait pas et n'entrerait pas dans cet état que ma mère surnomme sa Rage Surprotectrice de Latin.

– Les distractions, c'est bien parfois.

Le problème, quand on a été élevée par un type aussi extraordinaire, c'est qu'il est impossible de se retenir de lui comparer tous les garçons. Et systématiquement, ce n'est jamais à leur avantage.

Je hausse les épaules.

– Avec tout ce qui se passe dans ta vie, c'est dommage qu'il habite si loin.

Je lui jette un coup d'œil.

– Il reste ici deux semaines.

Mon expression sinistre fait rire mon père. Il sort de la piscine. Sous ses pieds se forme une flaque dans laquelle se reflète le soleil.

– Je t'adore, ma magnifique fille sauvage. (Il se sèche les bras et le torse.) Et je te connais. Je parie que tu es en train d'envisager toutes les raisons de ne pas le fréquenter.

– Bien sûr que je ne devrais pas...

Il me coupe en levant une main en l'air.

– Je sais que la famille est ta priorité, c'est comme ça que je t'ai élevée. Très rapidement, tu voudras assister à tous les rendez-vous, passer le plus de temps possible avec ta mère. Tu fouilleras le Net pour trouver le plus de détails possibles. Tu passeras tout ton temps à rôder autour d'elle, tu lui donneras à manger, tu lui apporteras un pull, des films, des cadeaux. Je ferai la même chose. Et, tous les deux, on la rendra complètement folle.

(Il s'accroupit devant moi.) Alors s'il te plaît, ma chérie, distrais-toi autant que tu peux. Amuse-toi. Je t'envie.

OLIVER VIT DANS UN PETIT COTTAGE de plain-pied, couvert de stucs, sur Pacific Beach. Sa maison est peinte en bleu océan, les rebords des fenêtres sont rouges. Le perron est craquelé, irrégulier, la pelouse hésite entre différentes nuances de vert, jaune et marron. Cette maison ne ressemble en rien à la boutique flambant neuve du centre-ville. Mais je connais assez bien le quartier pour savoir qu'elle a dû coûter extrêmement cher, et que monter sur le toit pour voir le coucher du soleil sur l'océan doit être exceptionnel.

Après ma séance de natation, je rentre dans la maison. Je trouve mes parents dans le salon, sur le canapé, occupés à lire en silence.

Je leur propose de préparer le déjeuner. Ils n'ont pas faim. Je leur demande s'ils n'ont pas une corvée pour moi. Rien. Donc je m'attarde près d'eux, jusqu'à ce que mon père lève les yeux vers moi en affichant un petit sourire triste.

Ma mère aura besoin de moi *plus tard*, mais pas aujourd'hui. Elle ne veut personne en dehors de son mari, qui doit représenter la totalité de son univers à cet instant.

Je conduis jusque chez Oliver dans un brouillard épais de sensations, en mode pilote automatique. Je tente de ne pas réfléchir à ce que je fais. Mon père m'a clairement conseillé de profiter de Finn – même sans l'exprimer en ces termes –, alors pourquoi pas ? Ce n'est pas comme si

Finn et moi nous faisions des illusions sur nos attentes respectives. Nous avons dû passer en tout et pour tout vingt-quatre heures ensemble, la plupart du temps nus. En un week-end, chez lui, nous n'avons réellement échangé quelques mots qu'au moment où il m'a proposé de grignoter une bricole, le temps qu'il aille en vitesse acheter des préservatifs.

Le heurtoir R2-D2 me fait sourire, je frappe deux fois à la porte.

À l'intérieur, le silence règne. Tout autour de moi, la brise marine agite les palmiers. Finalement, j'entends des pas derrière la porte.

Finn ouvre et s'essuie les mains avec le torchon qui pend à son épaule. Torse nu, le jean, porté très bas sur ses hanches, révèle la bande noire de son boxer Aubade.

– Salut, Barbie Gingembre.

En une seconde, je passe du soulagement à l'irritation. Je me sens vulnérable, prête à éclater en sanglots, et Finn n'est pas du genre très compatissant. Finn Bourré, avec sa tendresse, sa malice, c'était une anomalie. Le Finn Sobre est brusque, efficace, bon pour pêcher, baiser et – apparemment – faire la vaisselle.

– Tu sais quoi ? (Je jette un coup d'œil à ma voiture.) C'était une mauvaise idée.

– Attends. Tu es venue me voir, pas Oliver ?

Il fait un pas vers moi.

– Ouais...

– Tu es venue finir ce qu'on a commencé hier soir ?

Je me tourne pour partir, parce que je ne suis pas prête à répondre à une question aussi directe. Enfin, si. Oui, je suis venue pour ça : je ne veux pas seulement fricoter avec lui, je veux du sexe intense, qui m'empêche de réfléchir. Je ne veux pas jouer au chat et à la souris, je n'ai pas envie d'en parler. Je veux seulement *le faire.*

Son ton est moqueur.

– Si c'est ce que tu veux, tu n'as qu'à le dire, Harlow.

Je regarde la rue, respire un bon coup. Une voiture de tunning passe devant la maison, la musique m'assourdit et vibre dans tout mon corps. Elle ralentit et le type assis sur le siège passager me fait un signe du menton.

« *The next young freak I met was Red*[2]. » La voix est déformée par les amplis de mauvaise qualité.

Je hausse les épaules et lance un regard noir aux mecs qui lorgnent ma poitrine.

« *I took her to the house and she gave me head*[3]. »

Lubrique, l'un d'eux sourit. Il lève les sourcils comme pour me demander si c'est vrai, si moi aussi je suis chaude. La voiture s'arrête en pleine rue. Le conducteur s'attend-il vraiment à ce que je saute à l'intérieur pour faire la fête avec eux ? J'ai envie de rentrer chez moi, mais je suis coincée entre ces mecs et Finn, le connard suffisant.

Il sort de la maison et leur jette un regard méprisant.

– Ils regardent quoi, putain ?

Je me fiche de ces pauvres types. Aucun homme, à part mon père, ne m'a jamais défendue. Les mecs avec qui je couche habituellement feraient comme s'ils n'avaient pas vu la voiture ou siffleraient que nous ferions mieux de rentrer avant que ça tourne mal. À côté de moi, Finn est impressionnant. Je n'ai jamais vu sa peau au soleil mais le soleil, lui, l'a vu des milliers de fois. Je suis grande, mais avec sa tête de plus que moi,

2. « La nympho suivante s'appelait Red. »
3. « Je l'ai amenée chez moi, elle m'a taillé une pipe. »

il est deux fois plus large. Son torse imposant, musclé, sans un seul tatouage, est marqué par des cicatrices. Un petit accroc, une coupure. Il est beaucoup plus impressionnant que tous les surfeurs qui passent dans la rue ou les petites brutes californiennes.

La voiture s'éloigne à tout allure.

– Ces connards ne sauraient même pas s'y prendre avec toi.

Il me regarde comme si je lui appartenais, avec la même expression que la nuit dernière – l'instinct de possession, l'intérêt, le désir – même si je ne suis pas exactement celle qu'il croit... il aime peut-être ça.

Mon cœur bat très fort, l'adrénaline pulse dans mon sang et je meurs encore plus d'envie d'entrer avec lui et de le laisser prendre possession de mes pensées.

– D'accord, oui. Je suis ici pour finir ce que nous avons commencé.

Pensif, il attend. Pour la première fois, il ne porte pas de casquette. Je peux enfin voir ses yeux en plein soleil – *vraiment* les voir, sans ombre ni lumière artificielle. Je remarque qu'il aime examiner les choses, moi en particulier.

Son regard est tellement plus intelligent que ce qu'il raconte.

Par exemple, ça :

– Une fille comme toi, c'est trop compliqué pour pas grand-chose.

Seigneur, quel connard ! Mais ses yeux pétillants parlent un autre langage : il a l'air très heureux que je sois ici. Franchement, il peut penser que je suis une diva pourrie gâtée tant qu'il m'aide à tout oublier pendant quelques heures.

– Je vois.

– On peut baiser, très bien. Mais pour être clair, c'est tout.

Je ricane.

– Je suis ici pour ça, pas pour nouer des liens profonds.

Il m'invite à entrer comme un gentleman.

Il me faut quelques secondes pour m'habituer à l'obscurité relative, après le soleil dehors. Finn ferme la porte derrière lui, s'appuie contre le bois, les bras croisés sur la poitrine. Mon cœur bat toujours la chamade, je fais mine d'étudier la pièce pour me calmer. Tout est très propre, c'est étonnant. Pendant un instant, j'oublie d'être nerveuse.

La fenêtre côté océan fait entrer la lumière et dessine des ombres sur le plancher en acacia, dans le salon et dans la petite cuisine. Les meubles ont l'air vintage mais semblent en très bon état et sont très bien assortis. Le canapé et les fauteuils se déclinent en tons de bleu. Un pouf en osier de style aztèque sert de table basse. Quelques photographies encadrées décorent une table placée à côté du canapé, un bambou dans un pot est posé sur la table haute, une table au style très original, faite de chutes de bois assemblées au hasard, bois clair et bois foncé de belle facture se mêlant avec netteté et finesse.

– Oliver me surprend. Cette maison n'a rien d'une garçonnière.

Finn glousse.

– Il est plutôt ordonné comme garçon.

Je jette un coup d'œil au torchon posé sur son épaule.

– Et tu fais la vaisselle.

Il hausse les épaules.

– Moi aussi.

– Donc, c'est Ansel le dégueulasse ? (Je lui souris. Mon cœur bat dans mes oreilles. La tequila me manque.

Il fronce les sourcils, je m'explique.) L'un de vous doit forcément être négligent… si l'on en croit mes statistiques totalement sexistes.

– Au contraire, c'est le type le plus maniaque que je connaisse. C'est Perry qui se fiche de la propreté. Alors, ta théorie…

– Bien sûr, c'est une grosse dégueulasse. Un monstre.

Indéchiffrable, Finn reste silencieux. Je ne m'attends pas à ce qu'il descende l'une de ses amies les plus proches, même si c'est effectivement un monstre.

Je finis par demander :

– Pourquoi restes-tu si longtemps à San Diego ? Je pensais que tu ne quittais jamais ton travail.

Il passe une main sur sa bouche et son menton sans me quitter des yeux.

– Il semblerait que tu sois toujours là quand je fais une exception.

– Ce n'est pas vraiment une réponse.

– Business.

– Business ?

– Ouais. (Il s'approche.) *Et toi,* pourquoi es-tu ici ?

– Je pensais qu'on s'était mis d'accord sur le pas de la porte.

– Je sais ce que tu veux, mais pas pourquoi.

– Ma… (Je m'interromps : je ne peux pas lui dire pourquoi je suis là. Trop lourd. Trop… personnel.) Je voulais prendre un peu l'air, l'ambiance n'est pas très bonne chez moi en ce moment.

L'air perplexe, il me dévisage. Il semble avoir une question sur le bout de la langue, mais il choisit d'avancer d'un pas et de lever les paumes en l'air pour imiter une balance.

– Finn... Acheter des chaussures... Finn... Acheter des chaussures. Tu as gagné, tu vois.

Il se laisse aller au sourire qu'il refoulait.

– Explique-moi pourquoi *moi*. Tu as une flopée de fils de riches à disposition, prêts à t'ouvrir les bras.

Mon sang se met à bouillir. Il joue avec l'ourlet de ma robe.

– Ils sont tous nuls.

– Oh ! Vraiment ?

Il n'a pas l'air surpris.

– Je n'ai jamais couché avec un mec qui m'ait fait jouir sans mon aide.

J'ignore son rictus.

Au moins, je suis parvenue à cacher mon trouble. Je suis prête à tout pour ressentir la sensation magique de ses doigts sur moi, mais je n'ai aucune envie de l'avouer. Je devrais, qui sait ? Ça lui donnerait peut-être envie de se surpasser.

– Donc, pour être parfaitement claire, je ne veux que du sexe avec toi.

Finn m'attire contre lui, je ferme les yeux. Mes sens anticipent ses mains et sa bouche. Il effleure mes cheveux, mon cou, ramène les mèches dans sa main avec douceur pour m'attraper par les cheveux.

– Alors, commence par m'embrasser.

Il m'immobilise la tête. Je tente de l'embrasser, mais je suis incapable de bouger d'un pouce.

J'essaie encore, mais il resserre la pression, en souriant avec malice. Je ferme les yeux, caresse son ventre nu, sa poitrine. Sa peau est délicieusement brûlante. Son torse musclé et doux me fait vibrer – ses tétons se dressent sous mes doigts, il laisse échapper un gémissement quand je les griffe, et relâche légèrement la pression sur mes cheveux. C'est familier et ça ne l'est pas : cette fois, nous ne nous jetons pas l'un sur l'autre, nous ne sommes ni ivres ni aveuglés par le désir.

Nous avons décidé de baiser. Et nous avons un après-midi entier devant nous.

C'est du moins ce que je crois. Je ne sais rien du « business » qui l'amène, j'y pense un instant puis mes capacités de réflexion s'évanouissent. Ses mains remontent dans mon cou, j'effleure ses lèvres. Dans un grognement, il se penche et m'embrasse avec la langue. La fièvre nous emporte. Il me pousse dans le couloir, nous nous retrouvons contre un mur, il se fige en se collant à moi.

– Hier soir, je voulais lécher ta chatte, dit-il dans mon oreille. J'en ai toujours envie. J'ai envie de te rendre folle, de te faire crier, que tu me mouilles le visage. Qu'en penses-tu ?

Je pense que c'est un plan parfait.

Finn m'attire dans le couloir, je compte trois chambres (trois petites chambres), la sienne est la dernière, de l'autre côté de la maison. C'est assez dépouillé. Un grand lit IKEA contre un mur, l'armoire assortie en face. La valise de Finn est ouverte, juste à côté.

Dans cette partie de la maison, le soleil ne filtre pas, il y fait donc relativement frais. Nous trébuchons et nous figeons à quelques centimètres l'un de l'autre. La chaleur du corps de Finn est communicative. Il respire lourdement. Je halète, mon cœur bat si fort.

Je ne me sens presque jamais intimidée – jamais je ne laisserais un mec prendre le dessus –, mais si quelqu'un détient le pouvoir dans cette pièce, ce n'est pas moi. Il fait tomber le torchon et laisse ses yeux vagabonder de ma bouche à mon cou, et encore plus bas. Mes seins se dressent sous ma robe. Il se lèche les lèvres.

– Je vais t'attacher cette fois, me dit-il en descendant une bretelle sur mon épaule. Ça te tente ?

Il m'embrasse dans le cou. Surprise, je cligne des yeux. Je... *pourrais être tentée.* Personne ne m'a jamais attachée. Mais pour être honnête, ça ne m'étonne pas de la part de Finn. À Vegas et au Canada, il était aussi brutal que tendre. Il m'a fessée, il m'a plaqué les mains au-dessus de la tête, s'est retenu de jouir pour me prendre plus longtemps et m'a embrassée si tendrement que j'ai joui tout à coup. Il s'est retiré et m'a fait à nouveau jouir avec la bouche. La première nuit que nous avons passée ensemble, on a seulement baisé une fois avant de s'endormir profondément, mais l'étreinte a duré trois heures. Finn aime prendre les devants. Je suis décidée à le laisser faire.

– Pourquoi pas ?

– La dernière fois que tu t'es pointée sans m'avoir prévenu, je n'avais pas le temps. Aujourd'hui, j'ai envie de savourer le moment. À moins que tu sois pressée ?

Les yeux fermés, je secoue la tête. C'est tellement bon de tout remettre entre ses mains. De me débarrasser de mes inquiétudes, de le laisser m'attacher, me lécher, me baiser jusqu'à ce que j'en perde le souffle. Je ne le connais pas encore assez bien pour imaginer qu'il puisse m'apporter autre chose, mais je sais que ce type fait des merveilles avec mon corps.

– Alors ? demande-t-il, soudain irrité.

– Non. (J'ouvre les yeux et m'éclaircis la gorge.) Je ne suis pas pressée.

Il hoche la tête, marche jusqu'à l'armoire et sort une longue corde rouge de l'étagère supérieure.

– Et tu as de la *corde* dans ton armoire, comme par hasard ?

Ma voix est soudain aiguë, presque nasillarde.

– Je ne voulais pas la laisser dans mon pick-up pour éviter qu'on me la vole. (Il me sourit.) C'est une très belle corde.

Je pense que personne à Pacific Beach ne pourrait penser qu'une corde dans la benne d'un pick-up est une *très belle corde*, mais je ne me plains pas. Je suis heureuse qu'il n'ait pas à sortir de la chambre pour aller la chercher.

Mais en y regardant à deux fois, cette corde ne ressemble en rien aux cordes utilisées sur un bateau. Elle est douce, presque soyeuse.

– Tu as toujours de la corde soyeuse dans ton pick-up ? Dois-je te googleliser, Finn ?

Il rit et la pose au bout du lit.

– Je pensais que j'aurais la chance de te déshabiller au moins une fois pendant mon séjour.

Il lève le menton pour me demander de m'exécuter.

– Quelle arrogance !

Il lève les sourcils comme pour dire *je n'avais pas raison ?* et récupère le torchon sur son épaule, marchant autour de moi tandis que je retire ma robe. Je glisse ma culotte Aubade sur mes jambes et sens qu'on me frôle la cuisse.

Un bruit sec retentit, au même endroit.

J'ouvre la bouche et me tourne vers lui. Il m'a fouettée avec le *torchon*, comme un adolescent dans une cuisine. La morsure du tissu provoque une sensation de chaleur, qui contraste avec la fraîcheur de la chambre.

– Viens par ici, dit-il en ignorant mon air surpris.

– Tu ne vas quand même pas me fouetter avec un *torchon ?*

– Tu as raison, ce n'est pas ce que je compte faire. (Je m'approche, il le fait claquer contre ma hanche.) Je vais t'exciter avec.

– Mais… je viens de me déshabiller et…

Il me donne un nouveau coup, sur la cuisse cette fois.

– Tu es venue coucher avec moi, pas avec un petit con maigre de Del Mar. Et je fais ce que je veux. (Ses yeux s'adoucissent.) Ce n'est pas comme si je n'allais pas te donner de plaisir, Beauté. Pas du tout.

Je soupire et hoche la tête. Quoi qu'il ait envie de faire… je suis là pour ça. Je ferme les yeux en me laissant aller à la sensation d'ivresse que je ressens chaque fois que je suis près de lui. Je n'arrive à me concentrer sur rien d'autre.

Il tire doucement sur une mèche de mes cheveux.

– Regarde-moi.

Les yeux écarquillés, je me concentre sur sa lèvre inférieure. Un petit sourire ironique la tord, j'attends la prochaine instruction.

Il murmure :

– Embrasse-moi dans le cou.

Je m'exécute. Je monte sur la pointe des pieds et l'embrasse là où son cœur bat. C'est une excuse, je veux voir à quel point je l'excite, si son sang pulse comme le mien. Mais son pouls est régulier – *boum… boum… boum…* – sous mes lèvres.

– Lèche-moi.

Il glisse les doigts dans mon cou, sur mon collier, dans mes cheveux, et les tire.

Ma langue pointe, effleure sa peau. Il grogne de désir. Finn a le goût de sel, d'air pur, comme s'il était le fils de l'océan.

– Allonge-toi.

Il me lâche mais ne me quitte pas du regard. À cet instant, je me souviens que Finn a dix ans de plus que moi. Je dois avoir l'air tellement naïve. Connaît-il l'étendue de mon inexpérience avec des amants comme lui ?

– Je vais t'attacher et embrasser cette mignonne petite chatte pendant un moment. Je veux t'entendre prononcer mon nom quand tu jouiras sous ma langue.

Je me dirige vers le lit et m'installe au milieu. J'ai grandi sur la plage, je suis habituée à me promener en bikini devant tout le monde, mais Finn et moi avons toujours couché ensemble dans le noir. C'est un peu étrange d'être complètement nue – lui, presque habillé – et de grimper sur le lit en plein jour.

Je m'agenouille et m'attends à ce qu'il me rejoigne, il secoue la tête.

– Allonge-toi. Ferme les yeux. (Je dois avoir l'air réticente.) Tu veux qu'on continue ?

Avant de faire ce qu'il dit, je jette un coup d'œil à la braguette de son jean délavé, tendue par sa queue. Il fait toujours en sorte que mon corps soit prêt, que je sache ce qui viendra ensuite, mais je ne me suis pas débarrassée de mes angoisses. J'ai hâte de me perdre dans autre chose que mes propres pensées.

Il repère la direction de mon regard et frotte sa queue, l'agrippe à travers son jean.

– Tu y auras bientôt droit. Allonge-toi.

L'oreiller est rebondi mais dur, la couette recouverte de coton, douce, caresse ma peau nue. Entre mes jambes, le matelas s'affaisse. Finn monte au bout du lit et passe une main entre mes cuisses.

Il commence à disposer la corde rouge sur mon torse, en évaluant la longueur restante de chaque côté. Il me soulève légèrement pour passer la corde sous mon dos et la croise sur ma poitrine. Il la passe à mon poignet, immobilise mon bras avant de revenir sur ma poitrine, de l'autre côté. Il entrave mon autre bras, en faisant en sorte que mes poignets soient bloqués au niveau de mes hanches. Au centre, presque sur mon nombril, il fait un nœud compliqué et très joli. Je l'observe tout le long. Il se concentre pour ne pas m'attacher trop serré. Je sens que la vue de mon corps entravé lui plaît. Quand il a fini, il soupire, passe une main sur mes hanches, mon ventre, mes seins, mon cou.

– Je ne savais pas que c'était ton truc.

Il hausse les épaules mais n'ajoute rien. Mes seins sont mis en valeur par un X dessiné sur ma poitrine, la corde est douce mais solide ; je sens sa rigidité tout contre ma peau.

– Est-ce trop serré ?

Il me caresse un téton. Je ravale un gémissement.

– Non.

– Tu aimes ça ?

Je perçois une pointe d'inquiétude dans sa voix. Finn a l'air de prendre son pied : ses mains tremblent, son regard brûle, sa queue semble plus dure que jamais. *Très très dure.* Mais il veut que j'apprécie tout ça autant que lui.

Et bordel, c'est le cas. Avoir les bras attachés ne me dérange pas autant que je l'aurais cru. Je sens *tout.* La texture de la corde quand je bouge, l'air frais sur mes seins, l'écho de mon cœur dans mon cou, dans ma poitrine, entre mes jambes.

J'avais oublié à quel point ses mains étaient rudes, calleuses à force de travail physique. Ses longs doigts remontent sur mes jambes, il les écarte brutalement.

Je résiste, il soupire et secoue la tête. Il ne me regarde pas le visage, il regarde *entre mes jambes.*

J'aime à me considérer comme une fille progressiste – je passe mon temps à dire qu'il faut tout faire, tout essayer – mais jusqu'à présent, ça a surtout été de la théorie. À vingt-deux ans, je n'ai jamais eu un amant qui avait assez d'expérience pour aller si lentement, me forcer à apprécier chaque minute des préliminaires. Je n'ai jamais été avec quelqu'un qui ait assez confiance en lui pour rester immobile, calme, en me *regardant* tout simplement. Je n'ai certainement jamais été attachée. Et personne ne m'a jamais savourée comme Finn, surtout pas le Finn que je pensais connaître.

Il s'installe entre mes jambes, m'embrasse sur la cuisse en admirant mon corps et la corde rouge contre ma peau.

– Tu es magnifique.

– Merci.

Sa voix rauque est méconnaissable. Les lèvres ouvertes, il se penche. Seigneur, je le crois.

Il gémit une seconde avant de toucher ma peau, et une bombe éclate en moi. Quelque chose explose chaque fois que sa langue entre en contact avec mon sexe. Je me laisse tomber sur le lit, cherche à me débattre, puis je me cambre pour approcher mon sexe de sa bouche. Je sais que je n'attends pas ce moment depuis hier soir mais depuis la première fois où j'ai senti sa langue entre mes jambes. Sa bouche est chaude et vigoureuse. Il m'embrasse le sexe comme il m'embrasserait sur la bouche. De petits baisers légers, des coups de langue qui provoquent mon premier cri. Il grogne, plonge la langue en moi et se laisse aller.

Finn frôle toujours la limite de la brutalité. Les deux dernières fois, il a toujours été en contrôle. Aujourd'hui, c'est différent. Ce n'est pas seulement la corde autour de mes bras ou la manière dont il me plaque sous lui. J'ai l'impression que nous nous sommes transportés dans un espace différent – avant, c'était juste un coup d'un soir, puis un coup de deux soirs, juste du sexe. J'ai l'impression d'accéder à une part secrète de sa personnalité.

Pendant un instant, j'écoute ses gémissements, il suce et lèche. Je distingue vaguement les miens – je crie son nom et d'autres mots entrecoupés. Je ne suis plus moi-même. La vibration de ses grognements contre ma peau, la façon dont il utilise le nœud de mon nombril pour m'attirer vers lui, contre sa bouche... Je jouis si vite que la sensation me cloue les cuisses au lit ; j'explose de chaleur trempée, de bonheur pur. Bordel, j'en ai des frissons plein les jambes. Électrifiée par la sensation, ma peau a rougi. Mon cri rauque résonne dans la chambre presque vide. Finn continue à jouer avec sa bouche sur moi, mais après l'orgasme, je halète, mes jambes tremblent de faiblesse. Je veux les refermer. Ses grandes mains m'en empêchent.

Il grogne un *non* et me donne une claque sur la cuisse.

Je suis bien trop enivrée de plaisir pour être choquée. Il caresse l'endroit où il vient de me frapper, effleure ma peau irritée de ses grandes mains calleuses, lentement, esquisse de petits cercles. Je veux sentir à nouveau la claque parce qu'ensuite, la chaleur de sa main est délicieuse.

Les lèvres contre mon clitoris, le regard sur mon visage, Finn m'observe. Il s'écarte juste assez pour murmurer :

– Ça te plaît ?

Parle-t-il des claques ou de mon orgasme éblouissant ? Des liens qui m'empêchent de bouger d'un centimètre alors que mon corps est tendu comme jamais ? De toute façon, la réponse est la même.

Je bats des paupières, ouvre la bouche en associant lentement les mots *tellement... bon... putain* dans ma tête. Sans me laisser le temps de les prononcer, il sourit et se remet à me lécher, à tirer sur le nœud, à me rendre folle. Les mots et toutes mes pensées s'évaporent. Je me colle contre lui, tortille les hanches autant que je peux.

Mon visage brûle. Ma peau picote à cause de la corde, comme si elle vibrait au même rythme que sa langue sur mon clitoris. Mes seins tendus me font mal. J'ai envie de sentir ses mains et sa bouche sur ma poitrine. Je veux qu'il soit partout en même temps. Je le désire tellement, je ne pense plus qu'aux endroits où il me touche et aux endroits où il ne me touche pas.

Je dois marmonner quelque chose parce que sa voix traverse le brouillard.

– C'est ça... Bordel, *regarde-toi.*

Mais je le regarde, *lui.* La tête entre mes jambes, ses yeux, des yeux magnétiques, putain, sont fixés sur moi. Il enfonce un doigt en moi, renverse la tête pour continuer à me sucer, ce qui suffit à me rendre folle. Je me cambre encore une fois, hurle, m'effondre dans le piège de la corde soyeuse.

Je suis aussi molle que du beurre fondu. Je gémis calmement, Finn me caresse le ventre en défaisant doucement le nœud.

– Tu risques d'avoir des fourmis quand j'aurai fini d'enlever la corde. (Il m'embrasse au niveau du nœud, la marque sur ma peau ressemble à une fleur.) Ta peau sera plus sensible.

– D'accord.

Je soupire longuement. En effet. Il retire lentement la corde douce de mes bras, refait les mêmes gestes à l'envers, l'air frais de la chambre effleure les lignes délicates sur ma peau, mais seulement pendant une seconde. La bouche de Finn suit le même chemin, léchant, embrassant, apaisant ma peau sensibilisée.

C'est tellement bon, je n'en reviens pas. Sa douceur me transporte. Les mains libérées, j'en profite pour lui caresser les épaules et le cou, attirant son visage sur ma poitrine. Il lèche et suce les marques de la corde entre mes seins.

Finalement, il prend un téton dans sa bouche, le suçote.

– Tellement bon, putain.

Puis il passe à l'autre sein, les doigts posés sur les marques qu'il a laissées.

Finalement, il saisit mes poignets et les place au-dessus de ma tête, repassant la corde autour.

– D'accord ?

– Ouais.

Attachée comme ça, je peux laisser les bras au-dessus de ma tête ou les passer autour de son cou. Mais pour l'instant, je ne bouge pas pour apprécier la sensation. Finn m'attrape par les hanches et me tire jusqu'au bout du lit.

Il me caresse entre les jambes, les doigts en V. Un doigt sur le clitoris et l'autre en moi, encore et encore.

– Tu es brûlante.

Il m'embrasse sur la hanche.

Finn s'écarte, retire son pantalon, puis son boxer qu'il fait tomber par terre. Il attrape un préservatif dans l'armoire mais ne l'enfile pas tout de suite.

Il monte sur le lit, se place à genoux au niveau de ma poitrine. Sur moi, il est brûlant, la chaleur qui émane de sa peau me fait vivre des sensations inconnues. Comme si les connexions nerveuses s'étaient multipliées partout où la corde passait.

Il me prend la tête d'une main, sa queue de l'autre.

– Suce-moi.

Le large gland touche mes lèvres, je ferme les yeux en l'écoutant grogner. J'aime la sensation de sa queue épaisse, j'adore son goût. Je lèche son gland, ouvre plus grand la bouche pour qu'il glisse à l'intérieur, pénètre ma bouche. Je joue avec la langue pour l'humidifier assez pour qu'il puisse coulisser facilement entre mes lèvres.

– Tu aimes ça ? demande-t-il d'une voix rauque. Sentir ma queue sur ta langue ?

J'acquiesce et ouvre les yeux. Son expression s'est transformée : je lis sur son visage une tendresse inhabituelle, comme s'il n'avait jamais vécu une chose aussi extraordinaire de sa vie.

– Je n'ai jamais joui dans ta bouche. J'y ai toujours pensé, mais j'ai toujours eu envie d'autre chose entre-temps.

Il s'écarte et illustre cette remarque en se plaçant au niveau de mes hanches. Il ouvre l'emballage du préservatif et le glisse sur sa queue. Si c'était un film, je rembobinerais pour regarder ces trois secondes encore et encore. J'aime le voir regarder sa queue en enfilant le latex, agripper sa verge, passer une main sur ses couilles.

Avec un petit gémissement, il descend du lit pour se placer entre mes jambes.

– Entoure ma taille de tes jambes. Tiens-toi à moi avec.

Je fais tout ce qu'il dit parce que tout ce que je veux, c'est Finn en moi. Il tient sa queue, pose une main sur le lit à côté de ma hanche et me pénètre du bout du sexe.

Entre.

Sort.

Les lèvres ouvertes, les paupières lourdes, il m'observe tout en allant et venant, en me pénétrant à peine.

Je grogne, enfonce la tête dans le matelas et serre les dents.

– J'aime te voir si pleine de désir, murmure-t-il en se penchant pour embrasser ma clavicule. Tu es magnifique, trempée sur ma queue.

Il doit savoir que je suis sans voix, et ne semble pas réellement attendre une réponse. Il me pénètre, centimètre par centimètre, tout en caressant mon clitoris.

– Ah, ah, ah, ne jouis pas encore.

Il se retire et retient son souffle avant de me reprendre. Je sais que c'est *parti.* Il me donne tout, me prend fort, gémit bestialement à chaque à-coup. Ses mains immenses me stabilisent pendant qu'il me prend à un rythme effréné.

J'apprécie que cet homme me demande d'attendre.

Attendre.

Pas encore, Harlow. Ne jouis pas sans moi, bordel.

J'ai dit : attends. Je suis près. Je suis près, putain.

Il se retire au moment où je m'apprête à exploser, puis revient en murmurant dans mon cou :

– Tu as envie de jouir ?

Oui. *Oui, s'il te plaît, s'il te plaît,* je le supplie et réalise en quelques secondes, peut-être au troisième *s'il te plaît,* qu'il adore ça. Je le vois, il s'excite, me prend plus fort. Pendant un minuscule instant, je me rappelle que le *monde existe en dehors de lui.* Je ferme les yeux et me replonge dans la sensation comme si seuls Finn, sa bite, ses mains, n'avaient d'importance.

Toute pensée rationnelle disparaît aussi rapidement qu'il me baise, je crie. Il me prend toujours plus fort, plus fort, encore plus fort, jusqu'à me faire jouir. Il me tient par les fesses pour me pénétrer bien à fond, m'embrasse sur l'épaule. Sa queue est tellement enfoncée en moi que je ne vois pas comment je pourrais me sentir plus pleine.

Finn ne s'arrête pas, son corps se tend et il grogne contre ma peau. Je sens qu'il se tord en moi, que son cœur bat extrêmement fort – ou est-ce le mien –, je ne sais plus. Je ne sais plus qui est qui.

Je ne sais pas non plus qui est le plus épuisé. Finn a fait tout le travail, il m'a prise, m'a repoussée, attirée contre lui selon ses désirs et, pourtant, je me sens totalement éreintée. Les jambes lourdes, le corps tout entier en caoutchouc. Je pourrais dormir pendant des jours.

C'était le but.

Au bout d'un moment, Finn me détache les poignets, passe le pouce sur les marques rouges.

– Ça va partir, commente-t-il en les examinant, une pointe de regret dans sa voix. Dans une heure environ.

Je hoche la tête, ferme les yeux, compte jusqu'à dix et me lève. Je me rhabille. Ses yeux ne me quittent pas.

– Seigneur, Harlow, tu n'es pas obligée de partir tout de suite. (Sa voix est lourde d'épuisement. Le ciel a pris une couleur violette, comme après le coucher du soleil.) Oliver ne va pas rentrer avant un moment.

J'ouvre la bouche :

– Je dois...

Je désigne le nord, vers chez moi.

Il acquiesce, me regarde remettre mes vêtements. Sa lourde main tapote le lit.

– Harlow, tu ne devrais pas partir comme ça. (Il s'assied sur le lit.) Reste. Laisse-moi... je ne sais pas, bordel. Te faire couler un bain ou... juste, reste ici. C'était intense. N'est-ce pas ?

Oui. C'était tellement intense que je ne peux m'empêcher de réfléchir à nouveau aux raisons qui m'ont amenée ici.

Pleine de doutes, je finis de récupérer mes affaires. Finn est-il l'échappatoire parfaite ou une nouvelle obsession dangereuse ?

Chapitre 4

Finn

LA LUMIÈRE CHANGE quand je traverse la rue. Je suis au téléphone avec mon frère Colton, il énumère les avaries du bateau – bien sûr, ce dernier ne pourra pas quitter le port avant la fin des réparations.

– Tu es sûr que l'installation électrique est fichue ? (L'angoisse me prend à la gorge, j'ai besoin de précisions.) Tu sais si le problème vient des gaines ? Tu as vérifié les fusibles ?

À l'autre bout du fil, Colton soupire. Le connaissant, il a dû enlever sa casquette pour se gratter la tête. Nous sommes mardi, il a passé tout le week-end à évaluer les dégâts. Il doit être vanné.

– J'ai vérifié les fusibles moi-même pendant que Levi s'occupait de la timonerie. Nous avons remplacé tous les fusibles grillés, mais au moment de remettre le courant, les plombs ont sauté.

– Putain.

– Tu l'as dit.

– Alors, on fait quoi ?

Je me protège du soleil impitoyable sous un auvent rouge vif. À cette heure, on ne peut espérer trouver de l'ombre à San Diego.

– Je vais essayer de remplacer quelques câbles, peut-être même de refaire toute l'électricité. Ça risque de prendre un moment.

– Seigneur. Je devrais être à la maison, pas en Californie, putain !

Je m'appuie à un mur de briques en réfléchissant aux événements de ces derniers mois. Cette année, les catastrophes se sont accumulées, s'ajoutant à la pénurie de poissons et à nos problèmes d'argent... Pour couronner le tout, je suis en Californie. Putain.

Mais Colt me tire de mes pensées.

– Je t'arrête tout de suite. Ici, on gère. Toi, tu t'occupes de la prochaine étape. On s'en est déjà sortis dans des circonstances similaires. On s'en tirera cette fois aussi.

J'hésite un moment avant de poser la question qui me brûle la langue :

– De combien de temps disposons-nous, à ton avis ?

Il soupire, je l'entends presque calculer mentalement.

– Je dois démonter le gouvernail. Au moins deux jours.

Ça pourrait être mieux. Ça pourrait être bien pire. Nous ne prendrons pas la mer avant un moment : je ne peux pas m'empêcher de calculer le manque à gagner pour l'entreprise.

– Tu as révisé le moteur ?

– On a révisé le premier moteur.

– Et ? Pareil ? Pire ?

Il hésite.

– Pire.

– Bordel. Il va tenir combien de temps ?

– D'après nos estimations, six mois maximum. Mais la dernière révision prédisait pareil, Finn. L'année d'avant, idem. Il y a seulement deux pourcents de copeaux supplémentaires dans l'échantillon d'huile par rapport à la dernière fois. On a *au moins* un an devant nous. D'ici là, on aura fini la saison et ce sera plus simple. On va s'en sortir.

– Oui.

Je m'éloigne de l'immeuble où je cherchais de l'ombre. Je passe devant plusieurs boutiques, restaurants, petits bars. Plus je marche et plus les trottoirs sont encombrés. Le soleil de San Diego tape, mon T-shirt noir et mon jean épais emmagasinent la chaleur. Colton a raison, on a vu pire. Nous ne serons pas tout de suite obligés d'appuyer sur le bouton rouge du nucléaire.

Alors pourquoi suis-je ici ?

– Tu es prêt pour la réunion ?

Soudain, je le sens un peu anxieux.

– La situation n'est pas encore désespérée.

Il rit nerveusement.

– Finn, nous ne pouvons pas nous permettre de nous fermer des portes.

– Je sais, Colt. Tu n'as pas besoin de le répéter.

Mais non : je refuse cette éventualité. Je n'ai aucune envie de laisser des inconnus décider pour nous. L'option « L.A. », comme je l'ai surnommée, n'est *pas* une option.

– C'est quand ?

Comme si la date n'était pas marquée au fer rouge dans son cerveau. Même chose pour Levi et moi.

– La semaine prochaine.

Pourquoi suis-je venu si tôt ?

Je pourrais vous aider à réparer et...

(Je m'appuie sur un mur en me frottant le visage.)

Il maugrée.

– Bon sang, tu vas t'arrêter de t'inquiéter ? Prends du temps avec Ansel et Oliver, profite d'eux. Ça t'arrive de t'amuser, Finn ? Pour l'amour de Dieu, baise un coup avant le rendez-vous avec L.A. (Je manque trébucher – mes abdominaux sont douloureux après le marathon sexuel avec Harlow l'autre jour.) Rien ne va bouger en ton absence. Compris ? T'amuser ?

Je jette un coup d'œil par la fenêtre du bâtiment en briques à ma droite. Mon reflet me jette un regard noir, mais ce n'est pas pour cette raison que je me fige. Je viens d'apercevoir Harlow, assise à une table, les sourcils froncés devant son ordinateur portable.

M'amuser.

– Ouais, compris.

LA SERVEUSE ME SOURIT. Sexy dans le genre pin-up, elle serait parfaitement à l'aise allongée sur le capot d'une voiture vintage. Les cheveux violets coupés court, attachés avec des petites barrettes sur le côté, un piercing à la lèvre et au nez, des tatouages plein les bras : je suis sur le point de rappeler Colton. Cette fille le ferait craquer.

Je lui dis en souriant :

– Je vais m'asseoir à cette table.

Harlow est assise toute seule. Concentrée sur sa recherche Internet ou sur du travail, elle ne quitte son écran des yeux que pour saisir son téléphone, y jeter un coup d'œil avant de le reposer.

La serveuse me tend un menu et me fait signe d'entrer avec un clin d'œil. À l'intérieur, on est protégé du soleil et de la chaleur étouffante. Le mois d'octobre sur l'île de Vancouver est frais. À San Diego en revanche, on a l'impression que la belle saison ne fait que commencer. L'été perpétuel. On s'étonne que les gens soient aussi détendus ici !

Des canapés noirs élégants, avec des coussins confortables, délimitent de petites zones pour se détendre du côté de l'entrée du restaurant, de grandes tables entourées de tabourets occupent le fond de la salle. Cet endroit ressemble plus à un club qu'à une pizzeria.

Harlow s'est installée à une grande table en bois dans un coin. Aujourd'hui, elle porte une jupe jaune, une paire de sandales marron, ses jambes bronzées sont tendues devant elle. Ses cheveux tirés en chignon lui donnent une allure sophistiquée et décontractée à la fois. Je m'approche de la table, heureux de repérer un petit suçon sur son épaule.

– Bonjour, Mademoiselle Vega.

Elle sursaute au son de ma voix. Elle lève les yeux, son sourire s'évanouit, remplacé par une expression de surprise... peut-être de défaite.

– Finn. (Elle jette un coup d'œil à son écran, je m'installe en face d'elle.) Je t'en prie, dit-elle sèchement. Assieds-toi.

– Tu sais... (Elle roule des yeux.) Tu as l'art de mettre les gens à l'aise.

Une serveuse s'approche, je jette un coup d'œil au verre d'Harlow : un thé glacé.

– La même chose, s'il vous plaît.

Harlow me dévisage.

– Tu comptes rester ?

– Pourquoi pas ? Cet endroit a l'air cool.

Pour toute réponse, elle soupire. Mais elle a rougi – elle n'a pas oublié que je l'ai attachée pour la baiser il y a trois jours. Harlow jette un coup d'œil à son téléphone.

– À quelle heure es-tu censée rentrer ?

Elle secoue la tête.

– Je n'ai aucun programme précis.

Je fais mine de regarder ma montre.

– Je ne voudrais pas avoir l'air de t'espionner...

– Ah bon ?

– Mais... tu ne travailles jamais ?

– Si.

Les yeux toujours baissés, elle répond à son écran d'ordinateur. Son collier fin bouge légèrement à chaque respiration. Le souvenir d'Harlow allongée sur le dos, attachée, uniquement vêtue de ce collier, me revient...

Du calme, Finn.

– Alors, tu ne devrais pas être au bureau ou en train de déjeuner avec tes copines ?

Elle referme lentement son ordinateur.

– Je ne travaille pas aujourd'hui.

– Pourquoi ?

Mes questions semblent l'irriter de plus en plus. De son côté, elle ne cesse d'aiguiser ma curiosité.

– Parce que je ne travaille pas aujourd'hui, point. Ma mère ne se sent pas bien. Je regardais des trucs.

– Et quand tu travailles, tu fais quoi *exactement ?*

– Je suis stagiaire chez NBC.

Je regarde à nouveau ma montre – avec un air théâtral, cette fois. Il est une heure vingt de l'après-midi et elle fixe son ordinateur ou joue sur son téléphone dans une pizzeria. Un mardi.

– Temps partiel, ajoute-t-elle. Je travaille douze heures par semaine.

Douze ? Devant mon incrédulité, elle ajoute :

– Quoi ?

– Tu n'es pas payée, j'imagine ?

– Sta-giai-re. (Elle répète le mot pour se faire comprendre.) Plus tard, j'aimerais travailler dans l'industrie du cinéma. Il faut bien commencer quelque part. NBC possède une antenne à San Diego.

– Je vois. Tu es la préposée aux cafés, ce genre de choses.

– Parfois.

– Et ça ne te dérange pas ? La fille d'une actrice connue et d'un grand monsieur d'Hollywood qui apporte les cafés ?

Je ne plaisante qu'à moitié. Je *suis* curieux, pour de bon, mais j'adore la taquiner.

– Ce n'est pas tout ce que je fais, réplique-t-elle avant de réfléchir. (Elle sourit d'un air accablé.) Mais ouais, ils adorent l'idée de me confier le sale boulot parce qu'ils savent qui est mon père. J'ai toujours travaillé sur les lieux de ses tournages, j'ai une plus grande culture cinématographique que la plupart de mes supérieurs. Mais mon père m'a toujours appris que pour réussir, il fallait gagner le respect de ses collaborateurs en restant humble. Je m'y efforce. Ça finira bien par évoluer.

Ah ! Je ne m'attendais pas à une telle réponse. Je peux presque entendre mon père dans ses propos, c'est très perturbant.

– Donc tu es allée à la fac et tu as un master en... ?

– Communication.

– Communication, ah ! Master Facebook et Twitter ?

L'air amusé, elle m'examine.

– Tu as déjà *entendu* parler de Twitter ?

J'ai envie de la gifler.

– Et toi, tu fais quoi ici ? (Elle glisse son joli ordinateur argenté dans son sac encore plus joli.) S'agit-il de ton mystérieux business ?

– Je déjeune et je passe un ou deux coups de fil. Pourquoi ? Tu as une autre idée en tête ? Je pourrais me laisser convaincre.

– Nous sommes chez Basic. Mon devoir de citoyenne de San Diego me dicte de t'inviter à déjeuner. La nourriture est délicieuse *et* tu peux commander de la bière ici.

– La bière m'aidera certainement à te supporter le temps d'un déjeuner.

Elle éclate de rire et me tape sur l'épaule.

MAIS IL S'AVÈRE QU'HARLOW a raison.

– Tu l'as vu comme moi, il y avait de la purée sur ma pizza.

J'attrape ma bière.

– Ouais. Et ce n'était pas la meilleure pizza de ta vie ?

Oui, mais je ne compte pas le lui avouer. Je termine tout seul la moitié d'une pizza à la mozzarella, aux pommes de terre écrasées et au bacon. Harlow a dévoré la sienne, elle aussi.

– C'était bon.

– Bon ! répète-t-elle en secouant la tête. Ne t'emballe surtout pas, Finn.

– Je sais faire des compliments quand la situation l'exige.

– Par exemple ?

– Je me souviens de t'avoir dit que ta chatte avait un goût délicieux.

Elle écarquille les yeux : *voilà* ce que j'attendais. Obtenir une réaction d'Harlow – la choquer, l'irriter, la soumettre – me procure toujours autant de plaisir. Ça fait de moi un connard d'homme des cavernes, j'en ai conscience, mais j'adore ça. Ça l'excite autant que moi. Alors pourquoi s'en priver ?

– D'ailleurs, pourquoi es-tu partie si abruptement samedi ? Je masse le dos comme un dieu.

Elle n'est pas prête à m'entendre lui parler aussi honnêtement. Désorientée, elle cligne des yeux, incapable de trouver une répartie satisfaisante pendant de longues secondes.

– Parce que c'était intense. J'avais juste envie de me faire baiser.

Je grignote un morceau de pizza.

– Que vas-tu faire de toute cette libido quand j'aurai quitté la ville ?

Elle hausse les épaules.

– Me masturber plus souvent.

Elle prend une grande bouchée de pizza. Je glousse. Passer du temps avec elle me procure un plaisir toujours renouvelé.

– Donc, tu as un master en Communication, ton père est un réalisateur de premier plan. Que dois-je savoir d'autre ?

– Finn, tu te souviens de notre arrangement ? Tu dois savoir que j'aime *jouir*. Pour le reste... n'en fais pas trop.

– Allez... Gingembre.

– Très bien. (Elle s'essuie les mains sur sa serviette et la pose sur la table.) J'ai une sœur, Bellamy.

– Elle est mignonne ?

Harlow me lance un regard dégoûté.

– Elle a dix-huit ans, sale pervers.

– Je pensais à mon *frère* Levi. Seigneur, détends-toi.

Elle hausse les épaules.

– Elle est superbe mais totalement folle.

Je lève un sourcil.

– Saleté de génétique.

– *Ah ça !*

– Elle étudie ici ?

– À mon avis, son école d'art doit cacher un trafic de marijuana.

– Sérieusement ?

J'écarquille les yeux. J'ai bien entendu des histoires à propos de la Californie, mais...

– Non, je plaisante. Ne monte pas sur tes grands chevaux, le Canadien. Mais le règlement y est très cool. Je ne sais même pas si on l'embaucherait chez Burger King avec son diplôme.

– Et tu vis toujours chez tes parents ?

Elle plisse les yeux.

– J'ai vingt-deux ans, Finn.

– Mais tes parents habitent ici et tu n'es pas payée pour aller récupérer les cafés des magnats du cinéma. Pardonne-moi de supposer que tu pourrais encore dépendre de tes parents pour le gîte et le couvert.

– J'ai un compte épargne. (Elle secoue la tête en désignant sa pizza.) Ne joue pas l'étonné.

– Je suis étonné que tu l'*avoues.*

– Suis-je censée culpabiliser d'avoir fait un bon investissement dans l'immobilier californien grâce à l'argent que mes parents ont mis de côté ?

– Et moi, dois-je te féliciter de savoir dépenser à bon escient l'argent de tes parents ?

J'éclate de rire.

– Tu crois que je suis une gamine riche et écervelée. C'est mignon. Mais je ne suis pas plus écervelée que tu es un bûcheron stupide.

– Pêcheur.

– Quoi ?

– Je suis un pêcheur, Harlow.

Elle se lèche les lèvres.

– C'est la même chose. Putain ! Mon job n'est peut-être pas très glamour, mais j'y excelle. Je suis l'irremplaçable préposée aux cafés.

J'éclate de rire.

– Tu es unique.

– Et toi, sexy comme personne.

Je me laisse aller sur ma chaise en la détaillant. Elle me scrute intensément. C'est la fille la plus sexy que je connaisse. À mon grand étonnement, c'est peut-être aussi la plus intelligente.

– On me le dit souvent.

– Et toi ? Tu as des frères et sœurs ? Des frères, non ?

Je bois une gorgée de bière.

– Deux. Colton et Levi.

– Vous travaillez ensemble ?

– Oui, avec mon père. Il a fait une attaque il y a quelques années, donc il a dû lâcher prise, mais il n'est jamais loin des affaires.

– Et ta mère ?

Je secoue la tête.

– Morte quand j'avais douze ans. Cancer du sein.

Harlow devient soudain livide. Ses mains tremblent tellement qu'elle manque renverser son verre de thé glacé.

– Finn, mon Dieu, je... (Elle secoue la tête, respire un bon coup et ferme les yeux.) Ça me *brise le cœur.*

Que dire ?

– Ouais. C'était il y a longtemps.

Elle regarde ailleurs. Je remarque qu'elle a soudain l'air épuisé.

– Alors que cherches-tu sur Internet avec tant de passion ? Une session Facebook intense pour rattraper ton retard ?

Elle est sur le point de répliquer quelque chose, mais son expression s'adoucit.

– Je cherche des trucs.

– Les tendances de la saison prochaine pour les chaussures ?

– Des trucs dans le genre.

Waouh, Harlow ne sait pas mentir.

Mais si elle ne veut pas en parler, je ne vais pas l'y forcer. Il y a tant de choses que je préfère garder pour moi.

– Allez...

Elle pose les yeux sur moi et fronce les sourcils.

Je me lève et lui tends la main.

– On y va ?

C'EST UNE NOUVELLE ROUTINE. Dans le couloir, chez Oliver, nous nous embrassons frénétiquement sans cesser de nous caresser. Son corps chaud, sa peau douce tout contre moi. Elle sent bon, putain.

Harlow passe devant, nous guide dans le couloir. Nous nous cognons contre les murs en nous dirigeant vers ma chambre.

Elle lance :

– Oliver ?

Et elle s'immobilise un instant pour jeter un coup d'œil aux alentours, en tendant l'oreille. Ses lèvres gonflées, ses joues roses me donnent envie de les embrasser. Des mèches se sont échappées de son chignon, autour de son visage et sur ses épaules.

– Pas encore rentré.

Je l'attire contre moi. Ai-je le temps de la baiser ici, penchée sur le canapé, ou les mains contre le mur ? Je pourrais me repaître de ses cris dans ce lieu incongru, où Oliver pourrait faire irruption.

– Aucune idée de l'heure de son retour. Tu peux faire vite ?

En réalité, je n'ai pas envie de me dépêcher. J'aurais préféré qu'on aille chez elle. Quelque part où nous aurions pu prendre notre temps comme l'autre jour.

Nous entrons dans ma chambre, je ferme la porte et la verrouille derrière moi.

Je lui ordonne :

– Sur le lit.

Harlow me donne un dernier baiser et me surprend en s'exécutant tout de suite. Elle enlève lentement ses chaussures et grimpe sur le matelas. Je traverse la chambre, m'approche d'elle et retire ma ceinture sans la quitter des yeux.

– Déshabille-toi.

Harlow acquiesce, nous nous déshabillons tous les deux : d'abord le haut, son soutien-gorge Aubade, et mon jean. Elle retire ses vêtements lentement, pas à la manière d'un strip-tease, mais je sens qu'elle apprécie mon regard sur sa peau nue. Elle veut faire durer le moment.

Ses seins sont fantastiques, bordel. Haut placés, ronds, ils tiennent parfaitement dans mes mains – et j'ai de grandes mains. Ses petits tétons roses me mettent l'eau à la bouche. Elle s'allonge pour retirer sa jupe, je l'aide à la faire descendre sur ses jambes.

– Je me demande à quoi tu ressemblerais, les chevilles attachées en l'air.

Je place sa jambe sur mon épaule et embrasse son mollet. Je ne vais pas le faire – pas maintenant en tout cas. Oliver peut rentrer à tout moment. Pour ça, il faudrait que je l'excite, que je prenne mon temps jusqu'à nous rendre tous les deux fous de désir. Au souvenir de la dernière fois, Harlow écarquille les yeux et se met à haleter.

Tout en m'appuyant près de sa tête, je glisse la main dans sa culotte.

Elle halète, je la pénètre plus profondément, ajoute un deuxième doigt et dessine des cercles sur son clitoris.

– Regarde comme tu mouilles. Alors que tu viens de te déshabiller. Je t'ai à peine touchée et tu es prête à jouir sur ma main.

Harlow respire avec difficulté. Incapable de décider si elle doit nier ou non, elle laisse ses hanches se mouvoir, appeler mes doigts. Je l'embrasse sur le ventre, prends un téton entre mes lèvres, le suce. Son sexe s'embrase, elle gémit ; je mordille, d'abord doucement, puis plus fort.

– Encore, grogne-t-elle.

Je passe à l'autre, suçant, mordant son sein. Je ne veux pas lui faire mal – ce n'est pas mon but –, mais je veux qu'elle se souvienne de ma bouche. Qu'elle soit surprise par un tiraillement inhabituel, peut-être une petite marque.

– Finn, *encore.*

– Tourne-toi.

J'agrippe ses hanches pour l'aider à se mettre sur le ventre. J'attrape sa culotte de dentelle, la fais glisser pour profiter de la vue de son corps complètement nu devant moi.

– Bordel. Ce cul. (Impossible de décider quoi toucher, quoi regarder. Je le pince. Je l'agrippe plus fort, lui caresse encore les fesses pour la préparer à ce qui l'attend.) Je crois me souvenir que j'ai une petite idée derrière la tête.

Son corps est si tendu qu'il vibre presque. Ses muscles se contractent dans l'attente de mes gestes. Ma main erre de ses hanches à ses cuisses, je glisse mes ongles sur sa peau. Elle laisse échapper un petit cri, j'absorbe chacun de ses soupirs. Ils me font chavirer.

– Quelqu'un t'a déjà donné une fessée, Gingembre ?

Elle secoue la tête, les mèches brunes se déversent dans son dos.

– Seulement toi.

J'essaie de réprimer l'éclair de fierté que je ressens à ses mots. Je refoule la vague de chaleur possessive qui monte dans mon ventre.

– C'est ce que tu veux ?

Elle hoche la tête, mais reste silencieuse. Je lève la main et lui donne un coup rapide sur les fesses, juste pour attirer son attention.

– Réponds-moi, Harlow.

– O-oui. Oui.

Je recommence. Ma paume heurte sa peau, un peu plus fort cette fois.

Harlow halète, ses poings se referment sur les draps. Elle se cambre, vient vers moi. Pleine de désir.

– Je t'ai dit que je te donnerai du plaisir, n'est-ce pas ?

Ma main s'écrase sur son autre fesse. Elle crie un peu plus fort cette fois, avec plus de désespoir. Je continue à la fesser jusqu'à ce que sa peau soit chaude et rose. Je caresse doucement son cul, elle laisse échapper un gémissement. A-t-elle déjà eu ce fantasme ? Savait-elle qu'elle appréciait tant ce genre de pratique avant moi ?

Aucun doute, Harlow Vega aime baiser, et j'aime la baiser. Elle se donne à moi avec une telle sensualité. Elle sait qu'elle peut reprendre le contrôle à tout moment, mais je sens qu'elle n'en a aucune envie. Elle jouit de laisser quelqu'un d'autre décider pour elle.

À la dixième claque sur les fesses, les cuisses d'Harlow sont trempées. Je n'ai jamais autant bandé. Sa main a disparu entre ses cuisses, ses doigts glissent sur sa peau humide.

– Tu aimes ça...

J'effleure son sexe. Je plonge les doigts en elle. *Putain,* il me faut un préservatif.

Je me redresse, cherche la boîte rangée à la va-vite dans le tiroir de l'armoire. Harlow s'allonge sur le dos et me regarde, les yeux fixés sur mon sexe que j'habille de latex.

Je monte sur elle, saisis ses poignets et les place au-dessus de sa tête.

– Accroche-toi à la tête de lit.

Elle hoche la tête, ses doigts se contractent sur le bois. Sous l'effort, ses phalanges virent au blanc.

Je place ma queue contre elle, fais mine d'hésiter avant de la prendre.

– Il ne faut pas faire de bruit... (Je jauge son expression d'attente.) Oliver peut arriver à tout moment. Donc, tu ne dois pas faire de bruit. D'accord ?

Elle regarde là où ma main glisse sur sa peau et hoche la tête.

J'attrape l'oreiller à côté de sa tête et soulève ses hanches pour le placer dessous.

– Bien.

Je la pénètre de plus en plus profondément, en me regardant disparaître entièrement en elle.

Je lui souffle de se taire.

– C'est tellement bon comme ça.

Ses seins tressautent à chaque à-coup. Je pose la main sur son sternum pour la maintenir allongée, admire le contraste entre nos peaux. Ma peau bronzée et rugueuse contre la douceur dorée de son épiderme. Un moteur rugit dehors, je reconnais la voiture d'Oliver qui monte la rue et se gare dans l'allée.

Harlow crie toujours un peu trop fort, donc j'attrape sa culotte, la roule en boule et après l'avoir embrassée sur les lèvres, je la fourre dans sa bouche.

Elle ferme les yeux avec l'air de me *remercier* et gémit. Je suis tellement excité que je dois me retenir de jouir.

– J'ai dit : pas de bruit, Gingembre.

J'écarte encore plus ses jambes. J'incline ses hanches de manière à ce que son clitoris frappe contre mon pelvis.

Elle gémit profondément, presque avec désespoir. Je la baise encore plus fort, je veux la faire jouir.

Je murmure dans son oreille :

– Ça te plaît... Ça te plaît d'imaginer que je ne pourrai plus cesser de penser à toi. Que la chaleur de ton sexe m'obsèdera plus tard. (Je la suce dans le cou pour faire rougir sa peau sans la marquer.) J'aime te baiser, moi aussi. Tu m'as presque fait jouir par surprise.

La culotte toujours dans la bouche, elle grogne et colle ses genoux à ma poitrine, pour m'attirer plus profondément en elle.

– Tu mouilles à fond ? Ou est-ce que tu mouilles encore plus quand tu jouis ?

Elle acquiesce vigoureusement.

J'entends Oliver dehors, il rit et crie quelque chose à un voisin. Je lève sa jambe plus haut et lui donne une grande claque sur les fesses. Avec un cri étouffé, elle se contracte autour de moi. Sa peau rougit, ses tétons se dressent, elle frissonne de tout son corps.

– Il va entrer dans une seconde. Si tu peux jouir sans bruit, je vais te donner un plaisir monstrueux.

Elle hoche la tête, je la baise plus fort. Les bras tremblants, le cou tendu, je me retiens et contemple Harlow. Elle écarquille puis ferme les yeux. Une larme glisse sur sa joue, elle lutte pour ne pas crier.

Je me laisse enfin aller. J'accélère le rythme, comme pour la briser en deux à force de la pénétrer. Et je jouis en étouffant mes cris dans son cou.

Il me faut quelques minutes pour me résoudre à bouger. Mon cœur a retrouvé un rythme normal. Je me retire, enlève le préservatif. Je la prends dans mes bras, lui embrasse les doigts, les poignets, le coin de la bouche.

– Tu as été tellement sage. (J'embrasse ses épaules, promène mon nez dans son cou, marmonne dans son oreille.) Tu as été tellement sage, ma chérie.

Chapitre 5

Harlow

COMMENT SAVOIR CE QUE JE RESSENTIRAIS, trois jours après l'ablation de mes seins ? Compte tenu de leur importance dans mon corps, je serais probablement dans le même état que ma mère depuis lundi. Je ne ferais que dormir et pleurer.

Et nous ne pouvons littéralement *rien* faire pour la soulager. Ma mère n'a jamais été vaniteuse, mais l'évolution de sa carrière est intimement liée à son apparence. Certes, à quarante-cinq ans, elle a peu de chances d'obtenir un rôle où elle passera tout le film en bikini. Pourtant, malgré les messages de soutien des magazines admirant son courage et sa force morale, elle peine à faire le deuil de sa belle paire de seins. Pour couronner le tout, elle souffre atrocement des suites de son opération, même si elle n'est pas du genre à se plaindre.

Elle a pu quitter l'hôpital mercredi matin. Mon père, Bellamy et moi avons passé la journée assis sur le lit avec elle, à regarder les rediffusions de *Law & Order* pendant qu'elle dormait. Jeudi après-midi, nous sommes fébriles. Nous n'avons pas pris de douche depuis plus de vingt-quatre heures, et les sujets de discorde se multiplient.

Je sais maintenant ce qui se passerait si nous étions coincés tous les quatre dans un abri antiatomique : un carnage. Le gazouillement permanent du téléphone de Bellamy donne des instincts de meurtre à mon père. Elle se plaint parce qu'il fait trop chaud. Ma mère me répète : « Si tu me demandes encore si j'ai faim, je t'envoie cette télécommande à la figure. Désolée, ma chérie. »

Pour une famille qui ne se dispute jamais, la situation est critique.

Finalement, mon père nous attire toutes les deux dans le couloir.

– Les filles, je vous aime. (Il nous attrape par les épaules.) Mais je vous en prie, sortez d'ici. Faites autre chose pendant un jour ou deux. S'il y a le moindre changement, je vous appellerai.

Le problème, c'est que ce n'est pas si facile. Je déteste les pensées morbides qui me tracassent depuis ma discussion avec Finn. Ma mère *pourrait* mourir. Je ne peux en parler à personne. Exprimer cette angoisse ferait exister cette possibilité ou, encore pire, lui porterait malheur. Je dispose de beaucoup trop de temps libre pour réfléchir. Mon travail à temps partiel ne m'absorbe pas du tout, je cours, je passe des heures à la plage, mais mes amis sont occupés toute la journée. Tous, sauf Finn.

Après le départ de Bellamy, je m'attarde devant ma voiture en me forçant à me ressaisir. J'ai littéralement l'impression de ramasser des morceaux pour assembler un puzzle. Redresser ma colonne vertébrale. Ramener mes cheveux en chignon. Lisser mon T-shirt et mon jean. Sourire.

Je vais proposer à tout le monde de me rejoindre chez Fred's. Ils n'ont pas intérêt à me dire non.

– NON, ME DIT LOLA. (Un bruit métallique retentit à l'autre bout du fil.) Je ne peux pas ce soir. J'ai plusieurs planches à finir. Et Mia a prévu une soirée en amoureux avec Ansel parce qu'il part demain et ne pourra pas revenir avant plusieurs semaines.

– Je ne me sens vraiment pas bien, Lorelei Louise Castle.

– Tu me sors le grand jeu ?

– Je ne me suis pas brossé les cheveux depuis des jours. Je porte le T-shirt Hello Kitty de Bellamy parce que j'ai oublié tous mes vêtements chez moi, et la « Latin-Love-Machine » (Lola et Mia ont un faible pour mon père) m'a virée de chez moi jusqu'à nouvel ordre. Ramène tes fesses à Regal Beagle.

Elle soupire.

– D'accord.

Fred Eurley a ouvert le Fred's Bar en 1969 à seulement vingt-sept ans. Maintenant, il en a soixante-douze, il s'est marié et a divorcé. Ce type adore ma mère, presque autant que mon père. J'ai célébré mes vingt et un ans là-bas, M. Furley m'a laissée boire seulement deux shots. C'est peut-être pour ça que je suis rentrée sobre et seule. Il s'est un peu calmé depuis, mais il continue toujours à jouer les figures paternelles de temps en temps. C'est sûrement pour ça que je me sens aussi bien là-bas. En outre, c'est bien mieux qu'un coffee-shop pour se retrouver. À cause de l'alcool.

Il lui a fallu sept ans pour comprendre pourquoi mon père a surnommé son bar le Regal Beagle, mais le nom est resté même si M. Furley ne ressemble plus du tout à l'acteur de *Three's Company*. C'est un type bronzé, en pleine forme, toujours prêt à me donner tout ce que je veux.

Et le jeudi, c'est la Ladies Night.

Ansel et Mia ont récupéré Lola et Finn sur le chemin, ils arrivent presque à l'instant où Not-Joe descend de son beach cruiser, garé n'importe comment.

Je demande avec un grand sourire :

– Où est Olls, Ollie, Olzifer ?

Lola s'écarte et m'examine :

– Tu es déjà ivre ?

– Non... juste, je ne me sens pas très bien. (C'est vrai. L'angoisse me prend à la gorge, comme si je pouvais exploser à tout moment, comme si j'étais au bord du burn-out.) Je me sentirai *sûrement* mieux après avoir bu.

– Oliver nous rejoindra plus tard.

Ansel est le seul qui me regarde avec calme. Lola et Mia me dévisagent comme un bloc de nitroglycérine ou une torche vivante.

Les yeux dissimulés par le rebord de sa casquette, Finn s'approche.

– Ça va, Gingembre ?

À vrai dire, je n'en sais rien.

– Non. (J'attrape son bras en profitant de l'occasion pour palper son biceps.) Ouais, ça va. Une journée étrange.

– C'est ce qu'on m'a dit.

Nous entrons ensemble. M. Furley a rénové le bar il y a quelques années, mais devant l'insistance de ma mère, il a gardé presque le même décor, en y ajoutant simplement de nouvelles tables, des fauteuils et des banquettes. Il a fait repeindre et refaire le sol à l'identique. Je l'ai déjà dit, Fred adore ma mère. Une autre raison d'aimer cet endroit : une table au fond qui porte l'étiquette RÉSERVÉ empêche les gens de s'y asseoir quand nous n'y sommes pas. Pour tout dire, le Fred's Bar est rarement assez comble pour qu'on essaie de nous prendre notre table, mais cette attention nous donne l'impression d'être des stars.

Nous saluons M. Furley, commandons des verres et nous dirigeons vers notre table. Finn me suit.

– J'ai l'impression que tu as tes habitudes.

Il s'appuie sur le côté de la banquette au lieu de s'asseoir à côté de moi.

– Si tu restes ici assez longtemps, tu comprendras comment les choses fonctionnent. Même si c'est un peu compliqué. (Je compte les étapes sur mes doigts.) Tu rentres dans le bar. Tu demandes ce que tu veux boire à Fred. Tu avances vers cette table.

Il hoche la tête lentement.

– Marcher, commander, marcher.

– Bon chien.

Finn me surprend en prenant mon menton entre ses doigts et en me lançant un regard tendre avant de se tourner vers Ansel.

Nos verres arrivent, nous décidons de commander quelque chose à manger. Lola et moi discutons un moment sur la banquette. Elle a récemment signé un contrat avec Dark Horse pour une série de bandes dessinées. Avant même de jeter un coup d'œil sur Google, je lui ai répondu spontanément :

– Je suis tellement contente pour toi !

Ma seconde réaction, post-Google, a été la panique. Tout s'est enchaîné à notre retour de Vegas, j'ai toujours du mal à digérer l'énorme changement opéré dans sa vie. Dans quelques mois, sa promotion démarrera : elle répondra à des interviews, signera des albums dans des librairies et son bébé, *Razor Fish* – dont elle dessine les personnages depuis qu'elle est en âge de tenir un crayon – sera lancé à travers le vaste monde.

Pendant que nous discutons, Finn nous écoute.

Je lui jette un coup d'œil.

– Ton verre est vide.

Il le secoue, regarde le liquide danser avec la glace.

– Non, il m'en reste un peu.

– Oh ! Le mien est vide alors.

L'air innocent, je le lui tends. Il rit en l'attrapant. Je lui crie alors qu'il s'éloigne :

– Mets-le sur ma note.

Finn me lance un regard noir.

– C'est bon.

– Doucement, Maîtresse Vega, réplique Lola, les sourcils relevés.

– Harlow *Vega ?* demande Not-Joe, étonné.

J'acquiesce, avale une olive et répète.

– Harlow Vega.

– Tes parents t'ont obligée à aller à l'université ou ils t'ont envoyée direct sur une barre de lap dance ?

Je lui tire la langue.

– Attention Not-Joe, je vois déjà ta bite se lever.

– Oh ! (Il se tourne vers Lola.) En parlant d'érection, j'ai hâte que ta bande dessinée sorte et se vende... *un truc de fou*. Ce sera génial chez Comic Con. Tu seras déguisée en écrivain, tu te pavaneras. Tu porteras un masque sexy et...

– Tu es *défoncé ?* lance Lola.

C'est une question purement théorique, je m'étonne que Not-Joe prenne la peine de répondre :

– Pour tout dire... ouais.

– Je ne compte pas sucer des saucisses et aller rouler des pelles à des filles plantureuses déguisées en Catwoman pour prouver que je peux évoluer dans le monde masculin des comics !

Oliver choisit cet instant pour arriver. Il semble abasourdi, écarquille les yeux derrière ses lunettes à épaisse monture. Il fixe Lola et son regard s'adoucit. Comme s'il l'admirait. Sa réaction silencieuse me met soudain la puce à l'oreille. Le discret et mignon Oliver serait-il en train de tomber amoureux de *Lola* ? Les yeux ronds, Mia me scrute. Elle doit se poser la même question. Seigneur, si je n'avais pas tant de choses en tête, je ferais tout pour les mettre ensemble.

– Mais laisserais-tu un fan de comics te rouler des pelles s'*il* portait un costume de Catwoman et faisait une gorge profonde à une saucisse ? (Ansel désigne Oliver de la tête.) Dans l'absolu, bien sûr.

– Les lecteurs seront conquis, de toute façon. (Oliver se reprend.) Qu'ils fassent des gorges profondes à des saucisses ou non.

Mia se gratte le nez et secoue la tête. Elle a énormément de mal à le comprendre à cause de son accent australien très marqué. L'ironie, c'est qu'elle a épousé quelqu'un dont l'anglais est la deuxième langue.

– Des lecteurs heureux, quoi qu'il arrive, conclut Lola.

Je me souviens du soir où nous avons rencontré Oliver – après la disparition de Mia et d'Ansel dans le couloir. Il n'y avait que Lola et moi, beaucoup plus ivres que les inconnus qui étaient restés avec nous. La joue d'Oliver exhibait une fleur dessinée au feutre indélébile.

– Cette fleur excite ma curiosité, a dit Lola quand il s'est assis à côté d'elle.

Il portait ses grosses lunettes, son jean et T-shirt noirs ajustés qu'il porte toujours. J'étais presque sûre que ce n'était pas un vrai tatouage.

Presque.

– Pain perdu, a-t-il répondu, énigmatique.

Puis il s'est tu. Il m'a fallu plusieurs minutes pour comprendre qu'il voulait dire : *pari perdu.*

– Des détails, a exigé Lola.

Finn est tout de suite entré dans la conversation. Apparemment, ils venaient de finir un tour de vélo beaucoup plus court que celui qui leur avait permis de se rencontrer six ans plus tôt.

– Le deal, c'était que celui qui crèverait le plus souvent aurait un tatouage au marqueur sur le visage pendant un week-end entier. Oliver est incapable de manier un vélo de route autrement que comme un VTT. Je suis surpris que ses jantes ne ressemblent pas à des tacos à l'heure qu'il est.

Oliver a haussé les épaules. Il se fichait totalement d'avoir une fleur dessinée sur le visage. Il ne cherchait pas à impressionner.

Lola lui a demandé :

– On t'appelle Ollie ?

Oliver lui a jeté un coup d'œil étonné, comme s'il n'avait jamais envisagé qu'on puisse lui donner pareil surnom. Elle aurait tout aussi bien pu lui demander si des gens l'appelaient Garth, Andrew ou Timothy.

– Non, a-t-il dit platement.

La seule chose charmante chez lui, c'était son accent chantant australien. L'air ennuyé, Lola a levé les sourcils et porté son cocktail fluo à ses lèvres.

Lola porte tout le temps du noir, même ses cheveux sont noirs et brillants. Son piercing diamant sur la lèvre lui donne un air de punk, malgré sa peau blanche et délicate, ses longs cils noirs, son expression douce. Si elle décide que vous êtes un connard, c'est foutu. Elle fusille du regard comme personne.

– La fleur te va très bien, a-t-elle fait en penchant la tête pour l'étudier. Et tu as de jolies mains, elles ont l'air douces. On devrait peut-être te surnommer Olive.

Il a ri sèchement. J'ai ajouté :

– Et quelle bouche ! Élégante, comme celle d'une femme.

– Taisez-vous !

Il a éclaté de rire. En une nuit, nous sommes passés du statut d'inconnus pompette à meilleurs amis, et enfin à maris et femmes. Mais Lola et Oliver sont les seuls à ne pas avoir consommé leur union. À Vegas, Lola était convaincue qu'elle n'intéressait pas du tout Oliver.

Maintenant, je suis certaine qu'elle a tort.

Oliver demande, en s'asseyant sur la banquette :

– Où est Finn ?

Puis :

– Salut, Joe.

Je réponds du tac au tac :

– Occupé à satisfaire Mademoiselle Harlow.

Il me lance un regard perplexe.

– En train de lui commander un verre, traduit Lola.

Satisfait, Oliver hoche la tête, jette un coup d'œil vers le bar puis pose les yeux sur moi.

– Sois gentille avec mon ami.

Il me fait un clin d'œil, mais je sens qu'il est sérieux.

– Parce qu'il est gentil avec moi ? Je t'en prie. (Je tousse.) Je le fréquente seulement pour son pénis énorme et ses surprenants talents à utiliser les cordes. Ne t'inquiète pas pour ses sentiments de fillette.

Oliver maugrée en cachant son visage dans ses mains.

– Tu n'avais pas besoin d'en dire autant.

Au même instant, Lola crie :

– Alerte confidences déplacées !

– Ça vous apprendra à me donner des leçons ! Comment va la boutique ?

– Très bien. Il y a du monde. Je pense que tout se passera à merveille si on continue sur cette lancée.

Mia se penche vers Ansel qui rit en répétant plus lentement ce qu'Oliver vient de dire.

– Tu veux que je parle plus lentement, Mi-ahhhh ?

Oliver imite l'accent américain. Elle s'écrie :

– Oui !

Ansel demande :

– Alors, les gens s'installent pour lire dans l'espace que tu as prévu ?

– Je commence à deviner qui seront mes clients réguliers, dit Oliver en volant la bière que Mia n'a pas commencée.

– Dans combien de temps baiseras-tu sur le canapé après la fermeture ?

Il rit en secouant la tête.

– Vu la taille de la baie vitrée, je dirais… jamais.

– Il y a des filles qui aiment ça.

Il hausse les épaules en souriant au dessous de verre avec lequel il joue, sans regarder Lola à aucun moment. C'est louche.

– Oliver commencera peut-être par la réserve où sont entreposés les stocks.

J'adore Ansel. Mia se penche vers lui, il lui chuchote quelque chose à l'oreille. Leur bonheur est ma distraction *préférée*. L'alcool aide sûrement aussi. Je suis si heureuse pour elle, parce qu'il a réussi à passer le cap des deux jours habituels. Il vient la voir tous les quinze jours, mais elle vit sur des montagnes russes entre le bonheur fou quand il arrive et la peur de l'au revoir à son départ.

– Vous avez l'air tellement bien ensemble, lui dis-je en embrassant Lola sur la joue.

– Imagine-nous en train de baiser ! C'est surréaliste, crie Ansel de l'autre côté de la table.

Je lui lance ma serviette roulée en boule au visage.

– Raté.

– C'est mon super-pouvoir.

– Ce serait quoi, le mien ?

Ansel crie entre ses mains :

– Boire des shots ?

Il hoche la tête vers le shot que Finn place devant moi. Même si notre week-end à Vegas a été endiablé, tout comme la soirée chez Lola et London, je bois rarement plus de deux cocktails en général. Mais Ansel doit avoir raison : quand je m'y mets, je me donne à fond. J'avale l'alcool au goût aigre-doux, la vodka me brûle l'estomac.

Je grogne.

– Je suis ivre et je vais danser. (Je désigne Finn.) Toi. Aussi.

Il secoue la tête.

– Oh, allez !

Je lui caresse le torse. Seigneur, ce que j'aime le toucher – ses muscles contractés, ses pectoraux tendus sous mes doigts. Il me plaît.

Le jeudi soir, chez Fred's, c'est la Ladies Night. La musique est parfaite pour danser parce que nous, les filles, nous aimons danser. Et ? J'aime boire. Ivre, je n'ai plus aucun problème. La Harlow sobre pourrait être trop timide pour se laisser aller. Un peu d'alcool ? Et c'est parti.

– S'il te plaît ? (Je l'embrasse dans le cou.) S'il te plaît, je te le demande comme si j'étais nue sur toi ?

– Elle est toujours aussi fatigante ?

Il contemple ma bouche, me regarde comme s'il était sur le point de me balancer sur son épaule et me porter sur les dix kilomètres qui nous séparent de la maison d'Oliver.

– Avec tous les types qu'elle rencontre, ment Lola. C'est fatigant de toujours devoir aller la chercher dans les chambres d'hôtel louches de Tijuana.

Finn fronce les sourcils. Je fais glisser mes ongles sur sa poitrine, il frissonne et regarde la piste de danse.

– Dans ce cas, je suis sûr que tu trouveras un autre mec pour danser avec toi.

Je le dévisage un instant, en espérant ne pas avoir l'air trop déçue.

– C'est certain.

Je lève le menton vers Mia, elle tire Ansel hors de la banquette avec elle. Nous nous dirigeons tous les trois vers la piste de danse pratiquement déserte où se trouvent seulement six personnes : un couple plus vieux qui danse un slow et un petit groupe de filles dont j'aimerais voir les cartes d'identité.

J'adore ce bar : les sièges en velours fané, les chandeliers pleins de cire, les verres bien tassés. Mais ce que j'aime par-dessus tout ici, c'est la musique. Quand nous arrivons, le DJ et petit-fils de Fred, Kyle, me fait un signe de tête en mettant un morceau avec beaucoup de basses.

Je n'ai besoin de personne pour danser avec moi, j'aime *bouger*. Je lève les mains en l'air, me laisse aller au rythme de la musique, je ferme les yeux. J'adore cette chanson, putain, j'adore les basses qui pulsent et les paroles sexy, presque obscènes. Ansel et Mia tentent de danser avec moi, mais ils doivent se rendre compte que je me fiche totalement d'être seule. Ils se tournent l'un vers l'autre et roulent des hanches, balancent les bras, sourient.

Seigneur, ils vont tellement bien ensemble ! Bien sûr, Mia danse merveilleusement bien parce qu'elle est née dans des chaussons roses, mais Ansel bouge comme quelqu'un qui sait contrôler la moindre parcelle de son corps. Je suis ravie et malheureuse. Je ne suis pas du genre à être malheureuse. J'ai eu une vie facile, pleine de folie, aventure après aventure. Pourquoi ai-je l'impression que ma poitrine se noie peu à peu dans de l'eau glacée ?

Des mains chaudes m'entourent la taille et glissent sur mon ventre. Je suis attirée contre un corps chaud et musclé.

Finn grogne :

– Salut...

J'ai l'impression qu'il a branché une prise, la sensation glacée s'évanouit, j'oublie tout en dehors de la chaleur merveilleuse de Finn. Il se colle à moi, danse à peine. Je me tourne dans ses bras, bouge et le laisse me serrer contre lui. J'ai envie de baiser. De le sentir en moi.

– Ça me rend fou de te voir danser. Tu es belle, putain.

Il m'embrasse l'oreille. Je l'embrasse aussi dans l'oreille, et laisse échapper cette phrase :

– Viens chez moi.

HEUREUSEMENT, FINN N'A PAS BU et peut conduire. Je lui donne les indications pour trouver mon appartement, sinon nous regardons le paysage sans trop nous adresser la parole. Le silence me convient parfaitement, m'évitant toute distraction. Je peux ainsi me concentrer sur la sensation de sa main sur ma cuisse, très près de mon entrejambe, les phalanges posées là où ma peau est la plus douce. Il me cloue sur place.

– Ça va, Gingembre ?

J'aime ce surnom. J'ai l'impression de lui appartenir. J'acquiesce.

– Oui, oui...

– Tu souffres de la crise du quart de siècle ?

Il me sourit. Ce n'est pas un sourire moqueur, donc je ne me referme pas automatiquement. Je dois avoir l'air plus désespérée que je ne le pensais.

– Ouais.

– Je ne voulais pas paraître...

Il retire sa main le temps de se frotter le visage, laissant ma jambe nue et froide. Sa main revient, je respire à nouveau.

– Je ne voulais pas paraître condescendant. Je me souviens de mon état d'esprit à vingt ans. J'aurais voulu tout avoir tout de suite.

J'ai peur que ma voix soit étranglée par l'émotion si j'essaie de parler.

– C'est à ce moment-là que mon père et Colt m'ont obligé à faire ce voyage à vélo.

– Et tu n'as pas regretté ?

Il hoche la tête mais ne dit rien. Je lui indique la droite, sur Eads Avenue. Nous nous garons devant mon immeuble, il éteint le contact.

– Non, lance-t-il en me tendant mes clés. Je suis content. Pourtant, la vie est toujours compliquée. Plus on vieillit et plus on voit les choses différemment.

Il me suit dans l'ascenseur de mon immeuble en levant les sourcils, mais sans faire aucun commentaire. Il a enfoncé ses mains dans les poches de son jean, il porte sa vieille casquette bien enfoncée sur le crâne.

– Tu es ivre, pour de bon ?

Je hausse les épaules.

– Un peu.

Je sens qu'il n'apprécie pas cette réponse, il reste silencieux et monte dans l'ascenseur. J'appuie sur le bouton « 4 ».

Je précise :

– Viens chez moi, ça ne signifiait rien. On aurait pu aller chez Oliver. Ici, c'était plus près.

Il m'ignore.

– Tu n'as pas de colocataire, n'est-ce pas ?

– Non.

– Tu as aimé ce que nous avons fait l'autre fois ?

– Quoi ? (Je m'appuie contre la paroi de l'ascenseur qui

monte lentement. La chaleur de son corps me parvient à un mètre) Avec ou sans la corde ?

Il se lèche les lèvres en souriant.

– Les deux. Mais je voulais dire, avec la corde.

– Tu veux dire que tu ne sais pas si ça m'a plu ?

Les portes de l'ascenseur s'ouvrent, il me fait signe de sortir la première. Et il s'explique :

– Je ne l'ai plus fait avec une fille depuis très longtemps. (Je vais répondre – ma curiosité est piquée, il doit m'en dire plus – mais il continue.) Et comme tu pars toujours immédiatement après... tu n'es pas très facile à déchiffrer.

– Seigneur, Finn. (Je m'arrête devant ma porte et me tourne vers lui.) On ne fait que baiser, non ? Qu'y a-t-il à déchiffrer ?

Je voudrais avoir dit cela sur un ton désinvolte mais ma voix pleine d'alcool n'est pas très claire, et lente. Les sourcils froncés, il me prend les clés des mains et ouvre la porte.

À l'intérieur, Finn pose le jeu sur la petite table à côté de la porte et regarde autour de lui. Mon appartement dispose de deux chambres, d'un grand salon style loft avec vue sur la ville et sur l'océan.

Il commente :

– Waouh. Bel investissement.

Je ris et le pousse dans le salon.

– Je vais te poser une question, pardon si j'ai l'air d'un connard, m'avertit-il.

– *Pour une fois !*

Il sourit et dit :

– Ça ressemblait à quoi de grandir sans avoir à s'inquiéter des questions d'argent ?

Je lui souris et le laisse mijoter quelques minutes. Parce que... sérieusement ?

– Pourquoi penses-tu que nous avons toujours eu de l'argent ?

Il jette un coup d'œil circulaire à l'appartement puis me regarde à nouveau.

– Quand ma mère a commencé à la télé, mes parents avaient du mal à joindre les deux bouts. Elle est passée au cinéma. Mon père s'occupait de la réalisation de films indépendants au budget minuscule et bossait sur les projets de son meilleur ami dans son jardin. Pendant le lycée, ça allait mieux. Quand je suis entrée à l'université, mon père a décroché son premier Oscar. Depuis, il n'y a plus de problème, c'est vrai.

Il hoche la tête. Le silence s'étire un moment avant qu'il le brise.

– Je vais aller aux toilettes. (Il regarde vers le couloir, puis me dévisage de haut en bas.) Bois un grand verre d'eau, mange un truc, prends deux Ibuprofène. Je ne te baiserai pas avant que tu aies dessoûlé.

Sans attendre ma réaction, il s'éloigne dans le couloir et entre dans les toilettes. La porte se referme discrètement.

Parce que c'est une bonne idée *et non* parce que Finn me l'a ordonné – je dois m'empêcher de le lui crier –, je me dirige vers la cuisine pour me servir un verre d'eau, grignoter et prendre deux cachets.

J'entends le robinet s'ouvrir, puis la porte. Il me crie dans le couloir :

– Où ranges-tu tes affaires de sport et de surf ?

– Mes quoi ?

Je grignote un toast.

– Je ne parle pas de ta planche. (Il ouvre un placard et marmonne.) C'est bon.

J'avale mon verre d'eau au moment où il sort du couloir. Mon cœur bat plus fort. Ses épaules remplissent tout l'espace de la porte, je me sens étrangement intimidée. C'est étrange parce que *j'aime* ça. J'aime l'idée qu'il me fasse un peu peur, qu'il soit hors de contrôle. J'aime sa manière de tout balayer sur son chemin.

Il tient une corde élastique.

– Tiens donc, j'avais deviné ce que tu cherchais.

– En même temps, je t'ai parlé de corde un peu plus tôt. Pas très subtilement, je l'avoue.

Il m'attrape le bras et me guide jusqu'au salon.

Je tremble de tous mes membres, il m'examine en retirant sa casquette. Il passe une main dans ses cheveux.

– Tu vas t'en souvenir ?

Sa voix m'affecte profondément, c'est troublant. Rauque, elle ressemble à un whisky à la texture riche, qui irrite la gorge et réchauffe le sang. Je n'arrive plus à faire semblant de ne pas craquer pour Finn Roberts.

– Probablement... je murmure en l'embrassant sur la joue.

– J'ai hâte que tu me supplies de te laisser jouir. (Il se lèche les lèvres.) J'ai encore plus hâte que tu me supplies d'arrêter.

Mon ivresse me quitte pour laisser place au plaisir de le sentir si près de moi.

Il murmure en regardant ostensiblement mes vêtements :

– Déshabille-toi.

J'enlève mon T-shirt, mes chaussures et mon jean. Il m'observe en déroulant, l'air absent, la corde élastique. Je l'ai achetée il y a deux semaines pour changer la corde de ma planche mais... cette utilisation est encore plus intéressante.

– Ce ne sera pas aussi doux que la dernière fois.

Il désigne la corde, mais j'espère secrètement qu'il est aussi question de la façon dont il va me baiser.

Une fois nue, il approche d'un pas, se penche pour m'embrasser. J'adore son goût – ce soir, il s'agit d'un mélange de menthe et de bière.

– Dis-moi que tu as envie de ça.

– Oh oui.

Il passe la corde autour de ma poitrine, sur mes seins, puis dans mon dos. Après m'avoir entouré les deux seins, il guide mes mains dans mon dos, m'oblige à prendre un coude dans chaque paume et m'attache les bras. Il fait un nœud sur mes épaules, entre mes clavicules.

Mes seins sont mis en valeur, mes bras bloqués dans le dos... Et Finn me regarde avec une intensité...

Je suis la reine du monde.

Il m'effleure la poitrine, écarte les doigts pour que je me souvienne de la taille de ses mains. Je me sens affamée, meurtrie. Je n'ai jamais désiré personne avec une telle force.

Il suçote ma lèvre inférieure. Et comme s'il lisait dans mes pensées, il dit :

– Tu aimes que je sois un peu brutal, n'est-ce pas ?

Je hoche la tête. Je le désire tellement. Je veux frôler l'interdit, sentir mon excitation monter puis être soudain soulagée, repue de caresses. Il m'obligera à attendre, ça m'excite encore plus.

– Tu veux que je sois un peu brutal ? (Il me prend le visage entre ses mains tremblantes.) Ou totalement *déchaîné ?*

– Déchaîné.

Il respire un bon coup, ses narines frémissent. Son désir se matérialise dans l'air.

Finn retire son T-shirt, déboutonne rapidement son pantalon, fait descendre son boxer sur ses hanches. Il me scrute le visage, les seins, jauge ma réaction tandis qu'il se déshabille devant moi. Il fait un pas en arrière, s'assied sur mon canapé et me fait un signe de l'index.

– Viens t'asseoir sur mes genoux.

Je marche vers lui puis m'exécute. Les mains sur ma taille, il me stabilise.

– Tu es bien ?

J'acquiesce, ses mains remontent sur ma poitrine, m'agrippent les seins. Il suce, lèche, caresse ma poitrine. Il me titille du bout de la langue.

Il s'allonge sur le canapé, tend ses jambes devant moi. Ensuite, Finn me positionne les jambes écartées sur sa bouche, me fait bouger, gémit, grogne contre ma peau. Il continue à me parler tout en me léchant. Il me dit qu'il aime ça, que j'ai bon goût. Me dit que j'aime ça, qu'il sait que je vais bientôt jouir. Je rougis et tressaille. Il bouge à peine, murmure, embrasse, lèche et... sa respiration, sa chaleur, la pression de sa langue sur mon clitoris... j'ai de plus en plus de mal à me tenir droite. Ses yeux s'enflamment, il s'agrippe à la corde dans mon dos, pour me tenir et m'appuyer plus fort contre sa bouche.

Je ne peux pas prendre appui sur le canapé. Je ne peux pas me tenir à lui. Je ne peux me concentrer sur rien, *rien du tout,* et c'est tellement bon de se laisser aller. De laisser tout le pouvoir de décision à quelqu'un d'autre. Je tremble de plaisir, les jambes écartées, le corps tellement tendu que j'en veux plus, toujours plus. Tout mon poids sur lui, maintenue par ses mains, je jouis si fort que mes jambes tremblent, mon dos se cambre. Je gémis. Ou je crie. Je ne suis sûre de rien. J'ai l'impression d'avoir explosé, fondu. Il parle toujours :

Gentille fille.

Tellement bon, putain.

Tu aimes ça ?

Tu aimes ça ?

Tu es sucrée comme un bonbon dans ma bouche.

Tellement trempée.

Tu veux que je te baise maintenant ?

La dernière question perce le brouillard de mes pensées, je laisse échapper un :

– Oui, s'il te plaît... *tout de suite.*

Il m'entoure les hanches, m'embrasse le ventre, les seins, le cou. Puis il s'assied et m'installe sur ses genoux.

– Attends, attends, attends, grogne-t-il en faisant coulisser sa queue entre mes jambes.

Je gémis : je veux qu'il me pénètre, qu'il se laisse aller, qu'il me baise fort.

– Chhh... chhh... Presque prêt. Presque.

Finn attrape le préservatif et l'ouvre rapidement. Je halète, la sueur coule dans mon cou et entre mes seins. L'air frais effleure mon front et mon ventre. Je tremble contre lui, j'essaie de me concentrer, mais c'est impossible. Finn est magnifique avec son large torse, tous ses muscles tendus, sa peau mouillée de transpiration. Il met le préservatif.

– Oh Seigneur...

Il m'embrasse les seins, lèche mes tétons, gémit.

Je n'ai jamais été aussi désespérée – je suis attachée, il est tout-puissant, il pourrait me faire n'importe quoi mais... *il est tellement concentré,* attentionné, il me fait jouir, me parle, me complimente. Un doute naît au fond de mon esprit : ce désir n'est peut-être pas seulement lié à mon besoin de fuir la réalité.

Je *le* désire, lui.

– Plus vite...

Il me stabilise, les mains sur mes cuisses, agrippe sa queue de l'autre et murmure :

– D'accord. Chhh... *chh...* je suis prêt, je suis prêt. Viens. Viens ici.

Il m'aide à m'empaler sur lui et, *oh mon Dieu,* je sens chaque centimètre me pénétrer lentement. Je tremble, je me déchaîne, j'ai envie de le chevaucher, mais il m'empêche de bouger en me tenant par le nœud dans mon dos et par les cheveux. Il me prend si profondément, son cœur bat fort... son désir pour moi m'enivre.

Il gémit, laisse à peine ses hanches se mouvoir.

– Reste silencieuse, murmure-t-il dans mon cou. Tes gémissements me feraient jouir beaucoup trop vite.

Je dois me mordre les lèvres pour lui obéir. Il m'embrasse comme pour me récompenser de cet effort. Les mains posées sur mes hanches et sur mon cul, il me soulève, m'aide à redescendre sur sa queue, me soulève encore puis me tient en l'air pour me pénétrer rapidement. Il parle tout le long, je n'écoute même plus ce qu'il dit, la plupart du temps je suis ailleurs, mais le son de sa voix me berce. L'apaisement qu'elle me procure est indicible. Des mots : *jolie* et *bon* et *fort* et *oh putain je vais jouir* filtrent dans le brouillard de mon plaisir.

C'est tellement bon. C'est tellement bon.

Je n'arrive pas à penser autre chose. Il m'oblige à le regarder – du moins c'est ce que je ressens, même s'il ne me le demande pas ouvertement. Mais son regard... Intense, captivé, tendre, amoureux. Je ne peux pas le quitter des yeux. Je n'en ai aucune envie.

Je ne me souviens pas d'avoir un jour joui comme ça. Impossible de localiser la sensation, de savoir combien de temps mon orgasme a duré. J'essaie d'être silencieuse mais, même en me mordant les lèvres, je ne parviens pas à étouffer tous mes cris. J'abandonne, hurle en me tortillant dans les liens. Des larmes de bonheur roulent sur mes joues.

Finn maugrée, me prend plus fort et plus vite, puis il se penche, tire sur la corde dans mon dos et me pénètre si puissamment que j'ai l'impression d'être à deux doigts de me briser en deux. L'orgasme le submerge.

Il ralentit puis s'arrête, m'enlace et grogne dans mon cou en gémissant plus calmement – *bordel, bordel, bordel.* Ses bras tremblent d'épuisement, il transpire ; je n'ai jamais été aussi bouleversée de ma vie.

Je réalise que je suis sur le point de pleurer une demi-seconde avant que les larmes ne roulent sur mes joues.

Le visage toujours blotti dans mon cou, il respire profondément.

– Harlow... Ne bouge pas. Je ne peux pas... Donne-moi une seconde.

Même si j'essayais, je ne pourrais pas bouger. Je ne veux plus jamais m'éloigner de lui. Il m'embrasse l'épaule, me masse lentement les cuisses, les fesses, le dos. Il me soulève délicatement, retire le préservatif, le noue et le jette sur le canapé à côté de nous.

Il commence à défaire le nœud dans mon dos. Je m'écrie :

– *Non.*

Il me dévisage, repère les larmes sur mes joues. Il pense peut-être que je pleure parce que je ne veux pas qu'il me délivre. Je ne sais même pas pourquoi je pleure. Je suis juste *exténuée,* s'il n'est plus en moi, je veux rester attachée, s'il ne veut plus m'attacher, j'ai besoin d'être sûre que je suis sienne, qu'il s'occupera de moi. Qu'il s'occupera de tout, résoudra tous mes problèmes parce que j'en suis incapable.

Finn effleure mon visage.

– Je dois te détacher, mon cœur. Tu ne peux pas rester attachée trop longtemps.

Pourtant, j'ai l'impression que c'est la seule chose qui m'empêche de m'effondrer.

– Je sais.

Oh mon Dieu, je l'ai dit à voix haute.

– Chh, chh, viens ici.

Il me détache comme un cadeau, caresse toutes les marques laissées par la corde sur ma peau, puis il me soulève comme si je ne pesais rien (je n'ai plus d'os, plus de muscles, je ne suis plus que de la peau, de la luxure et du sang) et il me porte jusqu'à ma chambre.

– Celle-là ?

Je hoche la tête, il entre, ouvre le lit et me glisse sous les draps. J'ai peur qu'il s'en aille, mais il reste. Il entre dans le lit avec moi, m'enlace en petite cuillère, me caresse d'une main rassurante, les hanches, le ventre. De ses mains rugueuses et tendres, il apaise les marques des cordes sur mes seins, puis il m'embrasse dans le cou.

– Dis-moi que ça va. Que tu n'as pas mal.

– Oui, tout va bien. (Je respire un bon coup.) Mais ne pars pas, s'il te plaît.

– Je n'en ai aucune envie. Je... C'était intense pour moi aussi. J'avais... oublié.

JE DORS D'UN SOMMEIL LÉGER, mais je ne me réveille jamais en pleine nuit. Ni pour boire ni pour aller aux toilettes, ou même pour me retourner et dormir du côté froid des draps. Quand j'ouvre les yeux, le soleil est haut dans le ciel, Finn et moi sommes toujours dans la même position.

Il n'a pas encore ouvert les yeux, mais son corps est éveillé. Il me faut une centaine de promesses à me faire à moi-même (nouvelles chaussures, glace pour le petit déjeuner, baignade dans l'après-midi) pour sortir du lit et m'empêcher de lui grimper dessus, juste pour vérifier qu'il me désire toujours autant.

Donc, je sors du lit. Terrifiée : ma première pensée n'a pas été adressée à ma mère. Je ne me suis pas demandé si elle avait besoin que je la conduise à son rendez-vous dans la journée, ou si elle a bien dormi la nuit dernière. *Ce devrait être le cas.* Pas tout le temps, mais *Seigneur,* au moins pendant les cinq premières semaines où ma famille (le centre de mon univers) a besoin de moi.

Je prépare du café et marche de long en large dans la cuisine. Finn arrive, en boxer – il a dû le récupérer par terre dans le salon. J'ai foncé dans la cuisine, car j'avais peur de ne pas pouvoir conserver mon calme en voyant la corde sur le tapis.

Il se frotte les yeux, marche vers moi et m'embrasse dans le cou. Parce que je tente de me contrôler, je me raidis imperceptiblement. Il rit.

– Je panique un peu, moi aussi, avoue-t-il.

– C'est juste que… (Je commence à expliquer. Il me dévisage, son regard devient de plus en plus indéchiffrable.) C'est une chose de vouloir se distraire, mais je n'ai pas besoin d'une nouvelle obsession.

Beaucoup trop honnête, Harlow.

Mais il hoche la tête. Il a même l'air soulagé.

– Je comprends. (Il retire ses mains et s'écarte. C'est exactement la conversation que je voulais avoir, pourtant... ça fait un peu mal. Finn s'adoucit.) Je suis dans le même bateau, si je puis dire. Et la nuit dernière, tu as cessé d'être un plan cul.

Je nous sers deux tasses de café et lui souris en buvant une gorgée.

– Je suis sûre que nous n'aurons aucun problème à revenir à la routine d'ex-époux qui se détestent.

Il lève les sourcils.

– Bien sûr.

Chapitre 6

Finn

LES DOUTES QUE J'AI PU AVOIR sur le succès de la boutique d'Oliver sont balayés à l'instant où je passe le voir vendredi après-midi. La présence massive de clients le jour de l'ouverture n'avait rien d'un coup de chance.

Apparemment, il y a beaucoup de geeks à San Diego.

La petite clochette au-dessus de la porte tinte quand j'entre et je me fige, médusé devant la foule qui occupe la librairie. Il ne s'agit pas seulement d'adolescents ou de hipsters dans le genre d'Oliver. Des mères de famille, des gens de tous âges et de tous horizons feuillettent des bandes dessinées.

– Waouh.

– N'est-ce pas ?

Je me tourne en direction de la voix : Not-Joe se tient derrière le comptoir. Il dégage ses cheveux blonds de son visage et saisit un cutter pour ouvrir l'un des cartons devant lui.

– En travaillant dans une librairie de comics, je pensais que je passerais la journée à flemmarder, à lire un peu. Sortir fumer une cigarette. (Il secoue la tête et sort une pile d'albums du carton avant de passer au suivant.) Mais mec, cet endroit ? Ça ne s'arrête jamais.

Impressionné, je réponds :

– Je vois ça. Ça ne laisse pas beaucoup de temps pour jeter un œil à la marchandise, j'imagine ?

– Moi ? (Il secoue encore la tête.) Je ne lis pas de bandes dessinées. Je vais te paraître stupide, mais je n'y comprends rien.

J'observe le tocard à crête blonde avec ses dreadlocks, son regard constamment dans le vague, ce T-shirt blanc qu'il a dû mettre à la machine avec des vêtements rouges. En même temps, ce mec s'est fait un piercing à la bite. Tout seul. Finalement, je n'ai pas tant de mal à comprendre que les bandes dessinées soient trop compliquées pour lui.

– Tu n'es pas un grand lecteur ?

– Je lis des romans. Quelques biographies. De la philo, si j'ai le temps. Des guides de voyage. Un peu de romance par-ci, par-là.

Je repère un livre de poche usé sous le comptoir. J'en ai les yeux exorbités. Ce livre ne peut pas appartenir à Oliver.

– Wally Lamb ? C'est à *toi* ?

Not-Joe rit.

– C'est le meilleur livre que j'aie jamais lu sur le dépassement du dégoût de soi et le pardon. *Se trouver soi-même.*

D'accord.

– Je suis... Waouh.

Not-Joe hausse les épaules avant d'attraper une autre pile de comics.

– En plus, c'était un choix du club de lecture d'Oprah. Tu sais, ce que dit Oprah...

– D'accord. Donc, où est Oliver ?

– Il était dans l'arrière-boutique tout à l'heure. Tu veux que j'aille le chercher ?

– Non, non, ça va.

Je regarde autour de moi en me demandant si je dois faire savoir à Oliver que je suis ici ou partir et le retrouver plus tard. Par exemple, rentrer chez lui et m'éclaircir les idées. Au moins, je pourrais appeler mes frères. La plupart des gaines doivent avoir été remplacées, mais j'ai un mauvais pressentiment. Je n'arrive pas à m'empêcher de penser qu'une fois le moteur démonté, cette histoire de gaines sera le cadet de nos soucis.

Ma réunion avec les types de L.A. aura lieu dans quelques jours, je ne sais toujours pas quoi dire ni si j'ai encore la possibilité de refuser. Je suis incapable de me concentrer, Harlow a raison, je dois prendre mes distances et réfléchir à... ce que nous faisons.

Maudite. Harlow.

Je soupire et m'affale dans le canapé installé par Oliver juste derrière la vitrine. Coucher avec elle n'a plus rien à voir avec un *arrangement* confortable. Harlow n'en a pas parlé, mais je devais aborder le sujet. La nuit dernière, je l'ai regardée s'effondrer dans mes bras. Même un imbécile devinerait que ce n'est naturel ni pour elle ni pour moi.

Seigneur, elle est tellement parfaite. Je n'ai jamais rencontré personne comme elle. Aussi têtue que moi, et pourtant disposée à tout m'offrir, à se donner, caresse après caresse.

Je sors mon téléphone. Un message non lu. J'hésite.

Je devrais le lire, je sais. Quel hypocrite ! J'ai osé suggérer qu'Harlow à son âge n'avait pas encore tout compris à la vie. À trente-deux ans, je suis sans défenses face au futur, exactement comme elle.

– On dirait que tu es en pleine réflexion, Hercule. Ne fais pas exploser ta boîte crânienne, quand même.

Je sursaute au son de sa voix, mon cœur bat plus vite.

– Je ne t'ai pas vue entrer.

Elle prend une minute pour aller derrière le comptoir et mettre son téléphone en charge. Puis elle saute dans le canapé à côté de moi en collant sa cuisse à la mienne.

– Tu vas travailler ? je lui demande.

– Est-ce que tu te forces à ne pas grimacer en disant « travailler » ?

– Ouais.

– En réalité, oui, je vais *travailler,* fait-elle en grimaçant. (Elle attrape mon bras, regarde ma montre.) Il me reste encore une demi-heure avant d'aller au bureau pour apporter un plateau de mini-muffins à une réunion et envoyer quelques mails.

Alors, que fais-tu ici ?

Je me mords la langue pour ne pas lui poser la question. Je serais déçu si elle ne répondait pas : Je suis venu pour te voir, espèce d'imbécile.

Cette version d'Harlow ne ressemble en rien à celle que je connais : un look bon chic bon genre, avec une jupe noire ajustée, des talons, une blouse de soie orange, ses longs cheveux brossés qui se déversent dans son dos. Elle est drôle et charmante, en contrôle, tellement différente de la Harlow que je connais au lit, celle qui me supplie de la fesser, qui exige *plus fort* et *encore.*

Je ne commande qu'en apparence : elle *m'utilise,* utilise mon corps pour s'oublier et jouir. C'est un peu inquiétant, j'adore l'idée d'être le seul à connaître la version secrète et déchaînée de cette belle fille.

– Puisque nous jouons au jeu des « nous-ne-sommes-que-des-amis », je peux te dire que tu es superbe aujourd'hui, Gingembre.

Surprise, elle cligne des yeux et sourit :

– Merci.

– Parce que la dernière fois que je t'ai vue aussi tôt, on aurait dit que tu sortais du lit d'un mec.

Je fais exprès de lui parler comme si je ne l'avais pas vue ce matin. Elle ne me reprend pas. Très bien. Nous savons tous les deux que cette conversation est un champ de mines. Il vaudrait mieux se taire.

– Ce n'était pas l'un des moments que j'ai préféré, donc je vais passer outre et te donner raison. Plus jamais de Toby Amsler à l'avenir. Je n'ai presque plus de doigts, donc il est temps que je sois plus sélective.

– Plus de doigts ?

– De doigts, oui. (Elle agite ses dix doigts devant moi.) C'est une décision incroyablement personnelle. Difficile de la gérer au mieux, mais j'ai décidé que de ne pas coucher avec plus d'hommes que je n'ai de doigts. Huit doigts sont déjà pris, je n'ai plus le droit à l'erreur.

Il me faut une seconde pour comprendre ce qu'elle veut dire. Harlow n'a couché qu'avec huit garçons.

Ou plutôt, Harlow a couché avec sept garçons qui ne sont pas moi.

Et... je suis perturbé. D'une part, je suis surpris. Je n'y ai jamais réfléchi, mais Harlow semble déployer beaucoup d'efforts pour en faire des tonnes à propos de sa vie sexuelle.

D'autre part, je me considère comme un type moderne, et tant qu'il ne s'agit pas de tromper quelqu'un ou de lui faire du mal, je pense que n'importe qui devrait aimer, épouser ou *baiser* qui il lui plaît. Pourtant, et c'est peut-être hypocrite, quand Harlow parle des autres mecs, j'ai beaucoup de mal à me contrôler. J'aime ça.

Harlow, qui me connaît, remarque mon malaise.

– Hey ho ! Hou ! Hou ! Que se passe-t-il ? (Elle me frappe le front.) Tu fronces les sourcils. Tu me *juges* ?

– Quoi ? Non, je ne fais pas de grimace.

Je suis content que ce ne soit pas le cas parce que *sa* grimace à elle est terrifiante.

– Oh que si ! Tu vas dire que je suis une traînée, M. l'Amateur de Corde et Lécheur de Chattes ?

– Absolument pas. Je ne dirais jamais que...

– Ne pense pas que tu aies le droit de porter un jugement sur moi parce que je t'ai laissé me baiser. J'aime le sexe, comme toi. Je baiserai autant de gens qu'il me plaira, que cette règle des dix doigts passe à la trappe ! Seulement parce que la société veut que...

– Harlow. Je ne voulais pas dire ça. Dix doigts. C'est bien.

– Oh ! (Elle me scrute et réalise que je suis sincère. Son front se relâche.) Bien.

Je répète :

– Bien.

– Et toi ?

– Quoi, moi ?

– Combien de doigts te reste-t-il ?

Je me redresse sur le canapé en regardant autour de moi – nous ne sommes pas seuls.

– Je ne pense pas que ce soit l'endroit le plus approprié pour avoir cette conversation, Gin.

– Alors que faire ? J'ai vingt-neuf minutes à tuer et puisque nous ne baisons plus...

– Ouais. (Je relâche la tête en arrière.) Cette idée m'avait l'air bien meilleure en sortant de ton lit. J'étais un peu tendu.

– *Ah oui ?* (Harlow place ses jambes nues sur les miennes.) En parlant de ça, désolée de m'être effondrée dans tes bras.

Je sens ma poitrine se serrer.

J'ai attaché Harlow hier soir et je l'ai regardée s'*épanouir*. Je n'ai pas envie de l'entendre s'excuser de ça. Je n'ai jamais vécu un moment aussi authentique. En quelques heures, notre relation est passée du plan cul sans aucune profondeur à un attachement qui n'a plus rien de simple. *J'apprécie* Harlow. Décider que nous n'allons plus coucher ensemble ? C'est nul, putain.

– Tu n'as pas à t'excuser.

Instinctivement, je pose la main sur son genou et je le caresse. Sa peau est chaude sous ma peau, je n'ai qu'une envie, remonter ma main sur sa cuisse pour retrouver ma distraction favorite.

Putain.

Je fais mine de m'écarter, mais elle me prend la main. Et la contemple avec attention.

– Non, murmure-t-elle. Je voulais dire, désolée si je t'ai mis mal à l'aise.

– Pas du tout.

Elle me regarde, ravalant un fou rire.

– Merci. Les épanchements, ça te connaît.

Je hoche la tête avec noblesse.

– C'est à ça que servent les amis, n'est-ce pas ?

– C'est ce que nous sommes, alors ? Des amis ?

– Des amis, oui. Peut-être plus ? Je ne suis pas sûr, nous avons été mariés, après tout.

– Les douze heures les plus glorieuses de ma vie. (Elle la joue Scarlett O'Hara, en tendant les jambes sur mes cuisses.) Inoubliables.

Oliver arrive en portant une pile de livres.

– Salut ! Vous allez bien ?

Je réalise à l'instant que les jambes de Harlow sont toujours sur les miennes, ma main un peu trop naturellement posée sur sa cuisse. Je cligne les yeux, rencontre le regard d'Oliver. Il me fait un sourire entendu – ça ne lui a pas échappé.

– Mec, dit Not-Joe en sortant des toilettes avec un album. (Il le tend à Oliver, ils échangent un regard.) Regarde ce que j'ai trouvé !

Oliver grogne, mais je remarque qu'il *n'ouvre pas* le livre.

– Pas encore !

– Encore, confirme Not-Joe.

Mon regard suit Not-Joe, il pose la bande dessinée sur le comptoir en verre.

– C'est *Wonder Woman ?*

– Ouais. Chaque fois que je nettoie les toilettes. C'est *toujours Wonder Woman.*

Harlow se lève, je regrette immédiatement de ne plus sentir sa peau chaude sous ma main. Oliver hoche la tête, elle réplique :

– Tu veux dire que des gens vont aux toilettes et...

Oliver acquiesce, attrape un emballage vide et utilise une agrafeuse pour sceller l'album souillé.

– Bordel. Plus rien n'est sacré ?

Harlow se penche et jette un coup d'œil au carton.

– Mais... Peut-on vraiment leur jeter la pierre ?

Elle lève les yeux vers nos regards écarquillés et nos bouches ouvertes.

– Peut-on les blâmer parce que... ? commence Not-Joe.

– Oh, ça va !

Elle récupère un exemplaire plastifié et intact de *Wonder Woman* sur l'étagère. Sur la couverture de cette édition, Wonder Woman chevauche un hippocampe marin géant, son lasso de la vérité en l'air, tandis qu'un homme tente de lui tirer dessus. Tout est censé se passer sous l'eau. Je ne vais pas épiloguer là-dessus : je doute qu'on puisse lancer un lasso à cette profondeur sous l'océan ou faire fonctionner un sabre laser mais...

– Regardez-la ! continue Harlow. Même moi, j'aimerais me retrouver un peu seule avec Princesse Diana.

– Tu *sais* que son vrai nom, c'est Princesse Diana ? demande Oliver.

On dirait un chien à qui on vient de jeter un os. Elle hausse les épaules.

– Bien sûr.

Les yeux enflammés, Oliver réplique :

– Finn, si tu ne redemandes pas cette fille en mariage, c'est moi qui vais m'en charger.

UNE MINUTE PLUS TARD, Harlow s'éclipse en nous embrassant tous les trois sur la joue. Je fais comme si je me fichais d'être traité de la même manière que les deux autres. Je finis par partir, moi aussi, en donnant rendez-vous à Oliver le soir. Je choisis de conduire le long du port pour rentrer en prenant mon temps. Il y a toujours le message non lu sur mon téléphone. J'ai un appel manqué de Colton. Apparemment, même habillée, Harlow parvient toujours à me distraire.

Je passe tout l'après-midi à conduire sur la côte, j'arrive à la maison après le coucher de soleil, une demi-heure à peine avant Oliver. Je fouille le frigo et les placards, sors un sachet de pâtes et des légumes. Mon téléphone me regarde en chien de faïence sur le comptoir.

Je fais tout pour ne pas avoir à l'affronter. Je débarrasse le lave-vaisselle et mets de l'eau à bouillir. Je regarde la télé, je sors même chercher le courrier d'Oliver, en espérant que l'air frais me lave la tête. En vain.

Perturbé, incapable de me contenir, je jette les enveloppes sur la table et saisis mon téléphone en décidant qu'il est temps de grandir un peu et d'affronter les problèmes. Ça pourrait être une bonne nouvelle. Mon frère pourrait avoir appelé, *aurait continué* à appeler si quelque chose s'était mal passé. N'est-ce pas ?

Je vérifie d'abord mes mails. Il y a une notification de la banque, une vidéo stupide qu'Ansel m'a transmise, un mail confirmant ma réunion avec L.A. lundi à 10 heures. Ça ne m'aide pas à me détendre.

Finalement, j'ouvre mes textos. Ou plutôt, celui de Colton.

`On est baisés. Nous sommes absolument royalement BAISÉS. Je vais boire un coup.`

LA FUMÉE A ENVAHI LA CUISINE, les pâtes doivent avoir beaucoup trop cuit. La porte claque.

– Chérie ! Je suis rentré.

Le ventre noué, je fais les cent pas dans la cuisine quand Oliver dépose ses clés et retire ses chaussures dans l'entrée.

Colton n'a pas répondu à mon appel, mais Levi, si. Colton est bel et bien parti se bourrer la gueule – et baiser l'un de ses plans cul réguliers, sans aucun doute – ce qui explique qu'il n'ait pas essayé de me rappeler.

D'après Levi, le premier moteur a pété, les dommages sont tellement sévères qu'aucune réparation n'est possible. Pire encore, à cause de la pression transférée sur le deuxième moteur, l'échantillon d'huile est revenu plein d'éclats de métal. Nous sommes à quelques semaines de la panne totale. Il y a quelques jours, nous savions que tout n'était pas rose, mais nous pensions finir la saison. Maintenant, nous sommes, comme Colton l'a justement dit, *royalement baisés*. Nous avons mis toutes nos économies dans l'entreprise familiale. Sans aucun revenu, nous avons à peine de quoi couvrir nos dépenses pendant dix mois. Nous ne pouvons pas remettre le bateau à l'eau avant de l'avoir réparé, et je n'ai aucune idée de la manière dont nous pouvons financer tout ça.

Oliver traverse la pièce, éteint la plaque avant de se laver les mains.

– Ça va, mec ?

Il me regarde, l'air inquiet.

– Ouais. J'ai juste foutu en l'air notre dîner.

Le reste de ma phrase me brûle la langue : *Je suis baisé. Mon avenir et l'avenir de ma famille tout entière viennent de partir en fumée. Et au fait, comment va la boutique ?*

Je ne peux pas dire ça. Je sais que j'ai besoin d'en parler, de m'entendre le dire, d'entendre quelqu'un me répondre que ça ne doit pas être si grave que ça, que tout va s'arranger.

J'ai besoin que quelqu'un me mente.

Normalement, dans ce cas de figure, Ansel est le meilleur des choix. Il est toujours optimiste et parvient à décrire les pires situations comme autant de coups de chance. Malheureusement, il ne vit pas dans le même pays que moi. Impossible de l'appeler et de lui imposer mes problèmes pendant ses quelques heures de temps libre. Vraiment impossible.

Perry est le choix suivant, parce qu'elle s'ennuie en permanence et qu'elle sait écouter. Mais, Seigneur, je ne peux pas. Je sais que je ne devrais pas prendre parti, mais même *moi*, je suis en colère après ce qu'elle a fait à Ansel et Mia. De toute façon, on ne lui parle presque plus. Je renonce.

Oliver a beaucoup de pain sur la planche avec l'ouverture de la librairie et toutes ses journées passées à travailler sans relâche. La dernière chose dont il ait besoin, c'est de m'entendre lui dire que mon entreprise disparaît alors que la sienne prend son envol.

Pour être honnête, ce n'est pas à eux que j'ai envie de parler. Bien sûr, je ne doute pas qu'ils comprendraient. Mais je ne veux pas les inquiéter. Je ne veux pas qu'ils sachent à quel point la situation est désespérée.

Sans égard pour ma crise de conscience, Oliver traverse la pièce et sort une planche à découper d'un tiroir.

– Alors, Harlow et toi ?

Il récupère un couteau dans son tiroir.

– Harlow ? (Je prononce son prénom avec moins de détachement que je ne le voudrais.) Il n'y a rien entre Harlow et moi.

– Bien sûr que non. Ce matin, vous aviez l'air intimes, pourtant.

Malgré mon désespoir, je parviens à rouler des yeux.

– Elle est insupportable...

Quel mensonge ! Avec la plupart des femmes, je me serais déjà lassé, je serais prêt à passer à autre chose. Mais plus je parle à Harlow, plus elle me plaît.

– Tu es sûr que ça va ?

Oliver m'examine.

– Ouais, pourquoi ?

Il hausse les épaules, l'air de ne pas vouloir me tirer les vers du nez. Il cligne les yeux et prend une expression plus neutre.

– Aucune raison particulière... Mais tu ne m'as jamais dit ce que tu faisais ici. Tout va bien chez toi ?

– Super. Je rencontre des nouveaux investisseurs. On envisage des améliorations pendant la basse saison.

Le soulagement passe sur son visage.

– Finn, c'est génial ! Regarde-nous, regarde nos vies. Tout s'arrange petit à petit, mec.

Bien sûr.

Je jette un coup d'œil par la fenêtre. Il n'y a qu'une seule personne à qui j'ai envie de parler à l'instant.

– Au fait... Je viens de me souvenir que j'ai promis à mon père de l'appeler ce soir. Ça te dérange de manger sans moi ?

Si Oliver ne me croit pas, c'est un assez bon ami pour ne pas me le faire sentir.

– Pas de problème. Je vais appeler Lola pour savoir ce qu'elle fait. Tu seras là vers quelle heure ?

Je récupère mon portefeuille sur la table de la cuisine et le glisse dans la poche arrière de mon jean.

– Je ne sais pas. Gardez-moi une assiette, je la réchaufferai quand je rentrerai. Il faut absolument que je passe cet appel.

Oliver acquiesce, sort une assiette et me fait un signe de la main.

Je compose son numéro avant même d'être sorti de chez Oliver.

Chapitre 7

Harlow

JE PASSE LA SERPILLÈRE. POURQUOI ? Le ménage a été fait ce matin, donc pourquoi suis-je en train de nettoyer le sol de la cuisine ?

Parce que je suis incapable de me concentrer sur quoi que ce soit. Je viens de renverser un plat entier d'*enchiladas* par terre.

Mon père entre, jette un coup d'œil à mon jean déchiré et à ma vieille chemise de flanelle – la sienne. Ses yeux vont du balai à franges plein de tomate à la nourriture sur le carrelage. Il ne prend même pas la peine d'ouvrir la bouche. Il marche jusqu'au réfrigérateur, l'ouvre pour prendre un yaourt et m'embrasse sur le front en partant.

Je dois prendre plusieurs décisions dans les vingt prochaines secondes. Primo, trouver une nouvelle idée de job.

Mes chances d'obtenir un stage rémunéré à plein temps chez NBC début janvier sont minuscules. Ma conversation avec Finn m'a ouvert les yeux. Là-bas, personne ne reconnaît ma valeur. Et aucune femme du XXIe siècle sans obligation familiale ne travaille moins de *douze heures* par semaine.

Deuxio, je ne peux plus coucher avec Finn. Mais passer tout mon temps libre chez mes parents est hors de question. La maladie de ma mère semble l'isoler. Elle ne veut pas nous voir rôder autour d'elle. La seule personne qu'elle accepte encore, c'est mon père.

Tertio, peut-être le plus important : je dois trouver une alternative pour le dîner maintenant que mon plan A est étalé par terre.

Je nettoie les dernières traces à l'éponge quand je reçois un message d'un numéro inconnu.

`Ça te dit, une bière ou deux ?`

Perplexe, je plisse les yeux.

`Qui est-ce ?`

`Le mec à qui tu pensais à l'instant.`

`Colonel Sanders ?`

`Essaie encore.`

Je glousse en tapant : `Ethan ?` J'envoie tout de suite : `Non ! Jake, je suis tellement désolée !`

Finn me répond une minute plus tard.

`Très drôle.`

Finn m'a donné son numéro à Vegas il y a trois mois, mais je ne l'avais jamais utilisé jusqu'à maintenant.

`On va dans un bar de bûcheron ?`

`Le mot que tu cherches, c'est pêcheur.`

`Peu importe. Mais attends… tu sais envoyer des textos. Je suis impressionnée.`

Tout en répondant, je regarde mes vêtements – *tant pis.*

`C'est parfait, je suis habillée comme toi. J'arrive dans 20 minutes.`

Je cours à l'étage, embrasse mes parents et sors de la maison le plus vite possible. Je dois arriver chez moi avant Finn. Aucune envie qu'il sache que je n'étais pas là quand il m'a envoyé son texto. Je ne sais pas *pourquoi* je ne lui parle de rien. Peut-être parce que Finn Roberts est la seule personne avec qui je m'amuse vraiment, avec qui je me sens bien. Ça tient sûrement en partie au fait qu'il ne me demande jamais : « Comment te sens-tu ? Comment va ta mère ? Elle tient le coup ? »

C'est une battante.

Elle est tellement belle.

Tellement jeune.

Je suis incapable d'imaginer ce que tu ressens.

L'ironie est que Finn pourrait comprendre ce que nous vivons. Mais je suis tellement soulagée de ne pas avoir à me confronter à la réalité quand nous sommes ensemble que je ne suis pas prête à lui raconter ma vie.

J'arrive chez moi en un temps record, grâce à la mansuétude du dieu des Feux Tricolores. Je pourrais me changer mais je n'en prends pas la peine. Si nous ne baisons pas, je ne me fais pas belle.

Quel gentleman : en bas de chez moi, il m'envoie un message. Je descends à toute vitesse et saute dans son pick-up.

– J'ai oublié comment aller chez Fred's, dit-il sans autre forme de salutation.

– *Bonsoir.* (Je boucle ma ceinture.) Tout droit sur Prospect et à gauche sur Draper.

– Il manœuvre et suit mes indications.

– Ah ! D'accord. Je m'en souviendrai à partir de là.

Finn ne sourit pas, il semble être perdu dans ses pensées. Il hésite entre plusieurs stations de radio avant de choisir finalement NPR. Au lieu de discuter, nous écoutons la rediffusion d'une interview de Joaquin Phoenix par Terry Gross. Au feu rouge, il tapote sur le volant du bout des doigts, jette un coup d'œil par la vitre sans jamais croiser mon regard.

– Cette idée de ne plus baiser est très stimulante ! C'est super de passer du temps tous les deux !

Je me penche pour mieux voir son visage. Toujours aucune de trace de sourire.

– J'avais envie de prendre un peu l'air.

C'est énigmatique : Oliver vit à un bloc de la plage. Finn pourrait « prendre l'air » et faire cent choses en dehors de boire une bière avec moi chez Fred's, où nous étions il y a deux jours.

Il se gare devant le bar et me fait signe de passer devant. M. Furley crie de plaisir en nous voyant entrer. Il demande à Kyle de virer les gamins mal élevés installés à la « table d'Harlow ».

Je lance en riant :

– Comment osent-ils ?

– Les jeunes, de nos jours... Des petits cons. Madeline va bien ?

– En pleine forme.

Je l'embrasse sur sa joue mal rasée avant de prendre les deux bouteilles de bière qu'il me tend. Je le remercie à la Bogart :

– Merci, beaaaauté.

Je tends une bière à Finn et me dirige vers notre table, pleine de débris de cacahouètes que je balaie négligemment.

– Il te mange dans la main...

Finn s'assied à côté de moi sans quitter M. Furley des yeux.

– Ouais. C'est le meilleur.

J'avale une grande gorgée de bière en regardant Finn m'imiter. Seigneur, j'adore son cou puissant et bronzé. Ses joues sont couvertes d'une fine barbe, qui donne envie de...

Je m'éclaircis la gorge. *Pas de sexe.*

– Alors, ça va ?

Finn hausse les épaules et se concentre sur la télévision la plus proche de nous qui diffuse un match des Padres.

Au départ, le silence est agréable : il regarde les Padres, j'observe un couple du troisième âge adorable qui danse tendrement. Au bout d'un moment, ils retournent à leur table. Soudain, le poids du silence m'écrase. Finn ne m'a pas proposé de le retrouver pour passer une heure à regarder le base-ball, alors pourquoi ne me parle-t-il pas ?

– Oliver travaille ce soir ?

Il ne semble pas m'entendre.

– Tu veux commander quelque chose à manger ? Je suis affamée.

Il est toujours perdu dans ses pensées. Ma voix couvre la musique, même si le volume est fort. Parce que... salut ! Je ne murmure jamais !

– Je vais aller voir sur la piste de danse si Kyle est d'humeur à fricoter avec moi. (Rien.) Peut-être baiser sur le bar. Ou dans les cuisines. (Je me penche vers lui.) Bien sûr, tu imagines dans quelle position...

– Hé !

Finn ne regarde plus la télévision. Enfin, une réaction !

– Que se passe-t-il ? Si tu voulais boire une bière en silence, tu aurais dû venir avec Oliver.

– J'avais besoin de réfléchir.

– Tu pouvais réfléchir seul ou en courant sur la plage. Tu as besoin de parler. Tu préfères une caisse de résonance ou un mur de brique ?

Finn me regarde comme s'il ne comprenait rien à ce que je dis.

– Tu veux qu'on discute de tes problèmes ou tout me raconter sans être interrompu ?

– Tu es capable de rester silencieuse, toi ?

– Oui.

Il grimace. J'ouvre la bouche pour protester, Finn se lève et m'arrête d'un geste.

– Je vais tout t'expliquer. J'ai besoin d'en parler, sans aucune interruption. Je dois boire une autre bière avant de commencer. Ou deux.

Il s'éloigne, je lui crie :

– Demande à M. Furley des frites pour moi.

FINN A PRESQUE TERMINÉ sa deuxième bière quand il se décide enfin à parler.

– Je t'ai dit que je suis venu ici pour du business, c'est la vérité. Je sais que ça peut sembler étrange, dans la mesure où notre entreprise est basée sur l'île de Vancouver.

Je hoche la tête. Ses paroles m'hypnotisent : je me sens *spéciale,* privilégiée, mais je fais tout pour ne pas le montrer. Je bluffe comme une reine.

– Ce n'est pas toujours facile. Après une mauvaise saison, tu peux te rattraper sur la suivante. Mais si tu as deux mauvaises années d'affilée, les choses se corsent. Plusieurs mauvaises années... Une grosse firme propose de prendre des parts dans l'entreprise. Le bateau a besoin de réparations. (Il passe une main nerveuse sur son visage, termine sa bière puis soupire.) Voilà.

Je ne suis plus aussi heureuse.

Je comprends qu'il ne va pas exposer tous les détails de ses problèmes de travail, et tant mieux parce que je ne pense pas pouvoir l'aider davantage que Kyle le DJ. Je reste silencieuse, à cause de mon manque d'expertise et parce que je sais qu'il n'a pas fini de parler. Ce que j'ignore, c'est pourquoi il est à *San Diego.*

– Il y a un mois environ, des gens m'ont appelé pour me dire qu'ils avaient une idée de... (Il se tait longuement.) D'émission.

– D'émission ?

Il rit.

– Oui. D'émission de *télé.*

Oh.

Oh.

– Et par « des gens » tu veux dire ?

Il cille.

– La chaîne Adventure.

J'écarquille les yeux.

– *Bordel,* Finn ! Ils veulent faire une émission sur ton entreprise familiale ?

– Mon père, Colt, Levi et moi. Les quatre garçons Roberts.

– Et tu es ici pour commencer les négociations ?

Je suis surexcitée. La chaîne Adventure, c'est énorme.

Finn a le visage et le corps pour la télévision mais... pas exactement la mentalité.

Il secoue la tête.

– Notre bateau le plus petit s'est cassé il y a un moment, mais avant la panne de notre bateau principal, le *Linda*, je ne l'ai jamais envisagé sérieusement. Je suis ici parce que mes frères m'ont demandé de les représenter, mais je n'ai pas envie de prendre une décision hâtive sans peser les autres options qui s'offrent à nous. (Il se frotte encore le visage.) J'ai appris il y a une heure que le *Linda* est irrécupérable. *Irrécupérable.* Nous avons une réserve de cinq mille dollars à disposition à la banque alors que la réparation risque d'en coûter au moins cent mille ! Peut-être même plus. (Il me dévisage.) Maintenant, je n'ai plus le choix. L'émission ou la faillite. Je n'ai pas envie de ça, Harlow. Ce sera un tel cirque.

– Tu as déjà parlé avec les responsables de la chaîne depuis ton arrivée ?

– Seulement quelques mails. Je suis venu plus tôt que prévu pour assister à l'ouverture de la boutique d'Oliver. Colton avait peur que je fasse une attaque comme mon père, il m'a poussé à partir. (Il me jette un coup d'œil.) Je rencontre les producteurs en personne très bientôt. Ils m'ont envoyé des éléments d'info pour la promotion.

Entendre que Finn pourrait avoir une attaque me donne mal au ventre. Mais son air hésitant quand il prononce le mot « promotion » me fait sourire.

– Promotion ? *Ça*, je veux voir.

Avec une grimace, il sort son portefeuille de sa poche et en extirpe une photo de la famille assise sur un bateau. Le logo et les T-shirts sont déjà prêts.

J'y jette un coup d'œil.

– Waouh. (La lumière est parfaite, les couleurs magnifiques. Le photographe a trouvé l'équilibre parfait entre la brute et l'homme civilisé qui sommeillent en chaque mâle de la famille Roberts.) C'est la version pêcheur de l'extrême d'un shooting photos glamour de la marque JCPenney.

Il me l'arrache des mains.

– Ok, c'est bon.

Je la reprends avant qu'il n'ait le temps de la glisser dans son portefeuille.

– Ce sont tes frères ?

– Ouais.

Finn se trouve au milieu, son père et son plus jeune frère d'un côté, son second frère, Colton, de l'autre. Ils ont reçu des instructions, ça saute aux yeux : le père de Finn a l'air détendu, Levi sourit de toutes ses dents, Colton lance un regard aguicheur à l'appareil photo. Finn a une expression mystérieuse. Les quatre hommes sont magnifiques.

– Eh bien, je te remercie. Je vais rentrer chez moi et me masturber le reste de la soirée.

– Tu sais, si un mec disait ça, il aurait l'air d'un horrible pervers.

– Oh, désolée, bébé. Tu regrettes qu'il existe deux poids deux mesures en matière de sexe ?

Il rit sèchement.

– Tu es insupportable, Gingembre.

– Donc la chaîne Adventure veut réaliser une émission de téléréalité chez vous ? Dans le genre, comment draguer un pêcheur ?

– Non. Ils veulent donner aux gens un aperçu de la vie d'un *pêcheur* et...

– C'est ce qu'ils donnent comme explication au dos de leur photo glamour ?

Je fais mine de regarder.

– Harlow.

– *Finn.* (Je tourne la photo et la désigne du doigt.) Regardez-vous, vous êtes ... Tu as quoi, trente-deux ans ?

– Ouais.

– Quel âge a Colton ?

– Vingt-neuf.

– Et Levi ?

Il soupire. Finn voit là où je veux en venir.

– Vingt-quatre.

– Je parie qu'il y a une clause dans le contrat qui stipule que tu ne peux pas être engagé dans une relation sérieuse pendant le tournage de l'émission.

Il écarquille les yeux.

– Comment peux-tu savoir ça ?

– Tu plaisantes ? On a plusieurs fois proposé à ma mère de participer à des émissions de téléréalité. Il y a toujours une condition sur les relations personnelles. Atterris ! L'intérêt de l'émission, c'est de filmer tes biceps sur le bateau, ton torse nu et de te regarder fricoter avec des jeunes filles.

– Tu ne m'aides pas. Je n'ai aucune envie de faire ça. (Il me pique une frite.) Mes frères pensent que ça peut être amusant. Ils ne mesurent pas à quel point ça influencerait leurs vies. Colt couche avec des filles différentes tous les soirs. Levi... Je pense qu'il est toujours vierge.

Je jette un coup d'œil au jeune garçon mignon de la photo.

– Ok, tu déconnes. Si ce mec ne couche pas à droite à gauche, je suis la reine d'Angleterre.

Il fait un geste vague.

– Peu importe. Nous serions nuls à la télé.

Son argument est si mauvais qu'il n'y croit même pas lui-même.

– Tu déconnes, n'est-ce pas ? Un homme à femmes avide de conquêtes, un jeune puceau mignon à croquer et un frère trop occupé pour tomber amoureux. C'est le rêve de tout producteur. L'émission est déjà écrite.

Il se radoucit.

– C'est une offre difficile à refuser. Engagement pour deux saisons, ils m'ont offert mon pick-up pour nous prouver leur bonne foi. Ils prennent en charge la réparation de nos deux bateaux principaux et nous en achètent un autre.

Je siffle.

– Waouh. Tu es perturbé parce qu'un énorme studio de télévision veut t'offrir un pont d'or ? Pauvre bébé. Pourquoi ne sautes-tu pas sur l'occasion ?

Il me regarde, incrédule :

– *J'aime* ma vie, Harlow. Ce n'est pas peinard, nous sommes tout le temps en train d'essayer de joindre les deux bouts, mais je l'ai choisie pour une raison. J'aime ma petite maison sur l'eau, j'aime travailler sur le bateau avec mes frères, plaisanter avec eux, j'aime les jours où la pêche a été très bonne. Grâce à des journées pareilles, on oublie toutes les difficultés. (Il détourne le regard.) L'idée qu'une équipe de télévision nous filme vingt-quatre heures sur vingt-quatre, trois jours par semaine, me rend nauséeux.

– Qu'en pensent Oliver et Ansel ?

– Ils ne savent pas encore.

– Je sais quelque chose qu'ils ignorent ?

Il hausse les épaules.

– Difficile de discuter de ça avec mes meilleurs amis. Je suis aujourd'hui confronté à une décision folle qui peut changer ma vie, mais dans deux ans, je me dirai probablement que tout ça était ridicule. Je n'ai pas envie d'en parler avec les êtres qui me sont les plus proches pour réaliser ensuite que j'étais pathétique. Tu comprends ?

Donc il ne s'attend pas à ce que je fasse partie de sa vie dans les deux ans ? D'accord. Ça fait mal. Je porte la bière à mes lèvres en regardant ailleurs.

– Je comprends tout à fait.

– Bordel, murmure-t-il. (Il se rend compte de la portée de ses paroles.) Tu vois ce que je veux dire...

En tout honnêteté, je vois. Je ne lui ai pas parlé de ma mère. Je n'ai pas besoin du soutien de Finn, j'aime être avec lui pour me divertir. C'est peut-être pareil pour lui. Mon opinion n'a pas beaucoup d'importance sur le long terme.

Je lui souris calmement.

– Je sais que tu vas avoir l'impression que je te propose un virage à 180 degrés, mais cette émission pourrait t'offrir des opportunités que tu n'as jamais envisagées. Ton entreprise deviendrait une marque et...

– Ou nous tournerait en ridicule.

J'ajoute en l'ignorant :

– Et ils vous offriraient l'équivalent d'un bateau ? Certes, je n'y connais pas grand-chose en matière de pêche commerciale, mais j'imagine qu'un tel bateau vaut bien le prix d'une maison à La Jolla ?

– Dans ces eaux-là... Je ne sais même pas si j'arriverais à me convaincre que s'ils nous rachètent le bateau, celui-ci nous appartiendra vraiment. Ce serait comme se vendre au plus offrant. Mais tu n'as as l'air de trouver ça aberrant. Je dois au moins y réfléchir.

– Je pense surtout que tu aurais tort de ne pas le faire.

Il hoche la tête et fixe à nouveau son attention sur le match. Cette fois, je sais qu'il a fini de parler.

Chapitre 8

Finn

JE JETTE UN COUP D'ŒIL à l'adresse qu'Harlow nous a donnée en tournant au coin de la rue. Le parking est bondé, je soupire lourdement.

Je lance à Oliver :

– On dirait que ce n'est pas notre soir. On ferait mieux de rentrer à la maison. On testera ce restaurant une autre fois.

Si mes yeux ne me trahissent pas, mon piètre talent d'acteur le fera à leur place.

Je manœuvre pour sortir du parking, mais Oliver m'arrête d'une main sur l'avant-bras.

– Tout le monde est déjà là, tu n'es pas obligé de parler si tu es de mauvaise humeur. Trop tard pour changer de plan de toute façon. (Il jette un coup d'œil par la vitre côté passager avant d'ajouter) : À cause de toi.

– Qu'est-ce que tu veux dire ?

– Tu as mis plus d'une heure à sortir de la maison. J'ai l'impression de t'emmener de force chez le dentiste plutôt qu'à une soirée avec tes meilleurs amis.

– C'est totalement faux.

C'est totalement vrai.

– Ansel est revenu pour surprendre Mia, il a envie de nous voir. Tu as beau le nier, tu t'es comporté bizarrement toute la semaine.

– Tout va bien. Il m'est juste difficile d'être loin de chez moi pendant que les autres travaillent dur. (Je hausse les épaules. *Reste calme, Finn. Ne gigote pas. N'évite pas son regard.*) Je ne suis pas habitué à avoir autant de temps libre.

Je me concentre sur la musique pop qui passe à la radio. Oliver tend la main pour l'éteindre. Le silence envahit l'habitacle. Je regarde ostensiblement de tous les côtés pour chercher une place de parking.

Je n'aime pas le regard insistant d'Oliver. Il me connaît trop. Il m'arracherait les deux bras pour me battre avec s'il apprenait que j'ai raconté à Harlow quelque chose qu'il ignore.

– Je suis ton meilleur ami, Finnigan. Tu ne serais pas en train de me mentir, par hasard ?

Je vais répondre mais il désigne une place qui se libère juste devant nous.

– Regarde ! Ici ! Ici !

Je me gare et éteins le contact avec un soupir. Nous y sommes.

JE N'AI JAMAIS EU L'AIR aussi coupable de ma vie.

Jamais. J'ai la tête du cambrioleur qui passerait en plein jour devant la maison qu'il a dévalisée.

J'espérais me sentir mieux en me confiant à quelqu'un. Et cela a été le cas jusqu'à ce que je rentre chez moi.

Comme je m'y attendais, Harlow s'est moquée de moi, hier. Du *Harlow* tout craché : des plaisanteries, des sarcasmes pour me tirer les vers du nez et essayer de comprendre la situation. Mais je n'oublie pas son expression blessée quand je lui ai expliqué pourquoi je ne disais rien à Ansel, à Perry ou même à Oliver. Comme si elle avait reçu un coup de poing dans la poitrine.

Notre conversation m'a obsédé toute la nuit. Oliver ronflait au bout du couloir, impossible de dormir de mon côté. Une question me taraudait : dois-je leur dire ? Est-il injuste de cacher à mes meilleurs amis ce que j'ai dévoilé à Harlow ? Jusque-là, je n'avais pas beaucoup réfléchi à ma relation avec elle. Je l'ai considérée sous tant de jours différents : une aventure, une distraction, finalement une amitié. Maintenant, plus aucune de ces catégories ne me semble suffisante.

Bordel, je n'ai pas envie de l'affronter ce soir. Non pas parce que je ne sais pas où nous en sommes, ni ce que je ressens, ni encore comment je suis censé me comporter avec elle. Mais parce qu'elle connaît mon secret. Alors que mes meilleurs amis l'ignorent.

J'aurais dû prendre mon courage à deux mains et tout dire à Oliver.

Je n'aurais jamais *jamais* dû le dire à Harlow la Grande Gueule.

Et s'ils comprennent que je leur cache quelque chose ?

Et si elle fait une gaffe ?

Putain.

À l'intérieur du restaurant, il fait sombre, la musique est si assourdissante que je réfléchis à la possibilité de m'éclipser pendant la soirée sans que personne ne le remarque.

Malgré la foule et le grand nombre de tables dans le petit espace, il fait dix degrés de moins que dehors. C'est seulement après être entré que je réalise que je transpire. L'air glacé fige les gouttelettes de sueur sur mon front et dans mon cou. *Seigneur, Finn. Reprends-toi.*

Nous les entendons avant de les voir. Malgré le bruissement des voix et les couverts qui s'entrechoquent, le rire facilement reconnaissable d'Harlow perce. Harlow n'est jamais silencieuse.

– C'est l'histoire la plus drôle qu'on m'ait jamais racontée ! s'écrie Ansel en gloussant.

On n'imaginerait pas qu'un avocat de vingt-huit ans puisse *glousser* ainsi, pourtant c'est bien ce que fait Ansel. Je suis sur les nerfs, l'angoisse me prend à la gorge plus nous nous approchons de la table. Instinctivement, je fronce les sourcils.

– On dirait qu'ils ne nous ont pas attendus ! hurle Oliver en me regardant.

Je hoche la tête et le suis dans le restaurant en faisant un effort surhumain pour ne pas avoir l'air sur le point de vomir.

Ils sont installés au fond de la salle. Ansel est assis au bout de la banquette, les bras croisés derrière la tête. Il se penche et sourit en écoutant ce qui se dit de l'autre côté de la table. Mia est blottie contre lui, Lola se tient à côté de Mia, concentrée sur un dessin qu'elle esquisse sur une serviette en papier. Ce n'est pas la première fois que je la vois faire. Harlow est installée à l'opposé de la table. Les yeux écarquillés, elle raconte une histoire à Ansel. Qui éclate de rire. Encore et encore.

– Vous vous amusez bien ? demande Oliver. On vous entendait de l'extérieur.

Tous les yeux se fixent sur lui – puis sur moi –, ils nous saluent.

Tout le monde, sauf Harlow.

Elle plonge les yeux dans les miens pendant les cinq secondes les plus longues de mon existence avant de regarder ailleurs et de s'adresser à Oliver :

– C'est pas trop tôt !

Elle sourit un peu trop à mon goût. Nerveuse, peut-être ? *Coupable ?* Elle continue :

– As-tu... ?

Je l'interromps :

– Qu'est-ce qui est si drôle ?

J'ai immédiatement envie de me gifler. Tout le monde se tourne vers moi avec des expressions signifiant à divers degrés *mais qu'est-ce que tu as ?*

Même Lola lève les yeux. Elle fait mine de ne pas écouter mais ne perd pas une seule miette de nos conversations.

– Harlow racontait l'histoire de la fois où nous nous sommes enfermées dehors après un bain de minuit. À l'issue d'un vote déloyal, nous l'avons obligée à passer par la fenêtre de l'étage. Nue.

– Oh...

Je regrette trop ma propre réaction pour m'attarder sur l'image d'Harlow nue, grimpant sur un mur, une fenêtre... ou autre chose encore.

Harlow me dévisage, Ansel me scrute comme si je me baladais tout nu, moi aussi.

– Super, lâche Oliver. Je vais aux toilettes, commandez-moi un burger si un serveur passe, d'accord ?

Oliver parti, je dois agir. J'ai le choix entre rester debout comme un idiot et m'asseoir à côté d'Harlow.

Avec un soupir, je me glisse sur la banquette en prenant garde d'établir une distance de sécurité entre nous. Lola et Mia parlent de... quelque chose et Harlow se penche vers moi.

– Détends-toi, Finnick, murmure-t-elle.

À un autre moment, je n'aurais pas manqué de l'informer du lieu où se fourrer ses petits noms mignons. Mais là, je dois lutter pour donner le change.

– Quoi ? (Je prends un air surpris.) J'étais curieux.

– Curieux ? On aurait dit que tu t'apprêtais à fuir une scène de crime. Tu gigotais et... (Elle me regarde intensément.) Mon Dieu. Serais-tu *en sueur* ?

– Tout va bien. (Je m'essuie les mains sur mon jean et soupire en m'affalant sur la banquette.) Tu sais... Je me sens juste un peu débordé par tout ça.

– Par quoi ? Tu ne penses quand même pas que j'ai laissé échapper quelque chose, si ?

Elle a l'air vexé.

– *Quoi ?* (Je réponds probablement trop rapidement.) Non. Absolument pas. Je m'inquiétais juste, tu vois, que tu ne saches pas trop bluffer...

– Bluf... De quoi parles-tu ?

– Tu passes ton temps à te mêler des affaires des autres. Je me suis dit que tu pouvais faire une gaffe.

Avant qu'elle ait l'occasion de répondre – ou de me donner un coup de pied dans les couilles –, Oliver revient et remplit les verres de tout le monde. Il s'assied à côté de moi, me poussant vers Harlow.

Je me redresse et murmure des excuses. Elle secoue la tête et rit, avant de murmurer si doucement que je dois fermer les yeux pour me concentrer sur ses paroles :

– Si tu veux tout savoir, Finn, j'ai simulé mes orgasmes pendant six ans avant de te rencontrer. J'ai plus de secrets que ton énorme tête vide pourrait en contenir. Si quelqu'un fait une gaffe à propos de ton émission de téléréalité « jeune fille rencontre pêcheur », ce ne sera pas moi.

– Ce n'est pas une... (Je respire profondément et saisis ma bière.) Oublie ça.

C'est ridicule, je sais, pourtant je n'arrive pas à me détendre. Maintenant, en plus de m'attendre à ce qu'Harlow laisse échapper quelque chose, je ne peux m'empêcher de l'observer intensément. Je dois la scruter comme un sérial killer. Elle, au contraire, m'évite du regard. Constamment.

Au bout d'un moment, une serveuse arrive et prend notre commande. Perdu dans mes pensées, je n'arrive pas à me souvenir de ce que j'ai commandé avant qu'elle revienne avec mon plat. Une énorme salade. Super.

Not-Joe arrive, se sert une bière, rampe sous la table pour s'asseoir à côté d'Harlow.

– Assieds-toi, dit-elle en riant.

En faisant de la place à Not-Joe, sa cuisse se colle à la mienne. Je dois me forcer à garder les mains en vue, très, très *loin* de là où elles désirent aller.

– Tu surveilles ta ligne ? me demande Not-Joe, une frite volée dans l'assiette de Lola entre les lèvres.

– Il n'est plus tout jeune, renchérit Harlow.

Mais elle ne me regarde *toujours* pas.

Elle hoche la tête vers Oliver.

– Alors, comment gérez-vous le problème Wonder Woman ? (Elle sourit en découpant son steak. *J'avais envie* d'un steak.) Des améliorations ?

Oliver secoue la tête et finit sa bière.

– Ne m'en parle pas.

Ansel éloigne le visage de celui de Mia et retrouve le don de la parole :

– C'est quoi, le problème Wonder Woman ?

– Seigneur, fait Lola. Tu as un petit faible pour Wonder Woman, alias Princesse Diana, toi aussi ?

Harlow éclate de rire, Ansel rougit.

– Je... euh...

– Rendons à César ce qui est à César. (Harlow mâche un oignon frit.) Wonder Woman, c'est une valeur sûre.

– Je ne comprends rien, fait Mia.

– C'est parce qu'Ansel essaie désespérément d'aspirer ton âme en te donnant un baiser de « Détraqueur ».

Elle ajoute à mon attention :

– C'est une référence qui vient d'*Harry Potter*, chaton. Tu connais ?

Oliver leur explique le problème. Ansel vire à l'écarlate.

– Je me demande si quelqu'un a déjà baisé dans ta boutique, dit Lola. (Tout le monde se tourne vers elle.) *Quoi* ? Ce serait le lieu de rendez-vous parfait pour des exhibitionnistes. (Elle hausse les épaules.) Ça saute aux yeux.

– Bien sûr, renchérit Harlow.

– Eh bien, je baiserais pas dans les toilettes, *moi*, commente Not-Joe. Le canapé ? Pourquoi pas.

– Personne ne baise dans ma librairie ! crie Oliver. Je ne risque pas de laisser une chose pareille arriver, et vous êtes tous désormais dans ma ligne de mire.

– Heureusement, il n'y a pas de caméras, ajoute Not-Joe. Tu imagines les horreurs qu'on verrait ? Les gens les plus cool ou les plus étranges viennent dans la boutique... Ce serait une téléréalité vraiment trash.

Je manque m'étouffer avec ma bière, je tousse fortement, mes genoux s'entrechoquent sous la table, qui tremble, les verres se renversent comme des dominos, la bière et l'écume trempent tout sur leur passage.

– Oh là là ! Ça va ? demande Mia.

Je tousse encore. Harlow me tapote le dos.

– Reprends-toi, l'homme. (J'acquiesce et récupère une serviette pour m'essuyer.) Il va bien, annonce-t-elle à la cantonade. C'est juste passé par le mauvais trou.

Je me reprends enfin, me rassieds, prends une gorgée de bière en évitant les regards. Comme un psychopathe.

Je sens la jambe d'Harlow contre la mienne, ce contact est naturel. Je m'attends à ce qu'elle se moque de moi, plaisante, mais elle reste indéchiffrable – calme, imperturbable – et me regarde à peine. Je ne sais toujours pas si c'est intentionnel : est-ce volontairement qu'elle évite mon regard ou fait-elle si peu attention à moi d'habitude ?

J'effleure « accidentellement » son bras une ou deux fois, cogne mon genou au sien. Je parviens même à dérober une bouchée de son steak. Aucune réaction.

Plus je la regarde, plus je veux qu'elle me regarde, me parle, me demande de l'emmener loin des autres. Elle discute avec tout le monde, sans flirter, sans trop en faire. Elle a un don pour ça. Et puis, c'est la plus belle fille de la pièce. Elle n'a pas besoin d'attirer l'attention.

Mais quand j'y repense... elle a fait des efforts pour me séduire. À Vegas, au Canada, ici aussi. Bordel, j'ai envie de *montrer* aux autres qu'elle m'a choisi.

Je veux la voir flirter avec moi, au moins un tout petit peu.

Le téléphone de Not-Joe vibre sur la table, il nous salue et s'en va. Les autres le suivent peu après. Harlow n'a pas jeté un coup d'œil à son téléphone depuis une heure. Quand elle le sort de sa poche, son attitude change. Ses épaules se contractent, elle pâlit légèrement.

Elle n'a presque rien bu, mais j'ai l'impression qu'elle n'a pas pris sa voiture. Les autres se dirigent vers leurs véhicules.

– Tu veux que je te ramène ?

Elle lève les sourcils, je ris :

– Ce n'est pas ce que je voulais dire. Je suis venu avec Olls. Tu veux qu'on te ramène chez toi ?

– En réalité, ouais. Ce serait super.

Son attitude a changé du tout au tout, mais je ne lui pose aucune question. Elle remonte son sac sur son épaule et nous suit jusqu'au pick-up en insistant pour s'installer derrière et laisser le siège avant à Oliver.

Silence total dans l'habitacle. Je ne peux m'empêcher de la regarder dans le rétroviseur chaque fois qu'un lampadaire éclaire l'arrière de la voiture. De temps à autre, elle jette un coup d'œil à son téléphone. Elle est tellement belle, putain. Je cligne des yeux. Elle me regarde. Je dois me forcer à me concentrer sur la route pour éviter de tous nous tuer.

Je ne sais pas comment c'est arrivé, mais je *tiens à* Harlow Vega. Vraiment. Je la respecte. J'ai envie d'apprendre à la connaître. J'ai envie de la baiser pour des raisons qui n'ont rien à voir avec mon besoin de me distraire ou l'instinct qui me pousse à éjaculer.

Je suis tellement mal barré.

Nous nous garons devant son immeuble, j'ouvre la portière et l'aide à descendre.

– Merci.

Je hoche la tête.

– Et merci... de m'avoir écouté et... de garder ça entre nous.

– Aucun problème. On se voit un de ces quatre. Salut, Oliver !

Il sort la tête de la fenêtre et lui dit au revoir. Elle s'éloigne et disparaît dans l'entrée de la tour scintillante.

Harlow Vega qui s'éloigne – toujours l'une de mes images favorites. J'y repenserai une fois seul.

OLIVER ET MOI ARRIVONS CHEZ LUI. Après nous être souhaité bonne nuit, nous nous dirigeons vers nos chambres. Sans perdre une seconde, je ferme la porte derrière moi. Je ne réfléchis pas, je ne m'installe pas sur le lit, je ne fais même pas couler une douche. Instinctivement, je défais ma ceinture. Mes pensées fusent, mon corps se tend. J'ouvre ma fermeture Éclair, baisse mon jean juste suffisamment pour saisir ma queue.

Le soulagement est tellement instantané que je dois serrer les dents pour me souvenir qu'Oliver dort de l'autre côté de la maison et que les cloisons sont fines comme du papier.

En fermant les yeux, je me remémore la sensation de la cuisse d'Harlow contre la mienne, la chaleur qui irradie à travers le jean, la sensation de douceur de ses cheveux qui m'effleurent quand elle se penche vers moi. Je respire un bon coup, laisse mon esprit vagabonder vers les pensées cochonnes que je refoule depuis que nous avons décidé de devenir amis.

J'imagine une issue différente à cette soirée. Je vais au bar, elle me suit et me demande de la retrouver dans les toilettes. À l'intérieur, je la baise, par-derrière, les jambes écartées en l'agrippant par la taille. Je pourrais lui donner une fessée, imprimer l'empreinte de ma main sur sa peau, la faire tellement mouiller que ses jambes seraient trempées.

La sueur perle sur mon front et dans mon dos. Mon T-shirt me colle à la peau, je le retire brusquement. Le bruit de ma main qui coulisse sur ma queue est obscène. Le cliquètement de ma ceinture résonne dans la maison silencieuse. Je bande encore plus, une goutte de foutre brille sur ma queue.

Je repense à la dernière fois où nous avons baisé. Elle était si belle attachée, elle prenait tellement de plaisir. Les cordes ont-elles laissé une marque, une petite trace sur sa peau après mon départ ? A-t-elle touché ces marques en se souvenant de ce que nous avons fait, de ce qu'elle a ressenti, attachée, certaine que j'allais m'occuper d'elle...

L'orgasme m'aveugle par sa puissance. J'étouffe mes gémissements dans ma main et me mords les lèvres. Mon corps s'engourdit. Je termine de me branler, la peau trempée de sperme avant d'attraper mon T-shirt pour me nettoyer la main. Je m'effondre dans le lit la tête la première.

Je n'ouvre pas les yeux avant le lendemain matin.

Chapitre 9

Harlow

JE SUIS À DEUX DOIGTS DE PERDRE LA TÊTE. Je n'essaie même pas de le nier. Être si près de Finn, même quand il se comporte comme un enfoiré – dîner de ce soir à l'appui – balaie toutes mes inquiétudes. Il n'y a plus que lui. J'ai cru devenir folle dans son pick-up entre l'odeur de son savon et les effluves de sa transpiration. Pendant tout le trajet, j'ai senti son regard sur moi, dans le rétroviseur.

Il me dépose, je me jette sur le canapé pour me *masturber* en pensant à ce que nous avons fait l'autre soir. Puis je m'endors tout habillée. Finn n'est pas là pour me porter jusqu'à mon lit et se blottir contre moi toute la nuit.

Ce matin, je bouleverse mes habitudes pour la deuxième fois en deux semaines : je me dirige vers le Starbucks où je suis tombée sur Finn le jour de son arrivée à San Diego. Mais... il n'y est pas.

Me voilà devant Dowtown Graffick. Finn passe peut-être la matinée avec Oliver. Malheureusement, à travers la vitrine, je distingue Oliver au comptoir mais pas de Finn. *Merde.* Au point où j'en suis, j'aurais carrément dû aller à Pacific Beach. Je m'attends à quoi ? À ce que nous soyons passés du stade de plan cul à celui de relation sérieuse en une semaine ? Il vit au Canada. Moi à San Diego. Ma mère est en plein traitement post-opératoire. Son entreprise familiale risque de s'effondrer s'il n'accepte pas de participer à une émission de téléréalité bling-bling stipulant qu'il ne peut pas avoir de petite copine.

Mais tous les *autres* obstacles qui pouvaient avoir un sens il y a quelques semaines (l'incompatibilité de nos caractères, son égoïsme de mâle) ne pèsent plus rien sur la balance. Nous nous sommes adoucis ; nous savons comment nous comporter l'un avec l'autre. Et son obsession pour les cordes me fascine. Il travaille avec ses mains. Quelque part, en m'attachant, il me fait entrer dans son monde. Ça me plaît.

Oliver regarde en direction de l'entrée et me repère. Maintenant, je dois entrer et faire semblant de chercher Lorelei. Pourquoi traîner dans sa librairie si ce n'est pour voir Lola ? Mon amie m'a fait découvrir les références essentielles de la culture pop, mais Oliver sait bien que ce n'est que grâce à sa collection de T-shirts que je peux faire la différence entre Hellboy et Abe Sapien. Je prends une grande inspiration, rassemble tout mon courage : si je suis ici, c'est pour la voir. *Bien sûr.*

La clochette tinte, je pousse la porte.

– Tu es là, Lola !

Affalée dans un fauteuil, Lola lève les yeux de son album et glousse. Oliver rend la monnaie à des clients, les remercie avant de me jeter un bref coup d'œil.

– Il est à Los Angeles aujourd'hui.

Je marmonne :

– *Ahhhh.* Prise en flagrant délit.

Mon rythme cardiaque s'accélère. Finn est parti seul à Los Angeles pour rencontrer des producteurs. Même si je fais confiance à son instinct de survie, mille fois plus développé que la moyenne, je ressens un flash d'irritation. Il ne m'a pas proposé de venir pour le soutenir moralement.

Je suis frustrée. À deux doigts de craquer.

De perdre la tête.

– Tu ne travailles pas aujourd'hui ? demande Lola.

– Non. (Je m'assieds dans le fauteuil à côté d'elle.) J'ai changé mon emploi du temps parce que ma mère commence la chimio. Mais mon père m'a demandé de ne pas venir avant demain.

Oliver rit :

– Dans quoi travailles-tu, *d'ailleurs,* Chandler Bing ?

Perplexe, je le dévisage. Je ne pensais pas qu'il pouvait nous entendre. Pendant un instant, je panique parce que j'ai mentionné la chimio de ma mère. Mais Oliver n'a pas l'air surpris. Soit il n'a pas entendu soit Lola lui en a déjà parlé en lui interdisant de la mentionner devant moi.

L'a-t-il dit à Finn ? Mais si c'est le cas, Finn me poserait la question. Non ? Je mens :

– Analyses statistiques et reconfiguration de données. Pourquoi Finn est-il à L.A. ?

– Aucune idée. (Son accent déforme les mots. Il fronce les sourcils.) Il ne m'a toujours pas dit ce qu'il faisait ici.

Finn est du genre mystérieux, mais je ne sais pas... En ce moment, il me semble encore plus fuyant.

J'ai envie de sauter partout. Je sais quelque chose qu'Oliver ignore ! L'un de ses meilleurs amis. Moi, je ne connais toujours rien de la vie amoureuse de Finn. Plus je l'apprécie, plus je déteste l'idée qu'il ait couché avec des hordes de filles et fait la même chose avec elles qu'avec moi... Depuis Finn, ma vie sexuelle d'*avant* ressemble à un film en noir et blanc, avec une image de mauvaise qualité.

Je suis à la librairie, et il n'est pas là. Je ne risque pas de laisser passer une opportunité pareille pour creuser un peu.

– Donc tu ne sais pas pourquoi Finn est venu à San Diego ? (J'opte pour la subtilité, d'abord : *le professionnel.*) Pourtant, il est à la tête de l'entreprise familiale, non ?

Oliver hoche la tête.

– Sa mère est morte quand il avait douze ans. Son père a fait une attaque cardiaque, puis un AVC. Finn gère tout ce qui a trait aux bateaux. Littéralement.

– Ça ne doit pas lui laisser beaucoup de temps pour fréquenter des filles.

Oups. Mon plan sophistiqué part soudain en fumée.

Lola renifle en tournant la page de sa bande dessinée. Oliver me lance un regard dubitatif.

– Finn me le dirait. Si je lui posais la question.

Oliver me scrute en passant un doigt sur ses lèvres.

– Alors, pose-lui la question.

– Je ne veux pas qu'il sache que ça m'intéresse. Allez... Oliver.

Je lève les yeux au ciel, il éclate de rire.

– Vous avez un problème, tous les deux.

– Parce que nous sommes les seuls à avoir un petit secret, peut-être ?

Je jette un coup d'œil théâtral à Lola qui lit toujours tranquillement. Oliver acquiesce.

– D'accord.

Il... vient d'admettre tout haut qu'il ressent quelque chose pour Lola ! *Je suis tout excitée !*

Je continue en ramenant mes cheveux en chignon au sommet de mon crâne :

– En outre, je ne le connais sûrement pas aussi bien que toi. Mais comme il pêche tout le temps, il ne baise que des Canadiennes folles de hockey rencontrées au Jarret d'Élan, le pub local.

– Il ne baise pas des *fans de hockey.*

Oliver a l'air presque offensé. *Bingo.*

– Juste des prostituées sur les docks, alors ?

Je souris à l'air perplexe d'Oliver :

– J'adore discuter avec toi.

– Je n'arrive pas à croire que tu aies été mariée avec lui pendant douze heures, que tu sois allée le retrouver au Canada, que tu couches avec lui depuis presque deux semaines sans lui avoir posé la question.

– Nous ne couchons plus ensemble. (Surpris, il lève les yeux.) C'était un peu trop intense. Un peu trop *perturbant.*

À ce moment-là, je *sais* que Lola a parlé de ma mère à Oliver. Son regard devient doux et compatissant.

– Oui. Je comprends. Désolé, Harlow.

– Merci... Mais ça ira.

– Connaissant ta mère, oui.

Il se penche pour récupérer quelque chose sous le comptoir. Je fais un effort surhumain pour ne pas me jeter dans ses bras. Il est tellement rassurant. Oliver a vu ma mère trois fois depuis qu'il a emménagé à San Diego – à un barbecue, à la fête officielle pour le retour de Mia et à l'anniversaire du père de Lola, Greg. Oliver et ma mère ont le même tempérament paisible, ils ont tout de suite *accroché.*

– Je n'en ai parlé à personne en dehors des filles. (Il acquiesce et fait signe qu'il a la bouche cousue.) Parlons de la petite copine de Finn.

Oliver éclate de rire.

– Quel acharnement ! Il n'a pas de copine. Pourtant, en règle générale, il est du genre à privilégier les relations longues. Des inconnues à poil sous leur trench-coat ne frappent pas tous les quatre matins à sa porte, si tu vois ce que je veux dire.

J'y réfléchis une minute. Et moi, je préfère quoi ? L'aventure en trench-coat, maximum deux rendez-vous ? Jusqu'ici, je n'ai rien vécu d'autre. Ma plus longue relation a duré quatre mois : à la fac, je suis sortie avec Jackson Ford. Quatre mois, si je compte l'été passé en Grèce sur le tournage de mon père. En même temps, Jackson était aussi intéressant que l'étiquette d'un flacon de shampooing. J'ai toujours *voulu* vivre une histoire sérieuse. Mais la plupart des garçons tuent cette possibilité dans l'œuf dès qu'ils ouvrent la bouche.

Lola me donne un coup de coude.

– Es-tu en train de chercher une raison pour ne pas être avec lui ?

– Pas besoin. Il est insupportable.

Elle éclate de rire.

– Il est bâti comme un dieu (ou plutôt un mec qui travaille avec ses mains), il a un sens de l'humour à toute épreuve, son unique but dans la vie consiste à te faire jouir. Quel *cauchemar !*

Lola, c'est la voix de la raison.

– Tu es dure avec moi.

– Tu dis toujours ça quand tu sais que j'ai raison.

– Sors de ma tête, sorcière ! Et ne m'emmerde pas. Je t'offrirai de la lingerie trop petite pour Noël et je ferai de ta vie un enfer.

– En y repensant... reprend Oliver en contournant le comptoir. Tu n'es pas le genre de Finn. C'est probablement une bonne chose que vous décidiez de mettre fin à votre aventure.

– Quoi ? (Mon attitude n'est plus nonchalante, je suis offensée.) Pourquoi ?

– Parce que tu es une grande gueule. (J'ouvre la bouche, mais Lola me donne un coup de coude, plus fort cette fois.) Comme je l'ai déjà mentionné, Finn n'est pas du genre à coucher à droite à gauche. Je n'ai rencontré qu'une seule de ses copines, Melody, et...

– Attends une seconde. *Melody ?*

Il lève les sourcils – je viens de confirmer ses dires. Je me mords les lèvres.

– Ils sont restés ensemble quelques années, à l'époque de *Bike and Build.* Sympa, mais très timide...

Il hoche la tête et grimace, suggérant subtilement que je ne le suis pas. Je lui rappelle :

– Mais ils ne sont plus ensemble.

– Non.

– Alors il ne tient peut-être pas tant que ça à ce que sa copine soit *timide.* Il préfère peut-être les filles bavardes, moitié irlandaises, moitié espagnoles, qui l'interpellent sur ses problèmes de virilité à la con.

– Peut-être... Je pensais que tu t'en fichais de toute façon, conclut Oliver avec un petit sourire.

UNE FOIS CHEZ MOI, j'envoie un message à Finn.

`Regal Beagle ce soir. Lola, Oliver, moi, Not-Joe. Tu viens ?`

Je fixe mon téléphone pendant au moins une minute en attendant sa réponse, mais rien ne vient. D'une manière générale, Finn est le genre de mec capable d'oublier qu'il a un téléphone avant de vider ses poches à la fin de la journée. Mais ces derniers temps, il le regarde tout le temps, donc je m'attends à ce qu'il réponde vite.

Une heure plus tard, j'attends toujours.

Je lui écris :

`Ça s'est passé comment ? J'ai hâte que tu me racontes.`

Pas de réponse. Il est peut-être sur la route. Ou en pleine réunion. Occupé à signer des contrats.

Oliver me récupère dans son beater Nissan, avec Lola. Je suis ailleurs. Ils discutent de la boutique, du lancement de son album, de leurs comics préférés. Comment peuvent-ils se voiler la face ? Ils vont tellement bien ensemble.

J'ai envie de le crier, d'entendre résonner mes paroles dans la voiture. Seule la peur de me faire décapiter par Lola m'arrête. Nous arrivons au bar, je n'en peux tellement plus que je manque arracher la portière. Je respire profondément. Oliver et Lola sont beaucoup trop mignons.

Et mon cœur s'arrête. Le pick-up de Finn est garé juste à côté de notre voiture. Il l'a fait nettoyer – sûrement avant d'aller à L.A. –, mais il n'est pas à l'intérieur.

Il doit être chez Fred's. Alors qu'il n'a pas répondu à mes messages.

Certes, j'ai passé la journée à le chercher. Mais ce n'est qu'à cet instant, devant cette énorme voiture propre, que je réalise que je suis tombée amoureuse. Pour de bon. J'ai toujours su qu'il me plaisait, que le sexe avec lui était exceptionnel, mais je n'ai jamais ressenti un élan pareil. Du désir, de la peur, de l'espoir mêlés.

– Mais qu'est-ce que tu *as sur le dos* ?

Je repère Finn devant l'entrée du bar. Il sourit, goguenard. Le front légèrement plissé, il a l'air inquiet. Mais son regard de braise me donne des frissons partout. Lola et Oliver entrent sans faire attention à nous.

Je suis son regard sur ma poitrine. Je porte un haut en soie bleu marine, couvert de petits oiseaux colorés, et un jean slim délavé. Jamais je ne l'avouerais, mais j'ai passé une heure à me préparer pour ce soir.

– Pardon, Monsieur, mais ce haut est magnifique.

– Il est recouvert *d'oiseaux.*

– Tu vas me donner une leçon de mode ? Tu portes la même casquette de base-ball tous les jours et tu possèdes seulement deux T-shirts.

J'entre avec lui dans le bar.

– Mais ils ne sont pas décorés d'oiseaux.

Il me tend un verre d'eau avant de prendre sa bière. Il a déjà commandé, il s'est installé à *notre* table tout seul ? Si je n'étais pas dans un lieu public, je gémirais de plaisir. Il continue :

– D'ailleurs, tu aurais pu remarquer que je ne porte pas de T-shirt aujourd'hui.

En effet. Je ne désire qu'une chose : me coller à lui, l'enlacer, toucher son corps musclé, mais je me force à l'examiner calmement. Il porte un pantalon noir et une chemise blanche à imprimés très discrets.

– Tu approuves ? demande-t-il, taquin.

– Peut-on passer à un sujet de conversation plus intéressant s'il te plaît ? Par exemple, *pourquoi* es-tu habillé comme ça ?

Il regarde par-dessus son épaule. Oliver et Not-Joe sont en grande discussion à quelques mètres de nous.

– Pas ce soir.

– Mais... Ça s'est bien passé ?

Il porte la bière à ses lèvres en me lançant un regard d'avertissement. Je chuchote :

– Rien ? Tu ne vas *rien* dire ?

– Non.

Si seulement je pouvais piétiner et crier pour faire parler Finn... Impossible. J'aime sentir son attention sur mon corps. Quoique... maintenant, il ne regarde plus mes vêtements mais mes cheveux.

– Quoi ?

– Tes cheveux sont... plus rouges ce soir.

– J'ai mis de la poudre colorée. (Je me place sous la lumière pour qu'il voie mieux.) Tu aimes bien ?

– On dirait que tu en as un peu sur le front.

Je soupire et plonge un doigt dans mon verre d'eau pour me frotter le front.

– Pour l'amour de Dieu, Finn Roberts, je ne sais pas comment tu as pu sortir avec une Melody pendant plus d'une semaine... (Il lève les sourcils, je l'ignore.) Mais tu es censé me dire que je suis belle et faire semblant de me caresser le front en effaçant avec subtilité cette erreur de maquillage.

– Je ne suis pas *censé* faire quoi que ce soit. (Il prend un air ironique.) Je suis juste un *ami* qui aime te faire savoir quand tu es ridicule. Du maquillage dans les cheveux, Harlow ? Pour de bon ?

– Parfois, les filles ont besoin d'un petit coup de pouce cosmétique, d'accord ?

Son visage s'apaise, il regarde dans la direction de la piste de danse.

– Pas toi. Tu es superbe au saut du lit.

Ma respiration s'étrangle dans ma gorge. Je sais exactement ce qu'il veut dire par « au saut du lit ». Il m'a vue un seul matin. Le matin où nous nous sommes réveillés tous les deux. Dans mon lit, enlacés. Je sens encore la chaleur de son corps contre moi.

– Alors je m'étonne que tu ne m'aies pas fait remarquer les traces d'oreiller sur mon visage ou mon haleine nauséabonde du matin.

– Tu avais des traces d'oreiller sur le visage, c'est vrai. Tes cheveux étaient tout emmêlés. (Il baisse la voix.) Mais tu étais parfaite.

Je suis trop médusée pour ouvrir la bouche. Je tente de déglutir sans succès. Mon cœur bat si fort que je suis au bord du malaise.

Il tousse. Je suis restée silencieuse un peu trop longtemps. Donc, il change de sujet.

– Qui t'a parlé de Melody ?

J'avale une gorgée d'eau.

– Oliver. Mais c'était contre sa volonté. Je le menaçais avec un mousquet.

Finn hoche la tête et boit sa bière. Kyle monte le volume de la musique, mais j'ai l'impression que nous sommes dans notre bulle, à quelques mètres de nos amis installés à notre table.

– Je connais son prénom et je sais qu'elle était timide.

Tu *peux* m'en dire un peu plus ?

– Pourquoi voudrais-tu en savoir plus ?

– Pour la même raison que tu m'as demandé si Toby Amsler m'avait fait un cunnilingus.

Il cligne des yeux.

– Que veux-tu savoir ?

– Vit-elle toujours près de chez toi ?

Il acquiesce.

– Nous étions au même lycée, nous sommes sortis ensemble après avoir obtenu notre licence. Ses parents possèdent la boulangerie du village.

– Tu étais amoureux d'elle ?

Il hausse les épaules.

– J'étais tellement différent à l'époque. Au début de notre relation, j'ai arrêté mes études pour pêcher avec ma famille. (Il réfléchit.) Mais je l'aimais, bien sûr.

– Encore aujourd'hui ?

– Non. C'est une fille adorable mais...

La question va sortir, que je le veuille ou non.

– Une fille adorable avec qui tu couch...

Sévère, il m'interrompt.

– Non. J'ai rompu avec Melody il y a cinq ans. Elle est mariée et a un bébé maintenant. Il n'y a personne au Canada, Harlow. Je te le promets.

J'acquiesce en avalant ma salive.

– Si tu te souviens bien, dit-il de sa grosse voix. C'est *toi* qui as couché avec quelqu'un d'autre juste avant de me retrouver.

Merde.

– Ça me rend fou, tu peux comprendre ?

Honnêtement, oui. Il a rompu avec Melody il y a cinq ans et j'ai envie de la défigurer. C'est ridicule. *Je suis* ridicule.

– Je sais qu'il n'y a rien entre nous, que nous sommes seulement amis, dit-il. Ne te méprends pas, j'adore faire l'amour avec toi, Harlow. Avant toi, à Vegas, j'étais célibataire depuis deux ans. J'ai été avec quatre filles en dehors de toi, toujours dans des relations sérieuses. C'est pourquoi j'ai du mal à savoir où nous en sommes. Je comprends que tu te poses des questions et je te dirai tout. Mais adresse-toi *à moi* directement, ne fais pas subir d'interrogatoire à mes amis. Je préférerais que nous apprenions les choses l'un de l'autre, d'accord.

C'est un feu d'artifice d'émotions. Je suis soulagée et coupable. Je rougis, obsédée par sa bouche parfaite.

Je hausse les épaules.

– Je ne voulais pas que tu saches que ça m'intéressait.

Il rit en portant la bière à ses lèvres.

– Sociopathe.

– Combien de filles as-tu attachées ?

Il avale sa salive et tourne les yeux vers moi, l'air beaucoup plus agité. Son pouls bat dans son cou. Il avoue d'une voix rauque :

– Toutes.

Mon sang se transforme en mercure, véritable poison dans mes veines.

– *Toutes ?*

– Ouais, Harlow. C'est... c'est mon truc. (Il penche la tête, se gratte le cou en me dévisageant derrière ses longs cils.) Mais je suis sûr que la plupart d'entre elles ont accepté seulement parce qu'elles voulaient être avec moi, et non parce qu'elles aimaient ça en soi.

– Combien d'entre elles *aimaient ça* ?

– La première, peut-être.

– Elle s'appelait comment ?

Je ne peux pas m'en empêcher. Les questions m'échappent sans que j'aie le temps d'y réfléchir.

Il s'éloigne d'un pas, je me rapproche.

– Emily.

– Mais tu n'es même pas sûr ?

C'est tellement étrange, notre conversation la plus intime a lieu chez Fred's, à quelques mètres de nos amis.

– Franchement, répond-il avec calme. Je ne sais pas. Emily en avait envie, bien sûr. Mais je serais curieux de savoir quel souvenir elle garde de cette nuit, avec le recul. Elle a quitté Vancouver après le lycée, mais nous sommes restés ensemble pendant un an. Je... Nous ne pouvions nous retrouver seuls que dans la barque de mon père. La troisième fois, nous avons volé des bières au sien. J'ai joué avec elle, la corde et c'était... (Il se tait.) Ouais...

J'acquiesce. Je crois comprendre : ce qu'il a fait lui a plu et a conditionné ses désirs. Mais je n'ai pas envie d'en savoir plus.

– Le matin où je t'ai vue au Starbucks...

J'attends qu'il continue, mais il n'en fait rien.

– Oui ? Et alors ?

Il hausse les sourcils et me regarde, l'air de dire : *dois-je te tirer les vers du nez ?*

– Je sais que tu avais couché avec quelqu'un d'autre, mais tu n'avais pas l'air particulièrement détendue.

– Ah oui ! Sa mère nous a réveillés. En personne. Pour couronner le tout, c'était le deuxième pire coup de ma vie.

Il éclate d'un gros rire.

– Qui a été le premier ?

– *Ma* première fois. En comparaison, je sais qu'il avait une petite bite, mais ça fait toujours mal. Quand j'y repense, je réalise que j'ai perdu ma virginité avec un bébé carotte.

– De quoi discutez-vous ici ? demande Lola, en faisant irruption de nulle part.

Finn se remet à peine de son fou rire.

– Crois-moi, tu préférerais ne pas savoir.

Lola hoche la tête.

– Très drôle, n'est-ce pas. Pauvre Jesse Sandoval !

– Notre Harlow est un vrai poète, renchérit Finn.

Notre Harlow. Cette expression apaise la douleur lancinante qui me taraude. Avec cette histoire de téléréalité, il ne peut pas partager sa vie avec quelqu'un.

Oliver nous rejoint.

– Ce soir, on reste debout ? En général, Harlow s'assied en face de moi pour m'envoyer des objets à la figure.

J'éclate de rire. C'est vrai.

– J'aime tester tes réflexes de Crocodile Dundee, que veux-tu...

– Je suis un ninja. (Oliver remonte ses lunettes dans un geste qui nous fait toujours rire.) Et tu sais à quel point j'apprécie tes bribes de culture australienne.

– Je fais de mon mieux.

Derrière lui, Not-Joe est toujours assis sur la banquette, défoncé au possible. Il danse sur son siège en observant les filles sur la piste.

– Oliver, Not-Joe et toi devriez aller danser avec ces filles là-bas.

– Pourquoi pas Finn ? Il est célibataire, lui aussi.

Je secoue la tête.

– C'est vrai, mais regarde ses vêtements. Il a l'air tout droit sorti d'*Une nuit au Roxbury*. Tout le monde aurait honte pour lui.

Finn n'a pas intérêt à aller danser. Si c'est le cas, la femme des cavernes qui sommeille en moi mettra tout en œuvre pour que ses yeux ne se posent que sur moi. Au moins jusqu'à son départ.

Soudain, un sentiment de panique m'envahit. Finn part-il demain ? Le rendez-vous à L.A. le retenait. Va-t-il bientôt rentrer chez lui ?

Oliver sourit, jette un coup d'œil à la piste de danse, puis à Lola.

– Ces filles sont toutes petites.

– Petites... Tu veux dire jeunes ? je demande en les observant. Elles ont au moins vingt ans. Ou de taille ?

– De taille. Elles sont vraiment petites.

– Mais regarde-toi, tu fais plus d'un mètre quatre-vingt-dix, observe Lola. Statistiquement, ça signifie que tu vas finir avec une fille d'un mètre soixante.

– Je ne comprends pas la logique.

Il lui sourit. Je lance :

– Si tu ne vas pas danser, tu peux aller me chercher une bière.

– Je voudrais bien, mais je suis paralysé.

Je lui donne une tape sur l'épaule.

– Allez-y avec Lola. Elle n'a plus rien à boire.

Lola proteste en disant que ce n'est pas vrai, mais elle le suit quand même. Je les regarde. Elle est grande, mais il la dépasse d'une tête. Quand il marche, il se penche légèrement vers elle, comme si un champ magnétique les rapprochait. Je ne sais pas si Oliver réalise la chance qu'il a : Lola en a fait l'un des Siens. C'est un club très exclusif : moi, Mia, le père de Lola, mes parents et maintenant Oliver.

– Il n'essaiera jamais, commente Finn. (Je réalise qu'il veut dire qu'Oliver ne tentera jamais sa chance avec Lola.) Il est convaincu qu'il ne lui plaît pas.

– Je ne suis même pas sûre que ce soit le cas. Mais surtout parce que Lola n'y connaît rien aux garçons. Elle ne pense qu'au travail.

Il soupire. Je me tourne vers lui :

– Bon, ils en ont pour cinq minutes au bar. Minimum. Not-Joe est défoncé, il n'entend sûrement même pas la musique. Peux-tu te détendre une seconde et me raconter comment ça s'est passé ?

Finn passe une main sur son visage et soupire longuement. Il vérifie qu'Oliver et Lola ne puissent pas l'entendre.

– Ça s'est bien passé. Il y avait un ou deux idiots pour m'interroger sur nos vies amoureuses, les filles qui nous plaisent. (Il ignore ma petite danse de la victoire et continue.) Mais les deux types qui produiraient l'émission sont brillants. Ils ont pas mal bossé sur le secteur et... (Il soupire.) Ça s'est bien passé. J'ai aimé leurs idées. Ils ne m'ont pas effrayé comme je m'y attendais.

– Alors, pourquoi as-tu l'air aussi malheureux ?

Mon cœur se serre. En le contemplant ainsi, je réalise que je désire le bonheur de Finn.

Depuis quand est-ce que je me préoccupe de son bonheur *versus* mes orgasmes ? Lola n'est pas la seule à avoir intégré un nouveau venu dans le cercle de ses intimes. Finn fait officiellement partie des Miens.

– Parce qu'il aurait été plus facile de tout détester en bloc. Ce matin, j'étais convaincu qu'il s'agirait d'une réunion sans but précis, pour évaluer nos options. Maintenant, je sais que ça pourrait fonctionner. Que ce serait bien mieux que l'option : laisser l'entreprise familiale faire faillite, ne plus rien posséder.

Sans dramatiser, je commence à deviner ce qu'on ressent quand on se noie. Ma mère est sortie de sa première séance de chimio – un traitement qui vise à tuer le cancer juste un peu plus vite que ce dernier ne tue son hôte – et j'ai à peine reçu un message de mon père m'informant qu'elle se sentait bien. Finn doit prendre la décision la plus difficile de sa vie. Je viens de me rendre compte qu'il fait désormais vraiment partie de mon premier cercle d'intimes. Maintenant, voilà que je suis impuissante à aider non pas une mais deux des personnes qui me sont les plus proches.

La seule chose qui nous remonterait le moral, ce serait de nous retrouver nus dans mon lit. Mais plus je réalise que les sentiments que j'éprouve pour lui sont authentiques, plus je suis convaincue que je ne peux pas simplement l'inviter chez moi ce soir. Finn est la première personne pour laquelle je suis susceptible d'avoir des sentiments.

Il hausse les épaules, glisse les mains dans ses poches.

– C'est à peu près tout.

Je me sens un peu étourdie, je dois me forcer à respirer, à me concentrer sur notre conversation. Je pourrai me laisser aller plus tard.

– Quand rentres-tu au Canada ?

Je contrôle mon expression pour avoir l'air neutre.

– Dans quelques jours.

Pincement dans la poitrine.

– Snif.

Il me sourit, et pose les yeux sur ma bouche.

– Tu avoues que je vais te manquer, Gingembre ?

Je lui fais un doigt d'honneur sans prendre la peine de répondre.

Chapitre 10

Finn

LE LENDEMAIN MATIN, Harlow débarque aux aurores avec trois mugs en polystyrène et un sac en papier blanc dans les bras.

– Bonjour, Beauté ! s'exclame-t-elle en entrant dans le salon. J'ai apporté le petit déjeuner.

Je marmonne en me grattant la joue – je ne me suis pas rasé depuis deux jours :

– Il est sept heures du matin, Gin'.

Je suis torse nu... et elle a de la chance que je porte un pantalon.

– Que fais-tu ici ?

– C'est l'heure du brainstorming ! (Elle siffle.) Oliver est toujours là ?

La vieille maison est encore froide, surtout le plancher sous mes pieds nus.

– Il prend sa douche.

Enfin, je crois. Au Canada, je suis toujours debout avant le lever du soleil. Mais cette vie de plage et d'oisiveté m'a donné de mauvaises habitudes. Je n'ai pas dormi jusqu'à sept heures depuis mes vingt ans. Je comptais attendre le départ d'Oliver pour appeler mes frères et leur raconter ma réunion avec les producteurs.

Mais... j'oublie mes frères en apercevant Harlow penchée sur le lave-vaisselle, son cul parfait moulé dans un legging ajusté.

Sans faire attention à mon regard insistant, elle se redresse, ouvre les placards.

– Assiettes ?

Je traverse la pièce et m'arrête juste derrière elle pour tendre la main au-dessus de sa tête et saisir les assiettes jaunes sur l'étagère. Harlow se fige, agrippe le comptoir avant de se détendre contre ma poitrine.

– Les voilà...

Je murmure ces mots contre ses cheveux. Elle sent tellement bon. Son cul est collé à ma bite, je m'efforce de m'éloigner avant qu'elle réalise que je bande déjà à moitié, comme un adolescent. Je m'assieds sur un tabouret devant l'îlot et balance les jambes d'avant en arrière.

Il faut un moment à Harlow pour se reprendre. Je souris en la regardant poser les assiettes d'une main tremblante sur la table et ouvrir le sac en papier.

– Serais-tu essoufflée, Gin' ?

Elle me lance un regard noir.

– Alors, pourquoi faire un brainstorming ?

J'attrape une orange sur le comptoir. Elle sort du sac les plus gros et les plus appétissants roulés à la cannelle que j'aie jamais vus. Instinctivement, mon ventre se met à gargouiller. Le glaçage me fait saliver.

– À cause de ton problème, chuchote-t-elle.

J'essaie de grignoter un peu de glaçage, elle me donne une tape sur la main.

– Mon *problème ?*

– Bateau de rêve sur le Pacifique ? Il faut suivre, Finneus.

Je roule des yeux.

– Ce n'est pas le nom du programme auquel ils ont pensé.

– Simplement parce qu'ils ne m'ont pas encore demandé mon avis.

– J'apprécie beaucoup ton initiative d'avoir apporté le petit déjeuner, mais on pourrait peut-être en parler plus tard. Après le lever du soleil, par exemple ?

– Le soleil *est* déjà levé.

– À peine.

Harlow m'ignore, pose un café et un roulé à la cannelle devant moi.

– J'ai toujours des idées géniales pendant mes joggings. J'en ai des millions pour toi.

Je mords dans la délicieuse pâtisserie encore chaude. Je pourrais m'évanouir de plaisir.

– Bon sang, c'est excellent !

Sans réfléchir, je me lève, fais le tour du bar, prends son visage entre mes mains et l'embrasse.

Je voulais faire vite. Un baiser pour la remercier, pied de nez amusant à la règle des *amis.* On s'embrasse entre amis, non ? Mais au halètement surpris d'Harlow succède un gémissement doux. Elle pose les mains sur mon ventre nu. Une vague de chaleur me submerge, je ressens avec acuité chaque point de contact entre nous : ses seins contre mon torse, ses mains sur ma peau, ses lèvres contre les miennes.

La respiration saccadée, je m'écarte. Harlow s'éclaircit la gorge.

– Tu as le goût de la cannelle, murmure-t-elle en se léchant les lèvres.

– Bonjour vous deux !

Nous tournons la tête vers Oliver, les bras croisés sur la poitrine, près de l'entrée. Il se gratte la joue en me lançant un regard de triomphe.

Les bras m'en tombent, je recule d'un pas.

– Je remerciais Miss Harlow pour le petit déjeuner.

– Je suis vexé, Finn. Je t'ai préparé le *dîner* l'autre soir et je n'ai même pas eu droit à une petite claque sur le cul. Ou un truc dans le genre.

– Ah ouais !

Je retourne à mon siège. Oliver avance vers nous, Harlow lui tend son café avec le petit sac blanc.

– Je dois m'excuser par avance de ne pas pouvoir rivaliser avec *ça*, dit-il en hochant la tête vers moi. Mais merci, ma belle.

Il embrasse Harlow sur la joue.

– Il y a aussi un roulé pour Not-Joe, dit-elle. (Soudain, en les voyant tous les deux, j'ai l'impression que tous mes matins devraient commencer ainsi. Aussi clairement que si un voile se déchirait.) Dis-lui que j'attends un lap dance chez Fred's ce soir.

Je maugrée, Oliver éclate de rire.

– Ce sera fait. Soyez sages, les enfants.

Nous regardons Oliver disparaître en silence. La porte d'entrée se referme, le moteur de son Nissan rugit puis le bruit s'éloigne dans la rue.

Harlow apporte son assiette et son café sur le comptoir et s'installe à côté de moi. Son pied effleure le mien.

– Tu as une mine affreuse.

Elle fixe ma bouche comme si elle voulait la lécher.

– Toi aussi. (Mon regard s'attarde sur ses seins parfaits, tendus sous son petit débardeur.) J'ai presque honte pour toi.

Elle hoche la tête, mettant en valeur son long cou bronzé.

– Hideuse.

– Révoltante.

J'essuie un peu de glaçage sur ses lèvres. Elle me dévisage. Je lèche mon doigt, puis regarde ailleurs en luttant pour me reprendre. Ce n'est pas un bon début si nous comptons rester habillés et être *amis*. Je l'imagine déjà le cul en l'air sur le canapé. Fessée et baise jusqu'à l'heure du dîner ...

Tellement étrange de prendre un petit déjeuner en silence, sans gêne avec elle. Tout semble tellement... normal. Je dois m'accrocher à ça : coucher avec Harlow, c'est merveilleux, mais être ami avec elle, ce n'est pas mal non plus.

Je m'essuie la bouche avec une serviette.

– Merci pour le petit déj.

– Pas de problème. Comme je l'ai dit, courir m'aide à réfléchir et malheureusement pour mes fesses de fille à moitié espagnole, la boulangerie se trouve en fin de parcours du meilleur circuit de jogging de La Jolla. Revenons à la raison pour laquelle je suis venue : régler ton problème.

– J'apprécie l'intention, mais je n'ai pas besoin que tu...

– Tais-toi. J'ai pensé à quelque chose.

Harlow est obstinée, c'est évident. Je décide de la laisser parler. Au lieu de la dissuader, de lui dire que j'ai déjà fait mon choix, je prends le cœur de son roulé à la cannelle et l'engloutit.

Elle fronce les sourcils.

– C'est le meilleur. Tu es un danger public.

– Hum, hum.

Elle fait pivoter son tabouret.

– Pourquoi pas des touristes ? Organiser des tours en bateau.

J'avale la bouchée et bois une gorgée de café.

– Jamais de la vie.

– Pourquoi ?

– Les chalutiers sont des bateaux dangereux, Gingembre. Il y a des pièces qui tombent, des lignes qui s'emmêlent, les gens trébuchent. Jamais je ne laisserais des imbéciles déambuler sur mon bateau, même s'ils ont payé.

– D'accord. Et un investisseur ?

– Tu penses sérieusement que je n'ai pas déjà tout essayé ?

– Il doit bien y avoir quelqu'un qui...

– Les gens prêtent de l'argent pour une seule raison : *gagner* de l'argent. L'industrie de la pêche ne va pas recouvrer la santé du jour au lendemain. Le développement, les changements climatiques, les nouveaux virus ont un impact énorme, il n'y a aucune raison que cela s'améliore. Je ne peux pas emprunter d'argent si je sais que je ne pourrai jamais le rembourser.

Cette réalité pèse sur ma poitrine. Ce ne sera plus jamais comme avant. Mes frères et moi, nous ne connaîtrons jamais la vie de mon père ou de son père avant lui. C'est profondément déprimant. Un mec intelligent laisserait tomber, vendrait tout ce qu'il pourrait, partagerait l'argent, referait sa vie ailleurs. Mais c'est notre histoire, notre passé. Les batailles de notre famille, les sacrifices, tout le travail de mon père après la mort de notre mère. Je ne peux pas laisser tomber.

– D'accord. Ça semble sensé. Et pourquoi ne pas diversifier la pêche ?

– Déjà fait. On pêche du saumon rouge, rose, même du saumon d'appât, des œufs de hareng, du flétan, des mollusques...

Je me tais en regardant son visage se décomposer. Je me sens un peu coupable : elle a pris du temps pour y réfléchir et je démonte toutes ses idées.

Mais, comme toujours, elle ne se laisse pas décourager.

– Nous devons peut-être changer notre manière de penser.

– Changer notre manière de penser, hein ?

– Ouais, voyons...

Concentrée, elle plisse les yeux. Son genou se colle au mien, elle pose une main absente sur le haut de ma cuisse. Je suis toujours torse nu, la chaleur qui émane de son corps, sa présence si près de moi ne me laissent pas indifférent. A-t-elle la même sensation ou suis-je le seul à être assez amoureux pour mesurer la distance qui nous sépare en millimètres ?

– Pourquoi pas des T-shirts ?

Je cligne des yeux.

– Des T-shirts ?

– Ouais, ta propre ligne de vêtements. Imagine une publicité glamour avec tes frères sexy et toi. Tu es entre Colton et Levi, le torse moulé dans un T-shirt trop petit...

– Tu te moques de moi ?

– Peut-être un peu. (Elle me donne une petite tape sur le nez.) Parce que tu es tellement mignon le matin.

Donc, un T-shirt avec une flèche pointée vers le bas. ROBERTS ET LES APPÂTS écrit en haut.

– Une flèche vers le bas ?

– Oui.

– Vers mon sexe ?

– Oui.

Je ferme les yeux et prends une grande inspiration en comptant jusqu'à dix.

– Gingembre chérie. (Je m'approche un peu d'elle.) J'ai passé un temps infini à réfléchir à tout ça, je peux te l'assurer. J'ai pensé à tout.

– *Tout ?*

J'acquiesce et bois mon café.

– Et si tu vendais ton sperme ?

Je tousse et crache :

– Pardon ?

– Ton sperme. Coucou. Ton sperme. Smoothies protéinés. Jus de l'amour. Cocktail de bite. Crème de...

– Harlow.

– Quoi ? Tu as dit « *tout* ».

– Pourquoi... (Je m'arrête et secoue la tête.) Attends, tu allais dire crème de beauté ?

Elle acquiesce. Je secoue la tête – autant me débarrasser de cette image.

– Pourquoi diable vendrais-je mon sperme ?

– Je n'en crois pas mes oreilles, tu me poses la question ? T'es-tu déjà regardé dans un miroir ? As-tu fait attention au physique de tes frères ? Vous avez un patrimoine génétique en or. Si j'étais une vieille fille propriétaire d'une maison victorienne de Golden Hill, je...

Et je l'embrasse. Encore.

Je ne l'ai pas fait exprès... D'accord, c'est un mensonge.

Je l'embrasse. Encore une fois, j'aurais voulu que ce soit un baiser bref, mais il s'approfondit de plus en plus. Les mots d'Harlow se perdent dans ma bouche, ses yeux se ferment, j'aspire ses soupirs.

Je descends de mon tabouret et l'enlace, plonge une main dans ses cheveux, agrippe son visage de l'autre. J'ouvre la bouche, lèche sa langue. Je la serre tout contre moi. Ma main se dirige instinctivement sur sa gorge, pour lui montrer qu'elle m'appartient.

Harlow m'attrape par les hanches, elle se lève et se blottit contre moi. Ma peau frissonne partout où ses doigts l'effleurent. Elle me griffe, sa main s'arrête sur la bosse de mon pantalon. Le sang quitte mon cerveau et se concentre dans ma queue. Je suis obsédé par sa main sur moi et par son goût dans ma bouche. Serait-elle d'accord pour que je l'allonge sur le comptoir ? Pour la baiser jusqu'à ce que nos cerveaux s'évaporent ?

Mais je n'en fais rien. Je m'en voudrai plus tard, en me branlant tout seul, mais je me retiens. Je m'éloigne d'un pas en refoulant la certitude qu'elle a pris le contrôle sur mes sens, que son corps s'est imprimé dans le mien.

– Tu as toujours le goût de la cannelle.

Elle laisse échapper un soupir rauque.

– Tu as un goût merveilleux.

Je sais que je tente le sort, mais je ne résiste pas à me pencher pour l'embrasser sur le coin de la bouche puis sur la joue.

– On n'avait pas arrêté ?

Elle pose la question plus qu'elle ne l'affirme. Comme moi, elle ne sait pas où nous en sommes.

– Si.

Je confirme avec un hochement de tête.

– Alors pourquoi m'embrasser ?

– Je n'ai pas pu m'en empêcher. (Je l'embrasse sur le nez.) Sinon, tu aurais continué à parler de mes frères comme d'objets. J'étais outré.

Elle éclate de rire et pose la tête sur mon épaule.

– D'accord, je ne parlerai plus jamais du sex-appeal de tes frères, je le promets.

Nous restons immobiles quelques instants, ses lèvres contre mon épaule nue, mon visage dans ses cheveux, avant qu'Harlow ne se reprenne. Elle se redresse, je sens un vide soudain. Un peu désemparé, je la regarde ramasser nos assiettes.

– Donc, retour à la case départ ?

Je glisse les mains dans mes poches et me balance d'avant en arrière.

– J'ai l'impression.

Harlow finit de débarrasser avant de prendre ses clés.

– Ne t'inquiète pas, Finnigan. Je suis un génie, je ne baisse pas les bras. Je vais trouver une solution.

– Harlow, tu n'as pas à...

– Finn ! dit-elle avec douceur. Tais-toi. Arrête d'être aussi têtu et laisse quelqu'un s'inquiéter pour toi pendant quelques heures, d'accord ?

Je ne sais pas quoi répondre. Je reste immobile, elle me plante un baiser léger sur la joue.

– Je m'occupe de toi.

J'AI TOUJOURS PENSÉ QUE MON PÈRE détenait le record de la personne la plus tenace. Quand j'avais huit ans, après une opération très sérieuse du dos, il s'est levé de son lit pour aller réparer le bateau. L'hiver de mes neuf ans, il est parti pêcher en Alaska et a perdu les premières phalanges de trois doigts en les coinçant dans un filet pour crabes. Il y est retourné l'année suivante. À la mort de ma mère, mon père s'est réfugié dans le travail. Il passait parfois dix-huit heures d'affilée sur le bateau. Il a fait une crise cardiaque l'été de mes dix-neuf ans, les docteurs lui ont ordonné de ne plus s'approcher d'un bateau, mais il a insisté pour passer nous voir le jour de sa sortie de l'hôpital, pour vérifier que nous ne faisions pas n'importe quoi.

Harlow Vega n'a rien à lui envier.

Deux jours après les roulés à la cannelle, et l'invention du « cocktail de bite », mon téléphone vibre sur ma table de nuit. Il fait toujours nuit noire dans la petite chambre d'amis, le soleil est loin d'être levé. J'attrape mon téléphone en faisant tomber une bouteille d'eau et je ne sais quoi d'autre. Je fixe l'écran, les yeux ronds. Et si quelque chose était arrivé à mon père ? Colton ou Levi ? Le bateau ?

`Fais-toi beau, j'arrive dans 30 minutes.`

Harlow.

Un coup d'œil au réveil m'apprend qu'il n'est pas encore cinq heures du matin. Pendant un moment, je réfléchis à une réponse lui suggérant où elle peut se mettre ses trente minutes. J'ai besoin de dormir. De parler à Colton et Levi. De réfléchir à ce que je vais faire de ma vie, putain.

Je laisse tomber le téléphone sur le matelas et fixe le plafond. Mon cœur bat la chamade. Je me sens léger et plombé en même temps. Je pourrais éteindre mon téléphone et dormir trois heures supplémentaires... Mais je sais que je ne le ferai pas.

Harlow passe me prendre dans une demi-heure. Quoi que *j'aie* prévu ce matin, je ne peux refuser une offre pareille.

JE RESSEMBLE À UN GAMIN amoureux d'une camarade de classe, sans aucune responsabilité en dehors de celle d'aller l'école. Harlow se gare dans l'allée exactement vingt-neuf minutes plus tard, je l'attends déjà sous le porche, avec deux tasses de café brûlant.

Elle sort de la voiture, traverse l'herbe mouillée, vêtue d'un jean et d'un T-shirt à manches longues. Ses cheveux ramenés en queue de cheval mettent en valeur son visage dépourvu de tout maquillage et son sourire éclatant.

Elle ne m'a jamais semblé aussi belle.

– Tu es prêt ?

Elle a l'air plus jeune, plus innocente. Si je me fie à la réaction de mon corps, ça ne me déplaît pas.

– Pas du tout. (Je regarde encore ses vêtements. Tenue très décontractée. Je lève un sourcil.) Pour une fois, je suis habillé pour l'occasion, on dirait.

– Tu es parfait.

Du calme, Finn.

Je tends un café à Harlow, elle me dévisage.

– Quel gentleman.

Je l'ignore : avant de lui préparer un café, j'ai débattu pendant cinq bonnes minutes avec moi-même pour savoir si ce geste pouvait être mal interprété. Je deviens dingue.

– Où allons-nous ?

Harlow se dirige vers la voiture.

– Pêcher.

Elle allume le contact. Je tente de m'installer dans sa voiture de sport. Avec mes presque deux mètres de haut, ce n'est pas facile.

– Quoi ?

Elle regarde dans ses rétroviseurs et recule avec précaution. Elle s'engage dans la rue avant de répondre :

– Je me suis dit que tu devais en avoir assez de t'adapter aux activités des autres. Et je suis sûre que le Canada te manque. Alors, pourquoi ne pas faire venir le Canada à nous ?

Elle a dû mal interpréter mon silence, parce qu'elle ajoute rapidement :

– Bien sûr, je sais que ce ne sera pas pareil pour toi, mais crois-moi, beau gosse. On va bien s'amuser.

D'accord. Je suis sans voix. Au moment où je pensais tout savoir d'Harlow, elle me surprend.

– Merci.

Je bois mon café en silence.

– On croisera peut-être un arbre à abattre, qui sait ?

Elle se mord les lèvres pour éviter de sourire.

– Il y a une forêt près du yacht de rêve de Barbie ?

Cette phrase nous renvoie à nos taquineries habituelles. La lourdeur a disparu de ma poitrine, la tension entre nous également.

– Tu as déjà pêché ?

Elle réfléchit un instant, change de direction avant de répondre :

– Plusieurs fois dans le Nord avec mon père. Mais de la pêche en eau douce, pas en mer. Je n'ai jamais rien attrapé.

– C'est parce qu'on appelle ça pêcher, pas attraper, Gingembre. Parfois on a de la chance, parfois non.

– Certes. (Elle gigote sur son siège, triture sa queue de cheval.) Je me doute que ce sera très différent de ta journée de pêche habituelle. Tu ne dois pas t'installer dans une chaise longue en attendant qu'on t'apporte des sandwiches et de la bière.

– Euh, non.

– Alors, raconte-moi, Finn. Que fais-tu avec tes frères ? Vous lancez des lignes et vous vous tournez les pouces ?

– Il y a des gens qui font ça.

– Mais pas vous.

Je secoue la tête.

– Le *Linda* est un chalutier, nous pêchons au filet.

– Des filets, d'accord. (Elle me jette un coup d'œil.) Attends, qui est le capitaine de votre bateau ?

– Moi, Einstein.

Elle me sourit.

– Puis-je t'appeler Capitaine ?

– Non.

– Pourrai-je être ton mousse ? Pourras-tu nettoyer mon pont ?

J'éclate de rire.

– Tu as perdu la tête.

– J'essaie juste de parler ton langage, Huckleberry. (Elle prend l'autoroute et me jette un petit regard en coin une fois que nous sommes sur la bonne voie.) Point Loma, ce n'est pas tout près. Il est temps que tu m'apprennes tout de l'Art de la Pêche sur l'île de Vancouver.

J'observe le paysage par la vitre : le brouillard de l'autoroute, les maisons que nous dépassons, les palmiers. Le ciel commence tout juste à s'illuminer, l'ambiance est tellement calme... Décrire mon quotidien à Harlow me plaît. J'aime parler avec elle. Auprès d'elle, mes inquiétudes disparaissent.

– D'abord, nous devons localiser les poissons. Ce qui signifie qu'il faut repérer un banc. Ensuite, nous lançons le filet sur le banc. Quand les poissons sont bien entourés par le filet, il suffit d'appuyer sur un bouton et ils sont pris. Ça semble très simple, mais il y a énormément de choses à faire à côté de ça. Il faut toujours que quelqu'un vérifie les lignes de pêche, les flotteurs du bateau, les lignes de sondes. On doit aussi s'assurer qu'il n'y a pas de trou dans les filets, que le moteur, les équipements électriques et hydrauliques fonctionnent bien. Le mécanisme qui permet de lever les filets est commandé par le moteur auxiliaire. C'est pourquoi les deux moteurs doivent fonctionner, et pourquoi c'est la catastrophe en cas de panne. (Je la dévisage en me demandant si elle suit. Il semblerait que oui.) Tu m'écoutes toujours ? C'est un miracle !

– Eh bien, ça n'a rien à voir avec mes activités chez NBC – twitter ou archiver des documents. Mais c'est fascinant. Tu peux ajouter quelques détails, si tu veux. Par exemple : quand le soleil est haut dans le ciel, vous enlevez vos T-shirts. Les rayons caressent vos muscles et l'air marin vous fouette la peau. Juste pour m'aider à me représenter la scène.

– Je m'en souviendrai.

– Tes journées doivent être longues, non ?

– On part au lever du jour, on s'arrête au coucher du soleil. Normalement, je me réveille toujours avant 5 heures, mais ici, mon horloge biologique est déréglée. À moins qu'une jolie fille me tire du lit avant l'aurore.

Pendant un moment, absorbés par la beauté du

paysage, nous ne prononçons plus un mot. Harlow se gare et éteint le moteur.

– Regarde, le soleil est là pour nous souhaiter la bienvenue !

Je jette un coup d'œil par le pare-brise au yacht de 13 mètres en vue dans le port.

– C'est notre bateau pour la journée ?

– Tout à fait, Capitaine.

Je lui jette un regard joueur :

– Tu es prête à apprendre, Gingembre ?

Elle rit et glisse ses clés dans son sac.

– Je suis prête à tout, beau gosse.

Chapitre 11

Harlow

LE BATEAU EST IMPOSANT, mais Finn monte à bord avec assurance, comme s'il s'agissait d'une petite barque. Il paraît plus grand sur le pont – je commence à croire que mon imagination me joue des tours. Il discute avec le capitaine, je le contemple en caressant ma lèvre inférieure. Je me souviens de la sensation de ses dents quand il m'a embrassée chez Oliver il y a deux jours.

Mon cœur ne s'est pas calmé depuis – ce n'était pas seulement un baiser, c'était un aveu. Ce baiser m'a appris que je ne suis pas la seule à être entrée dans le Territoire des Sentiments. Les inconnues abondent : si nous avons des sentiments tous les deux, allons-nous essayer de construire une relation ? Finn a trouvé un contre-argument à toutes les idées que j'ai eues pour sauver son entreprise. S'il signe pour l'émission pour la chaîne

Adventure, il nous sera contractuellement impossible d'être ensemble. Or, refuser cette proposition mènerait l'entreprise familiale à la faillite. Dans ce cas de figure, Finn ne serait probablement pas prêt à entamer une relation de toute façon.

Le moteur vrombit, nous nous éloignons du port. Le bateau prend le large, mes pensées s'embrument, mon corps s'enflamme maintenant que je vois Finn en pêcheur sexy – le Finn *de tous les jours*... Et je ne sais pas quoi faire avec la canne et le moulinet qu'il me tend.

Je lui prends le matériel de pêche des mains, il me donne une petite tape sur la tête. Nous nous approchons pour écouter les consignes de sécurité avec la douzaine de touristes rassemblés sur le pont. Je m'attendais à ce que Finn rêvasse ou s'écarte pour jeter un coup d'œil au bateau, mais il semble captivé. Je ne sais pas s'il s'intéresse à la manière dont on présente la pêche sportive à un niveau professionnel ou s'il est juste *amoureux* de la pêche en général. Mais j'apprécie qu'il ne se comporte pas comme si tout ça n'était pas de son niveau. Même une demi-journée de pêche l'enthousiasme.

Le capitaine Spiel termine son baratin, nous trouvons un coin tranquille à la poupe du bateau. Finn prépare nos lignes, le vent fait onduler sa polaire sur sa poitrine. Il met en place nos cannes à pêche, ajuste ma ligne et mon moulinet puis s'éloigne en me disant de « surveiller ». Quelques minutes plus tard, il revient avec une paire de bottes en caoutchouc et une casquette de base-ball avec le logo du bateau.

– Pêcher, c'est salissant. (Il me tend les bottes, enfonce la casquette sur ma tête en faisant sortir ma queue de cheval avec attention par l'arrière.) Voilà.

Ses yeux noisette se fixent sur ma bouche. A-t-il encore envie de m'embrasser ? Il cligne des yeux, son expression redevient indéchiffrable.

– Tu es prête ?

– Suis-je prête à attraper plus de poissons que toi ? (Je baisse la casquette sur mes yeux et enfile les bottes gigantesques.) Oh que oui !

Il éclate de rire et secoue la tête.

– D'accord. Le capitaine a donné les instructions, mais je parie que tu ne pouvais t'empêcher de penser à mon corps nu ou à du maquillage pour tes cheveux. Je vais donc récapituler : nous allons pouvoir pêcher du flétan, de la rascasse et du bar. Les flétans peuvent être gros, mais ne t'inquiète pas. Je t'aiderai à les remonter, ajoute-t-il avec un clin d'œil.

Je monte sur mes grands chevaux :

– Tu dois savoir que je fais du kick-boxing. Et je surfe.

– Certes, mais tu ne tireras pas les poissons à la force de tes jambes.

Il saisit mon bras mince et le secoue comme une aile de poulet avant de prendre ma canne et de lancer la ligne dans la mer. L'appât tombe dans l'eau, Finn sourit et me rend la canne :

– Mets-la dans le pied. Tu te fatigueras les bras à cause du courant si tu tiens la canne à bout de bras.

Je m'exécute en le regardant lancer sa ligne. Il a l'air tellement heureux. Je suis partagée : le désir de garder cette joie pour moi fait-il de moi une égoïste ? Il serait cruel de priver les téléspectateurs américains de *cette* expression sur *ce* visage via leurs téléviseurs HD.

– Ça te gênerait qu'on te filme pendant que tu fais ça ?

Il hausse les épaules.

– Ce n'est pas vraiment ça. Ce qui me dérange, c'est que l'émission ne s'intéresserait pas principalement à la pêche.

– Mais si c'était le cas ? Si c'était ta condition ?

Il retire sa casquette et se gratte le sommet du crâne avec le petit doigt.

– Ouais. Je ne sais pas.

Mais ni lui ni moi n'avons envie d'y penser. Nous nous taisons, absorbés dans la contemplation de l'eau et des oiseaux. Nous passons notre temps à nous jeter des regards en coin.

LA CHANCE DE FINN M'IMPRESSIONNE : il pêche trois poissons (deux rascasses et un énorme flétan), alors que rien ne mord de mon côté. Mais je mentirais en soutenant que je suis vexée qu'il réussisse là où j'échoue. Regarder Finn tirer un poisson de dix-huit kilos sur le pont, il n'y a rien de mieux.

Ce n'est pas tout à fait vrai. Baiser avec Finn sur le pont pourrait être encore plus agréable... mais juste un peu. Dehors, le soleil est brûlant. Il a retiré sa polaire ; la vue de ses avant-bras musclés, quand il desserre le frein du moulinet pour laisser dévider la ligne... euh... euh... je pourrais avoir un orgasme incontrôlable.

– Ça va me faire bizarre de partir. Je commence à m'habituer à la Californie, même si je ne suis là que depuis deux semaines.

Sans prêter attention à mon regard insistant, il lance sa ligne dans l'eau. Je cligne des yeux, en oubliant mes fantasmes finniens pour l'écouter. Pourtant, j'avais l'impression, surtout depuis aujourd'hui, qu'il ne rêvait que d'une chose : retrouver sa vie sur l'eau.

– Bizarre comment ?

Il me surprend en répondant :

– Je vais être triste de ne plus pouvoir te voir quand je veux.

Ce n'est pas du tout ce à quoi je m'attendais. Il n'a pas évoqué le climat exceptionnel de la Californie du Sud, les burritos, ou Oliver et Ansel. Il n'a parlé que de moi.

Je n'ai qu'une envie : monter sur la pointe des pieds, prendre son visage dans mes mains et l'embrasser avec fougue. Il est tellement parfait. Le soulagement me submerge.

Mais je préfère murmurer :

– Hier soir, je me suis masturbée en pensant à toi.

Il éclate de rire avant de répliquer :

– Ah oui ?

– Absolument.

Il se redresse, je distingue une ombre rosée sur ses joues, sous sa casquette de base-ball. Il rougit, c'est nouveau.

– Moi aussi, avoue-t-il.

– *Ah oui ?*

– Oui.

– C'était bien ?

Il se tourne pour me regarder dans les yeux.

– Tu me suçais la bite comme une reine, Gingembre.

– Comme toujours.

Je lui lance un sourire fier.

– Bien sûr.

J'ai toujours cru que l'amour m'angoisserait, me bouleverserait, me submergerait. Je n'aurais jamais pensé tomber amoureuse de quelqu'un avec qui je me sens si bien.

Les mots me brûlent la langue. « Je crois que je t'aime. » Mais je vois déjà la compassion se peindre sur son visage, je l'entends me répondre que le timing est mauvais.

Je lui jette un coup d'œil : sa mâchoire carrée, couverte d'une barbe fine, son long cou bronzé, ses bras qui dégagent un étrange sentiment de sécurité, que je n'ai pourtant jamais recherché. Ou était-ce le cas, inconsciemment ? Mon père a toujours été l'incarnation de la perfection – non seulement ma « caisse de résonance », la personne à qui je pouvais tout dire, mais aussi mon roc, mon gardien. Au fond, j'ai toujours voulu un homme qui lui ressemble.

Ma poitrine se contracte : Finn est constant, passionné, loyal. Il est celui que je cherchais.

Les yeux plissés, il regarde vers l'horizon. À quoi pense-t-il ? Il soupire profondément, ferme les yeux. Il a l'air aussi déchiré que moi.

Il lorgne de mon côté. Je suis terrifiée. Une chose est sûre, mon cœur n'est pas capricieux. Une fois que mon choix est fait, difficile de revenir en arrière.

L'émotion me prend à la gorge, j'ouvre la bouche pour dire quelque chose. Soudain, mon moulinet se met à sauter, la ligne s'incurve.

– Waouh, ok ! lance Finn, les yeux pétillants d'excitation. (Il fait un pas en avant et s'agrippe au moulinet.) Ça a l'air d'être un gros poisson.

Enfant, j'ai souvent pêché avec mon père dans les rivières de la Caroline du Nord. Ça ne m'a en rien préparée à remonter un poisson de l'océan. Quand il s'agit d'une truite de vingt centimètres, le bouchon passe sous l'eau et vos bras maigres de gamine de douze ans ont la force nécessaire pour remonter la bête. En pleine mer, je dois contracter tous les muscles de mon corps pour tirer le poisson furieux qui se démène. Je m'agrippe à la canne, tourne le moulinet de seulement quelques centimètres. À côté de moi, Finn crie et m'applaudit comme si j'avais attrapé un requin blanc. Deux mecs s'installent derrière nous pour regarder en nous lançant des paroles d'encouragement.

– Tu veux que je le fasse ? me demande Finn.

– Non, jamais de la vie !

Je comprends soudain pourquoi il a enlevé sa polaire. Je transpire et maudis mon idée d'aller pêcher en pleine mer. Quand j'aperçois le flétan au bout de ma ligne – les épines sur sa crête et son énorme corps –, je suis tout excitée.

– Mon poisson est beaucoup plus gros que le tien !

Après dix minutes de persévérance, Finn prend le relais quand ma main commence à trembler et à s'engourdir. Nous tenons tous les deux la canne, nous tournons le moulinet, nous tirons et tirons. Le flétan finit par sortir glorieusement de l'eau. Il tressaute sur le pont, Finn l'assomme. Ça me fait de la peine, mais il l'a fait si rapidement que j'ai à peine eu le temps de comprendre ce qui se passe. Le poisson se fige. Il me le tend en me faisant signe de le porter pour faire une photo.

Je dois le porter à deux mains tellement il est énorme. C'est le plus gros poisson que nous avons attrapé. Mon bonheur se décuple quand je sens la chaleur du regard de Finn, son smartphone à la main.

– Tiens-le en l'air, Bébé. Montre-moi ton gros poisson !

Ses yeux brillent de fierté.

Mes bras tremblent à cause du poids, mais je parviens à le porter suffisamment longtemps pour qu'il puisse prendre une photo. Ensuite, il saisit le flétan et le donne à Steve pour qu'il l'étiquette à notre nom.

– Tu viens de m'appeler bébé ou je rêve ?

Il se penche pour remettre un appât sur ma ligne.

Je sens plus que j'entends son rire calme quand il m'embrasse sur le front.

– Tu disais ?

Au prix d'un effort surhumain, je refoule le sourire ridicule qui me tord la bouche. J'aimerais l'étouffer à mains nues. Je suis tellement heureuse que je pourrais me mettre à chanter une chanson type Disney au beau milieu d'un bateau plein de vieux pêcheurs.

À NOTRE RETOUR AU PORT, je file aux toilettes pour appeler ma mère. Nous sommes partis toute la matinée et une partie de l'après-midi, je n'avais pas de réseau. C'était aussi merveilleux que terrifiant. Et si quelque chose était arrivé ?

Mon père répond à la première sonnerie. Sa voix est détendue.

– Salut, Tulipe.

– Salut, Poup. Comment va la reine ?

– Bien. Nous déjeunons dehors.

– Donc rien à signaler. Aucune complication ?

Mon père soupire à l'autre bout du fil, moi, je grimace. Je me comporte comme une folle furieuse. Les docteurs nous ont répété au moins cinq fois que la première phase de la chimiothérapie serait relativement facile à supporter pour ma mère. Le plus difficile viendra ensuite.

– Détends-toi, me conseille mon père. (Je sens qu'il sourit, mais il est aussi très sérieux.) Ce n'est pas un sprint, c'est un marathon.

Je soupire.

– Je sais, je sais.

– C'était bien, la pêche ?

– Génial. Je suis amoureuse.

– De la pêche ou du garçon ?

Je soupire.

– Des deux, je crois.

– Bien. Invite Finn ce soir. J'ai dit à Salvatore que je participerai au tournage de *Release Horizon* en avril.

Ce soir, le collègue et meilleur ami de mon père organise une soirée pour célébrer le lancement de sa nouvelle boîte de production. *Release Horizon* est leur nouveau bébé prêt pour les Oscars, un drame émouvant qui se passe (roulements de tambour !) sur un bateau. Je n'arrive honnêtement pas à imaginer Finn à la fête, mais cette première réaction me blesse en même temps. Si Finn fait partie des Miens, alors il a sa place au cocktail. Qu'il ne connaisse personne n'y change rien.

Mon père a signé pour un projet dont le tournage débute dans six mois. Mon cœur se serre. C'est optimiste, compte tenu de la maladie de ma mère.

Quand je reviens sur le port, Finn est en train de grignoter des chips. Il me tend le paquet, j'en prends une poignée. Je n'avais pas réalisé à quel point j'avais faim avant d'enfourner les chips au vinaigre.

– Tu veux m'accompagner à un cocktail ce soir ?

Il me répond, la bouche pleine.

– Quel genre ?

– Industrie du cinéma. Élégant. Martinis et olives.

Il hausse les épaules.

– Je serai ton cavalier ?

J'avale encore des chips et acquiesce. Il sourit en essuyant du sel sur mon menton.

– Bien sûr, Gin'.

FINN M'ATTEND DEVANT CHEZ OLIVER à dix-neuf heures précises. Il porte les mêmes vêtements que pour sa réunion à L.A. mais ce soir, il a l'air cent fois plus *décontracté*. Son visage hâlé après notre journée sur l'océan est parfaitement détendu. À croquer.

Il s'installe sur le siège passager en maugréant à cause de la taille de ma voiture, puis me jette un coup d'œil.

– Waouh. Sors de là.

– Quoi ?

Je panique en regardant ma robe pour m'assurer que je ne me suis pas renversé dessus le jus d'orange que j'ai bu à la bouteille avant de courir jusqu'à la voiture.

– Je veux te voir. (Il se penche sur mes genoux pour m'ouvrir ma portière de l'intérieur.) Sors pour que je te voie en entier.

– D'accord.

Je sors en lissant ma robe sur mes cuisses. Je fais le tour de la voiture. Finn ne me suit pas, il se laisse aller sur son siège et me contemple à travers le pare-brise.

Il articule :

– *Seigneur.*

– Quoi ?

Il secoue la tête.

– Tu es magnifique.

Ma robe-bustier à la jupe évasée bleu saphir s'arrête juste au-dessus des genoux. C'est ma couleur préférée. Je porte des sandales dorées à lanières, et un collier tout simple orné d'une flèche que mon père m'a offert pour mes dix-huit ans. Pour être honnête, je n'ai pas beaucoup réfléchi à ma tenue contrairement à l'autre soir au bar, quand Finn a passé la soirée à me taquiner. J'étais tellement pressée que j'ai bu du jus d'orange à la bouteille comme un étudiant en pleine gueule de bois. J'avais hâte de le retrouver. Et il est sans voix.

Je remonte dans la voiture, il me prend le visage dans les mains. Il me regarde longuement avant de poser la bouche sur la mienne. Au contact de nos lèvres, il ouvre la bouche et laisse échapper un gémissement étouffé. Il me mordille la lèvre inférieure. Il joue avec sa langue et je sais que je suis fichue. *Fichue.*

Je plonge les mains dans ses cheveux, si pleine de désir que je suis à deux doigts de perdre la raison. M'oublier dans ses bras... Ses gémissements, ses halètements sont si profonds et tranquilles qu'ils m'envoient des vibrations dans tout le corps et me font frissonner et fondre. Je ne suis plus que des morceaux de fille : des mains tremblantes, un flot sanguin trop puissant, des jambes qui me propulsent vers lui. Il baisse son siège avec facilité, et je me jette sur lui, écarte les cuisses sur ses genoux. Il m'attire contre lui, je halète en sentant sa queue m'effleurer l'entrejambe.

Son grognement déclenche quelque chose en moi, je me déchaîne. Je me fiche d'être dans une voiture en pleine rue. Les alentours sont calmes au crépuscule. Nous pourrions être seuls sur une île à l'autre bout du monde.

Le sentir, sentir sa queue en moi, le sentir. Ça fait bien trop longtemps.

Il a une longueur d'avance. Immédiatement, il baisse la fermeture Éclair de son pantalon et le fait glisser sur ses hanches. Son sexe nu me frôle la cuisse. Sa peau est douce et chaude, son pénis dur comme de la pierre. Il écarte ma culotte, sans prendre la peine de l'enlever, ses doigts me cherchent, entrent en moi là où je suis trempée. Je gémis des phrases inintelligibles, lui demandant ce que je veux.

– On va le faire ?

J'acquiesce frénétiquement, il tient sa queue pour que je m'empale. Tout arrive trop vite. Soudain, il est planté en moi, très profondément. Nous gémissons. C'est tellement bon.

Tellement *bon.*

Il plonge les yeux dans les miens, le soulagement que j'y lis me fait frémir. Je me sens fragile comme du verre soufflé. Ça m'a manqué. J'en ai besoin.

J'ai besoin de *lui.*

Il se redresse, m'embrasse langoureusement, en grognant dans ma bouche. Chaque fois que je me balance d'avant en arrière, il grogne et murmure *comme ça, ah, tellement bon* et *Seigneur, bébé, je ne peux pas...* Il m'embrasse encore, me mordille les lèvres, la joue, le cou. Encore des gémissements de plaisir. *Encore... je ne peux pas...*

Il tend la main entre nous, me caresse le clitoris. Un grognement étouffé s'échappe de sa gorge. Je hoquette en soufflant : *tellement près...*

– Bordel, je jouis ! crie-t-il au moment où l'orgasme me submerge.

Je rejette la tête en arrière et me laisse aller. Il halète, se cambre, me pénètre plus fort. Mon corps se resserre. Je jouis en l'embrassant, ses mains sur mon visage, ses gémissements dans mon oreille, dans ma petite voiture aux vitres non teintées, alors que le soleil se couche.

Je l'aime.

Je l'aime.

Je m'effondre contre sa poitrine, au bord des larmes. Je me sens tellement soulagée – c'était tellement intime, encore une fois, même tout habillée sur le siège avant de ma voiture. Nos cœurs battent la chamade.

Finn gigote sous moi, sa respiration entrecoupée fait voleter mes cheveux.

– Harlow... souffle-t-il.

– Je sais. Bordel de merde, c'était merveilleux.

– Non... (Il m'attrape par les épaules pour me regarder dans les yeux, je sens sa queue toujours en érection sur moi.) Bébé, on n'a pas mis de préservatif...

Son regard angoissé va et vient sur mon visage. Je grogne, commence à me retirer puis me fige. Je n'ai pas envie de tacher ma robe bleue à la Monica Lewinsky.

– Peux-tu attraper un mouchoir dans la boîte à gants ?

Il acquiesce, parvient à trouver un mouchoir. Retour à la réalité, après notre étreinte passionnée, je suis un peu étourdie. Je m'écarte, il tend la main vers moi, m'effleure la joue. Il murmure :

– Chut... Attends, attends, attends. Viens ici.

Je ferme les yeux et me laisse aller contre lui, en me concentrant sur le bonheur d'être contre lui, de sentir sa main dans mes cheveux. Il m'embrasse avec la langue, plus tendrement maintenant. Mon cœur bat très fort, à cause de l'épuisement, de l'adrénaline, de la panique.

– Ça va ? demande-t-il contre ma bouche.

J'acquiesce.

– Je n'arrive pas à croire que nous ayons fait ça.

– Moi non plus.

– On devrait faire un brin de toilette avant la soirée.

Nous réajustons nos vêtements et sortons de la voiture, chancelants. De retour devant chez Oliver, il sort les clés de sa poche, incapable de me regarder quand il me demande :

– Tu prends la pilule ?

– Non.

Je calcule rapidement où j'en suis de mon cycle – je dois avoir mes règles dans quelques jours – mais je n'ai pas envie de réfléchir aux conséquences du sexe non protégé maintenant. Je ne veux pas quitter cet état de bonheur lié à l'aveu que je viens de me faire : je suis amoureuse de Finn Roberts. Follement amoureuse.

– Tout ira bien...

Ça fait du bien de le dire, je me sens soudain sûre de moi. Tout ira bien ! Tout ira bien !

Il hoche la tête et ouvre la porte, me dirige dans le couloir jusqu'à la petite salle de bains à côté de sa chambre. Il récupère une serviette propre dans le placard, plein de vêtements pliés avec soin.

– Donc tu pars demain ?

– Peut-être, répond-il. Plutôt non, probablement pas. Je ne sais pas.

Il hoche la tête vers la salle de bains, me faisant signe d'entrer.

Il ouvre l'eau dans la douche, attend qu'elle soit chaude et mouille la serviette.

– Viens par ici.

Je le regarde soulever ma robe et je ferme les yeux en sentant sa main sur mes cuisses. Il fait glisser ma culotte et passe la serviette mouillée entre mes jambes. Je halète.

– Ça va ?

– Ouais. *(Oui, ça va. C'est même le paradis.)* C'est agréable.

Il m'attrape la hanche de l'autre main.

– Je voulais dire *toi*, ça va ?

Je réplique :

– Et *toi* ?

Il lève les yeux et me sourit largement.

– Ouais, ça va.

– Même si je suis enceinte ?

– Ouais. On verra bien.

– Alors je vais bien, moi aussi.

J'avale ma salive. Son expression devient soudain sérieuse. Il lâche :

– Dis-moi que ce n'était pas juste du sexe pour toi.

Sous le choc, je passe les mains dans ses cheveux et l'attire contre moi.

– Ce n'est plus « juste du sexe » depuis un moment. C'est pour ça que j'ai voulu arrêter. Trop d'émotions. Pour tous les deux.

Il lève le menton, pose la joue contre mon ventre.

– On va essayer ? Je veux dire... (Il déglutit avec nervosité.) J'ai vraiment envie de toi, mais plus seulement comme ça.

Je me mords les lèvres. J'ai envie de lui dévoiler les angoisses qui me prennent à la gorge depuis deux semaines : les inquiétudes liées à ma mère, son rôle de distraction géante, puis les sentiments qui m'ont submergée.

J'ai même pensé que je ne pourrais pas supporter d'avoir DES sentiments pour lui, et lui non plus. Maintenant, il me dit que c'est ce qu'il veut, lui aussi. Je ferme les yeux en pensant à l'émission de télé, assortie de la condition de célibat, dont le but à peine caché est de le voir nouer une relation sur les écrans. Désormais, la manière la plus simple de sauver son entreprise, c'est-à-dire accepter l'émission, rendrait notre relation impossible. Même s'il refuse l'émission et rentre chez lui pour tenter le tout pour le tout, nous ne nous verrions jamais parce qu'il passerait tout son temps à travailler.

Il continue :

– J'en rêve tellement fort que j'ai du mal à respirer. (Il me serre la main.) J'ai essayé de penser à autre chose, à tous nos ennuis au Canada par exemple, mais je n'y arrive pas.

– C'est ce que je veux, moi aussi. Mais je ne sais pas comment on pourrait faire.

Il se relève, m'embrasse sur la joue et fait mine de ne pas avoir compris :

– On pourrait rester ici. Pour que je te montre.

– Absolument.

Puis je me tais. Quelque chose fait clic dans ma tête. Il y a une manière de sauver son entreprise sans le forcer à accepter l'émission de télé. Je n'y avais pas pensé avant.

NOUS ARRIVONS À LA SOIRÉE en nous tenant par la main. Quelque chose a changé entre nous, nous sommes si tendres que j'ai envie de me jeter sur lui chaque fois qu'il me regarde, me parle, pose la main dans mon dos et sur mes hanches comme si mon corps lui appartenait.

Mon père, qui est venu sans ma mère ce soir, nous repère devant le buffet. Il s'éloigne de son groupe pour nous saluer.

– Tu dois être Finn. (Il lui tend la main.) Je suis le père d'Harlow, Alexander Vega.

Seulement deux de mes petits amis ont rencontré mon père, et ç'a été une catastrophe à chaque fois. En un sens, c'est compréhensible. Mon père a gagné deux Academy Awards, il est très connu dans le monde du cinéma. Il est aussi grand, musclé et assez intimidant.

Mais je sais qu'il n'a aucune intention de « tester » Finn. Ce dernier, au moins aussi grand et aussi musclé, le salue d'une main ferme, avec un sourire confiant. Il ajoute :

– Je vous remercie pour l'invitation.

Mon père donne une accolade à Finn et le présente aux personnes de son cercle. Puis il penche la tête vers moi, me faisant signe de les rejoindre. Mais je préfère les regarder tous les deux créer un lien viril, chose que je n'aurais jamais crue possible avec un mec dans la bouche duquel j'ai mis la langue.

Et c'est exactement ce qui doit se passer ce soir. Créer du lien.

Je me dirige vers la cuisine pour prendre un verre et saluer les filles de Salvatore. Elles ont respectivement six et huit ans de plus que moi, mais elles vivent toujours chez leurs parents. Valentina et Ekaterina Marìn sont les « enfants » les plus gâtés que j'aie eu l'occasion de rencontrer dans le monde du cinéma. Je suis obligée de les fréquenter parce que mon père travaille avec Sal sur pratiquement la moitié de leurs projets.

Je les embrasse toutes les deux sur les joues en souriant. Valentina sent Chanel, Ekaterina a un nouveau parfum... peut-être l'Infusion d'Iris de Prada. Chanel N°5 a causé leur plus grosse dispute il y a deux ans : les sœurs se battaient pour s'approprier la fragrance. Elles ne se sont pas adressé la parole pendant des mois.

Finn me voyait comme elles, avant.

– Ton petit ami, c'est quelque chose, dit Valentina en le désignant du menton.

Je me verse un verre d'eau pétillante.

– Ça, oui.

– *Robuste.*

– *J'adore* les mecs du peuple, ajoute Ekaterina.

Nous y sommes donc. Je jette un coup d'œil à Finn. Je comprends comment elles l'ont repéré alors qu'il porte un pantalon de costume et une chemise. Il ne ressemble à personne ici. Il est plus musclé que tous les connards d'Hollywood réunis, ses cheveux sont coupés court, il se tient les jambes écartées, les épaules en arrière, comme s'il était sur le point d'être emporté par une vague.

– Il possède une entreprise de pêche.

– Oooooooh, s'exclame Ekaterina. Sexy.

Je me force à sourire, puis mon sourire devient réellement authentique au moment où leur père fait irruption dans la cuisine. Je lui tends une joue qu'il embrasse. Ses filles sont peut-être insupportables, mais Salvatore est presque un deuxième père pour Bellamy et moi.

– Comment va ma beauté ?

– Très bien. Félicitations pour le nouveau contrat, beau gosse. Tu dois être tout excité.

– Tout à fait. J'ai aussi fait mon maximum pour que ton père accepte de participer au projet *Release Horizon.*

– J'ai l'impression que c'est gagné.

– Maintenant, il ne manque plus que tu travailles pour moi et le monde sera parfait.

Je respire un bon coup.

– D'ailleurs, Sal, je voulais te parler de...

FINN ME PLAQUE CONTRE LE MUR du couloir, devant ma porte d'entrée, pendant que je fouille dans mon sac pour trouver mes clés. Il gémit dans mon cou. Nous avons failli nous arrêter quatre fois pendant le court trajet pour aller chez moi, parce que sa main passait sous ma robe, qu'il m'embrassait dans le cou ou guidait ma main sur ses cuisses, sur sa braguette ouverte.

Je suis dans tous mes états, Harlow. Tu voudras bien m'aider à me détendre quand on sera à la maison ?

Il *était* dans tous ses états. J'ai caressé sa queue trempée, je l'ai branlé jusqu'à ce qu'il lève les hanches, grogne calmement à chaque mouvement de poignet. Je conduisais de l'autre main. Je l'ai touché jusqu'à ce qu'il soit sur le point de jouir – haletant, le sexe si dur qu'il aurait pu exploser –, puis nous nous sommes garés dans le parking.

Il m'a pris la main :

– Pas dans la voiture.

Mes clés cliquettent, je les sors enfin de mon sac. Toujours tout contre moi, Finn les récupère dans ma main, ouvre la porte et me pousse à l'intérieur. En une seconde, avant même d'avoir entendu la porte claquer, je suis allongée par terre. Le bruit résonne dans l'appartement.

Finn est sur moi, il m'observe comme un prédateur scrute sa proie. Je caresse son corps, attrape son sexe tendu, tellement dur à travers son pantalon de costume, en comptant bien terminer ce que j'ai commencé dans la voiture. Mais il semble avoir retrouvé le contrôle sur lui-même. Il saisit ma main pour l'écarter.

– Quand je t'ai rencontrée au bar en juin, dit-il en regardant mes lèvres puis mes cheveux et mon cou, tu as marché vers moi et tu m'as dévisagé comme si j'étais le gros lot d'une tombola. Tu t'es assise à côté de moi et tu m'as dit : « J'adorerais boire une tequila gimlet. » J'ai fondu. Tu étais si belle, putain.

– Fondu comme du chocolat ?

Il passe une main sur son visage, m'adresse un sourire éclatant.

– Exactement. J'ai su que je ne t'oublierais jamais.

Nous éclatons de rire. Il continue :

– Je réalise que je n'ai jamais pu être moi-même avec une fille avant toi. (Il m'embrasse.) Mais je pensais que tu ne cherchais que du sexe, donc je ne réfléchissais pas plus loin que ça. Je ne pensais pas qu'on s'entendrait si bien.

– Moi non plus. Je pensais que tu serais comme tous les mecs, que tu me décevrais très rapidement.

– Ça peut toujours arriver... Mais peut-être pas tout de suite.

J'aime tellement qu'il me touche, ses lèvres dans mon cou. Ses doigts remontent lentement ma robe sur mes hanches.

– Prends tout le temps que tu veux.

Il commence à me déshabiller.

– Tu as aimé me regarder pendant la soirée ?

Mes chaussures tombent par terre.

– Ouais.

Pour tout dire, j'ai vraiment adoré être là avec lui. Il n'avait pas l'air complètement dans son élément, mais il était heureux d'essayer, pour moi. Nous faisons tous les deux des efforts pour trouver un terrain d'entente.

– As-tu dit aux filles Kardashian qu'on était ensemble ?

Il glisse les mains sous ma robe, m'attrape par les hanches, descend ma culotte. Bien trop lentement à mon goût. Je me tortille sous ses doigts.

– Je ne leur ai pas dit, mais elles ont deviné. Une grande déception pour elles.

Il me fait rouler sur le côté pour descendre la fermeture Éclair de ma robe.

– Tu leur as dit que j'étais pris ?

– Elles savaient. (Je me cambre pour l'aider à retirer ma robe. Une fois nue, il me regarde comme si j'étais le dîner de Thanksgiving et les joyaux de la Couronne *réunis.*) À cause des regards que tu me lançais.

Il siffle tout en déboutonnant sa chemise.

– Les regards que je te lançais ?

– Ouais.

Il enlève sa chemise et se penche sur moi.

– Et je te regarde comment ?

Ses bras sont tendus dans le T-shirt qu'il porte sous sa chemise, moulant ses biceps et son torse large. Ce T-shirt rentré dans son pantalon noir... *doux Jésus.*

Il passe une main chaude sur mon ventre.

– Gin' ?

– Chut, chaton. J'ai l'impression d'être Bébé dans *Dirty Dancing.*

– Est-ce positif ou négatif ?

Il me lèche le cou.

– Je porte une pastèque.

Il s'écarte pour me dévisager avant de plonger à nouveau vers moi.

– Tu es ivre ?

– Pour l'amour de Dieu, non. Déshabille-toi et lèche-moi la chatte.

Je m'attends à ce qu'il s'exécute – il a été tellement sage ce soir –, mais il n'en fait rien.

Il se lève, me prend dans ses bras.

– Je ne compte pas te baiser par terre.

– Alors pourquoi m'avoir allongée là ?

– J'étais impatient. Maladroit.

J'éclate de rire. Finn n'a rien de maladroit, mais l'impatience, c'est tout lui.

Il me guide vers ma chambre, sans jeter un seul coup d'œil au placard.

– Tu ne vas pas m'attacher ce soir ?

Il secoue la tête.

– Mais *j'aime* ça.

Il rit.

– Moi aussi. Mais je n'ai pas envie de le faire à chaque fois.

– Je vais te caresser partout.

Comme si c'était une menace...

– C'est ce dont j'ai envie.

Il se tourne, m'embrasse dans le cou et inspire profondément. Je sors son T-shirt de son pantalon.

– J'aime la liberté que les cordes me donnent. Je peux te toucher partout et toi nulle part. Nous savons tous les deux que je suis du genre à vouloir tout contrôler.

J'éclate de rire puis me mets à gémir quand il me caresse les seins.

– J'aime aussi la preuve.

Je me mords les lèvres, défais sa ceinture et baisse son pantalon.

– La preuve ?

Il regarde ma bouche, retire ses vêtements.

– J'aime laisser des marques. J'aime te voir trempée, te regarder marcher différemment le matin parce que je t'ai baisé si fort que tes jambes se soutiennent à peine. (Finn passe la langue dans mon cou, je frissonne.) Ce matin-là au Starbucks ? Tu ne fais jamais cette tête après une nuit avec moi.

Je soupire. Il suce mon épaule, une marque apparaît à la surface.

– J'aime te voir réagir. Je sais que tu me fais confiance... Et voir à quel point ça t'excite... ça me rend fou. Les cordes, un truc pour lequel je suis très *très*...

Il m'embrasse sur la bouche, les joues, et murmure dans mon oreille :

– Très doué.

– *Oh.* (Seigneur. J'ai mal partout, j'ai chaud. S'il me touche entre les jambes, je vais exploser comme une bombe.) Tellement possessif... je marmonne, en étirant le cou.

– Ouais. C'est exactement ça.

Il m'examine, m'allonge sur le lit et monte sur moi. Il est si imposant que j'ai l'impression qu'une planète fait de l'ombre sur mon lit. Lentement, il approche le visage de ma poitrine, me lèche les seins, suce et joue avec jusqu'à ce que mes tétons soient tendus à me faire mal.

– Comme ça... murmure-t-il en léchant, suçant, jouant avec mes tétons.

Ma peau luit dans la chambre peu éclairée.

– J'aime sentir tes seins mouillés et tendus...

Il se penche encore, me mord sous le téton. Puis il me mord plus fort jusqu'à ce que la seule sensation sur laquelle je puisse me concentrer soit la pression, la morsure délicieuse *délicieuse, délicieuse* de sa bouche.

– Ah !

Je crie, il me mord très fort. Puis il passe la langue sur la marque de morsure, l'embrasse doucement.

– C'est bon ?

Je vais répondre « mon Dieu non », mais la douleur disparaît, un sentiment extrêmement agréable y fait place : une chaleur lancinante et un plaisir intense se mêlent. Depuis qu'il m'a mordue, je le désire encore plus furieusement. Je veux qu'il recommence, qu'il me lèche, m'apaise, me morde encore.

– Encore...

Les yeux de Finn pétillent devant ma réaction – j'attire son visage vers ma poitrine et me cambre. Il me mord les seins, profondément. Il me mordille les tétons en détail. Il va et vient sans cesser de m'embrasser et de me mordre.

À chaque fois, il m'embrasse, me lèche et me suce jusqu'à me couvrir de salive. Je suis constamment sur le point de hurler mon plaisir. Il me prend la main pour que je sente les marques de dents qu'il laisse sur ma peau.

– Touche, dit-il en me mordant sur l'épaule, le bras. Dis-moi que tu aimes que je te lèche.

Les petits sillons qu'il laisse me rappellent les marques de la corde. C'est encore plus intime. Ces marques rouges montrent à la chambre, au ciel et à la lune que je lui appartiens. Mon corps lui appartient.

Je n'ai pas envie qu'elles disparaissent, et lui non plus, j'en suis sûre. Il revient à la première, me mord plus fort encore.

Je veux sentir son corps contre le mien, son torse sur mes seins, ses soupirs vibrants dans mon cou. Je veux sentir sa langue trempée sur mes morsures. J'ai l'impression d'avoir été ouverte en deux, d'être dévorée, remplie d'un désir puissant et profond. Je suis trempée, prête à l'attirer sur moi. En moi.

Il me suce tout en me caressant partout. J'entends le bruit d'un emballage de préservatif qui se déchire, le bruit du latex qui enveloppe son sexe.

– Dis-moi que c'est bon.

Il positionne sa queue, colle son torse au mien, glisse en moi, très profondément.

Je crie, je jure ou je supplie – je ne sais pas. Je ne rêve que d'une chose : le sentir contre moi, encore et encore, ce qui me terrifie. Divine torture. Les marques de morsure sont brûlantes, ma poitrine si mouillée que Finn glisse sur moi, grogne en me pénétrant. *Oh ! Seigneur.* Je fourmille de plaisir. Il écarte le torse, je veux qu'il revienne sur moi. Qu'il me prenne plus fort, plus vite.

S'il te plaît...

– Dis-moi que ce que tu ressens.

– Je... je...

Mon cœur bat dans ma poitrine, mes seins sont si sensibles que s'il en léchait la pointe, je...

Finn se penche et appuie la langue juste sous mon téton, il le prend entre ses dents, le tire en me pénétrant de plus en plus fort, tout en laissant échapper des petits gémissements parfaits. Je crie, en m'agrippant à lui.

Je t'appartiens.

Sa langue apaise la brûlure, je me cambre, le supplie. Le supplie de me prendre plus vite, de me lécher les seins, de me *faire*

Faire

Faire

Faire jouir.

Il gémit à l'instant où je commence à haleter. Son gémissement ressemble à un éclat de rire, un grognement de bonheur. Il ramène mes mains au-dessus de ma tête, m'épingle, me baise en me mordillant jusqu'à ce que je m'effondre.

La pression monte, ma peau rougit, brûlante et trempée. Je crie son prénom, consumée par le plaisir jusqu'à devenir incapable de dire où il me touche. Je sais seulement que Finn est sur moi, que le plaisir me déchire, qu'il laisse échapper ses gémissements rauques d'encouragement.

– C'est ça... C'est ça... Oh ! baise-moi, tu jouis. *Oh ! putain.*

C'est étrange, je perds la tête sous l'effet de ce bonheur sauvage, quand je viens de jouir, quand il se laisse aller en moi. Le reste du monde pourrait disparaître, les étoiles exploser, l'océan recouvrir la terre, je ne le saurais pas tant que Finn ondule les hanches, me caresse les cuisses, le ventre, m'effleure la joue en me disant qu'il n'a jamais désiré quelqu'un comme il me désire.

SI LA FIN DU MONDE ARRIVAIT, je suspecte que je n'en entendrais pas parler avant demain matin. Finn sort du lit seulement un instant pour retirer le préservatif, revenir avec une serviette mouillée me nettoyer l'entrejambe avant de m'embrasser encore le sexe.

Il me lape, me mordille et grogne comme un animal sauvage, en m'écartant les jambes d'une main, me pénétrant d'un doigt de l'autre. Je comprends enfin la signification de l'expression *manger la chatte.* Il me *dévore.*

Et puis, tout en me dévisageant intensément, il glisse ses doigts plus bas et fait quelque chose à quoi je ne m'attendais absolument pas. Mes cris, encore et encore, lui apprennent que j'apprécie son initiative.

Finn m'embrasse la cuisse, la hanche, le nombril.

– Bordel de merde, lâche-t-il.

Et il me tire sur le lit, pose mes pieds par terre pour pouvoir se pencher sur le lit.

– Tu as mal, petite cochonne ?

Il ouvre un autre emballage de préservatif avec les dents.

Je me tourne et le regarde par-dessus mon épaule avec défi.

– Non.

– Bien.

Parce qu'il se tient prêt à me pénétrer si profondément que je m'effondre sur le lit. Je sais qu'il va me baiser violemment.

Je retrouve Vegas : ses gestes brusques, ses mains sur mon cul et mes hanches, si fort que je m'attends à ce qu'il laisse des petits bleus que je trouverai demain. Je réalise qu'à Vegas, il ne s'est pas comporté comme avec une inconnue. Le Finn, dominant et brutal, c'était le Finn déchaîné, qui se laisse aller avec *moi*, l'inconnu parfait. Tout à coup, je comprends qu'avec quelqu'un d'autre, Finn aurait été beaucoup plus doux la première fois. Plus doux et plus mesuré. Mais avec moi, c'était impossible.

Il ne pouvait s'empêcher de se déchaîner parce qu'il ressentait ce que je ressens : le relâchement total qui vient quand on rencontre la personne qui nous délivre.

Finn nous fait descendre par terre, il caresse mes épaules en sueur. Puis je sens son torse transpirant contre mon dos quand il se place sur moi, me pénètre encore, très vite et très fort, les mains sur mes seins.

Il est insatiable : par terre, contre le mur, dans le lit, mes jambes sur ses épaules. Sous ses doigts, je jouis dans un cri, ses dents plantées dans ma cheville. Je sais qu'il est près de l'orgasme, mais il me pénètre moins fort et souffle sur ma jambe.

Je lui demande, en caressant sa poitrine et en replaçant mes jambes à la normale :

– Que veux-tu que je fasse ?

– C'est tellement *merveilleux*. (Il soupire profondément.) J'ai envie de jouir, mais je ne suis pas sûr.

– Tu as le temps...

Je l'attire contre moi.

– Je t'ai baisée sans capote hier, avoue-t-il calmement. Si tu savais à quel point c'est bon, sans ces préservatifs de malheur ! Tu étais si chaude, si douce à l'intérieur.

Comment ai-je pu oublier ce qui s'est passé dans la voiture ? Un mélange de désir et d'angoisse monte en moi.

– J'ai l'impression que je te baise fort juste pour déchirer ce truc.

Il rit contre mon épaule et recommence à bouger. Je me souviens de la sensation veloutée de sa peau contre la mienne.

J'ai envie de le sentir à nouveau, moi aussi.

Je pousse sur sa poitrine pour qu'il se retire et enlève le préservatif.

– Non, Harlow, ce n'est pas ce que je voulais dire...

– Chut... Je sais. (J'attrape la serviette mouillée sur le lit et l'essuie avec.) Viens...

Je m'allonge, amène ses hanches jusqu'à mon visage. Après tout ce que nous avons fait ensemble, il n'a jamais terminé comme ça.

Agenouillé sur le lit, il glisse entre mes lèvres, dans ma bouche.

– Bordel. (Il grogne, ferme les yeux.) Tu vas me faire beaucoup de mal.

Au départ, il me baise la bouche avec douceur, jusqu'à ce que sa queue soit humide, si tendue contre ma langue que je ne peux m'empêcher de gémir. Il entre plus profondément dans ma gorge. Je ne veux qu'une chose : sentir son excitation monter, qu'il me plaque les mains contre le mur, sur la tête de lit.

– J'y suis...

Je le saisis par les hanches, puis agrippe la base de sa queue et ses couilles des deux mains.

– Si tu continues comme ça, je jouis dans ta bouche, m'avertit-il.

Je serre, je suce plus fort. Il se cambre, je le sens gonfler contre ma langue. Et il jouit dans le grognement le plus sexy que j'aie entendu de ma vie. Il reste au-dessus de moi, la sueur goutte de son front. Les narines dilatées, les yeux troubles, il m'observe. Je l'embrasse et le lèche.

Il se retire lentement et se rassied en reprenant son souffle.

– Seigneur.

Sa queue pèse sur ma poitrine, je me sens exténuée. C'est agréable. Épuisée, molle, transpirante. La femme la plus satisfaite de l'histoire des relations sexuelles.

Plus calme, Finn examine mon corps avec attention. Il regarde mes seins dans la lumière douce qui filtre de la fenêtre de la salle de bains. Il effleure les marques qui ont presque disparu.

– Ça va ?

– Ouais.

Il embrasse tendrement ma poitrine.

– J'en rêvais.

– Moi aussi. (Je soupire profondément.) C'en est presque effrayant.

– Et tu te sens bien ? Tu veux qu'on continue ?

– Non, c'est parfait.

Il pourrait *recommencer* ? Seigneur.

Il se penche et m'embrasse le bout du nez, en me dévisageant dans l'obscurité.

– Ok.

Malgré son air revêche et ses réponses monosyllabiques, Finn est un amant qui me surprend par sa générosité. Je suis bouleversée : il prend autant de plaisir au mien qu'au sien.

– Quelqu'un t'a déjà dit que tu étais merveilleux ?

Ma voix tremble un peu, à cause de mon étourdissement post-orgasmes multiples.

Mais comme je m'y attends, il rit et m'embrasse entre les seins.

– Non.

Il se lève et entre dans la salle de bains pour boire un peu d'eau.

– Eh bien, je te le dis. Tu es merveilleux, chaton.

Il revient, s'installe à côté de moi sur le lit. Je sens la chaleur incroyable de son corps dans les draps. Il fait attention à ne pas me bousculer, mais il me prend contre lui, passe le bras autour de ma taille, pose la main sur mon ventre. Il est de plus en plus possessif. Finalement, ma respiration se calme, je me sens bien. Je suis sur le point de m'endormir, tout est parfait.

– C'est toi, murmure-t-il.

Il m'embrasse dans les cheveux.

C'est toi.

Soudain, tout se renverse. Que peuvent signifier ces mots ? Mais il se hâte de clarifier.

– J'ai envie de te donner du plaisir. (Il me fait rouler pour pouvoir me regarder et m'embrasse.) Tu me rends fou.

– J'ai remarqué, je crois.

– Ce que je veux dire, c'est que *l'amour* que je ressens pour toi me rend fou.

Tout mon sang se concentre dans ma poitrine, la pression, l'excitation montent, explosent dans tous mes membres. Une montée folle d'adrénaline, de soulagement, d'amour me donne le vertige.

– Ouais ?

Je souris si largement que je suis reconnaissante à l'obscurité qui dissimule mon visage.

Son rire m'apprend que je me trompe : il me voit très bien.

– Ouais.

En riant, je parviens à lui avouer, moi aussi, que je l'aime, sa bouche contre la mienne. Il m'embrasse langoureusement, l'excitation nous submerge.

Chapitre 12

Finn

JE M'HABITUE DE PLUS EN PLUS à rester au lit, le regard fixé au plafond. Je réfléchis à tout allure.

Mais ce plafond est différent. Au lieu de l'ombre des palmiers sur le plâtre, je distingue le reflet chatoyant d'une piscine éclairée la nuit, dans le jardin dehors. Le quartier d'Harlow est plus calme que celui d'Oliver : pas de groupe d'adolescents qui jouent de la musique dans leur garage, aucun chien qui aboie chez les voisins, moins de voitures qui passent en pleine nuit.

Le silence n'est brisé que par sa respiration à côté de moi, l'atmosphère est tellement paisible. En faisant un petit effort, je pourrais presque entendre l'océan à quelques blocs de là. Dehors, il fait nuit noire et Harlow dort depuis une heure, une jambe passée sur ma hanche, son corps chaud tout contre le mien. Elle bouge dans son sommeil, s'agrippe au drap au niveau de ma taille, ce qui me distrait et me donne envie de la réveiller pour recommencer, encore et encore.

Presque.

Je n'ai jamais été du genre volubile. Jusqu'à présent, je n'ai jamais ressenti la nécessité de mettre des mots sur toutes les pensées qui me traversent. Harlow doit faire cet effet-là aux gens – c'est elle qui mène la conversation et qui aide les gens les plus réservés à s'exprimer. Elle ne l'a jamais fait avec moi. Elle serait capable de faire parler un mur, pourtant elle s'est habituée à mes silences. Elle ne m'oblige pas à devenir quelqu'un d'autre.

Je pensais savoir ce que nous étions l'un pour l'autre, mais au-delà du stress et de l'anxiété liés à ces dernières semaines, quelque chose a changé. C'est une complication que je n'attendais pas, mais je n'ai pas envie de revenir en arrière. Hier, nous avons parlé pour la première fois de notre relation, mais avons-nous décidé quoi que ce soit ? Je la désire. C'est tout ce que je sais.

Harlow marmonne quelque chose dans son sommeil, je me tourne sur le côté et caresse ses cheveux. Près d'elle, il m'est facile d'oublier l'énorme pile de factures qui m'attendent sur le bateau, le matériel cassé, le début de la prochaine saison qui approche chaque jour davantage.

Et, bordel, je dois rentrer chez moi. Je me suis efforcé d'éloigner l'idée le plus possible, mais on a besoin de moi là-bas. C'est là où je dois être. Mais comment partir maintenant ? Un sourire, une remarque incisive et toutes mes pensées sont bouleversées, les plus érotiques prennent la première place, les choses importantes – ma famille, mes responsabilités – sont reléguées à l'arrière-plan.

J'ai essayé de l'ignorer. J'ai essayé de dédramatiser : mon cœur bat plus fort chaque fois que j'entends son prénom, ce doit être une coïncidence... J'ai tenté de comprendre pourquoi je pense à elle en permanence, en me demandant ce qu'elle fait, si elle va bien. Mais je ne peux plus continuer comme ça. Je ne le veux plus.

Seigneur, aucune femme ne m'a jamais obsédé comme elle.

– Finn ?

Elle bat des paupières en se réveillant.

– Je suis là.

Je l'embrasse sur la tempe, la joue, effleure son corps jusqu'à poser la main sur sa hanche.

– Tu es resté.

Ce n'est pas une question. Harlow sort de sa torpeur et réalise que je suis toujours là, avec elle. Elle me grimpe dessus. Sa silhouette bloque la lumière qui filtre par la fenêtre. Je ne vois que la forme de son corps, ses tétons roses juste devant moi.

– Je suis resté pour te baiser encore une fois.

Elle rit. En réalité, je suis aussi surpris qu'elle. Je suis resté, alors que je m'étais promis d'attendre qu'elle s'endorme pour rentrer chez Oliver. C'est ce que je comptais faire. Je me mentais à moi-même.

Sa main descend sur mon ventre, jusqu'à ma queue déjà en érection. Elle fait glisser son sexe encore trempé sur moi.

– Tu n'as plus sommeil ? je demande en l'attrapant par les hanches.

Elle acquiesce lentement.

– J'ai rêvé de toi.

Je caresse l'os de sa hanche puis son nombril.

– On faisait quoi ?

Elle se frotte un peu plus fort contre moi.

– Ça.

À chaque mouvement, elle s'approche de mon gland, de plus en plus près, jusqu'à être à deux doigts de s'empaler sur moi. Sans préservatif.

– Attention...

Mais je n'y mets pas beaucoup de cœur.

La tête d'Harlow tombe en avant, ses cheveux m'effleurent la poitrine et le ventre.

– C'est tellement bon... (Elle respire lourdement.) Oh... mon Dieu... C'est tellement bon.

Je devrais prendre les choses en main, la repousser, mais je bande si dur que je n'arrive pas à m'en convaincre.

Encore une fois.

Une petite seconde.

– Attends... (Je siffle en sentant son clitoris, chaud et glissant, contre moi.) Laisse-moi prendre une capote, mon cœur.

– Juste une seconde ? demande-t-elle. *Ahhhh*... là. Là.

– Ouais ?

Je replace l'oreiller sous ma tête et regarde ma queue glisser sur son clitoris.

– Bébé, on fait n'importe quoi. Bébé...

J'ai beau prononcer ces mots, j'incline ses hanches pour la sentir contre moi. J'adore la voir m'utiliser pour se faire jouir. Son attitude m'enivre, je n'arrive plus à me souvenir de la raison pour laquelle nous devrions arrêter. La fusion est parfaite, je suis sûr qu'elle pourrait me faire jouir sans même que je la pénètre. Nous haletons comme des adolescents.

Harlow rejette la tête en arrière, se redresse, et ce petit mouvement me fait entrer en elle.

– Oh ! *putain.*

Je l'agrippe pour l'obliger à s'immobiliser. Ma peau brûle, je suis plein de désir. Je sais que je devrais m'arrêter là, mais mon instinct est le plus fort.

Harlow gémit, s'empale un peu plus profondément.

– Tu veux que j'arrête ?

J'acquiesce de la tête tout en laissant échapper un « non ». Je me mets à jurer, mais je ne pense pas qu'Harlow m'écoute.

– Putain, d'accord.

Elle s'écarte, fait mine de se retirer, mais je l'attrape par la taille.

– Seigneur. Attends. (Je prends une profonde inspiration, soudain conscient de la sueur qui perle sur mes tempes, des draps qui collent à mon dos. Tous mes muscles sont contractés, comme des câbles électriques prêts à exploser à la moindre pression.) Je veux juste... te sentir. Une petite seconde.

Suis-je masochiste pour me torturer ainsi ?

La peau d'Harlow est chaude, son corps lourd de sommeil. Je ne durerai jamais plus d'une minute si elle continue à me regarder ainsi, absente, excitée, sans la barrière du préservatif.

Il me faut une seconde pour décider. Je la retourne et la pénètre à nouveau.

– Je veux juste te sentir.

J'essaie d'ignorer l'impatience avec laquelle elle hoche la tête. Sa bouche est trop tentante, ses lèvres mouillées sont ouvertes. Je me penche pour la goûter.

– Et si tu veux... je me retire ?

Elle m'embrasse et murmure :

– Tu pourrais... jouir... *sur* moi.

Il y a les choses que j'aime faire – qui me font bander – et qui sont difficiles à demander dans une relation. J'aime être brutal, me déchaîner, aller au-delà des tabous, faire des cochonneries. Je veux baiser Harlow partout, tout essayer avec elle, voir la marque des cordes et de mes dents, de mes fessées sur sa peau.

Et tout ça, elle le désire autant que moi.

– C'est ce que tu veux ? (Je grogne de plaisir en sentant son vagin se contracter.) Tu veux voir mon sperme sur ta peau ?

Harlow renverse la tête en arrière en s'agrippant aux draps. Ses seins bougent quand je la pénètre, le lit grince dans l'obscurité, j'ai oublié qu'elle avait des voisins, au-dessus et en dessous. La seule chose qui me préoccupe, ce sont ses mains, son corps, sa peau éclairée par la lumière de la lune, ses gémissements étouffés.

J'ai envie de jouir, beaucoup trop vite, mais je sais que ça n'a aucune importance. Quelque chose éclate en moi, la chaleur monte dans mon corps. Je bande plus dur, j'agrippe ses hanches si étroitement que j'ai peur de laisser des bleus sur sa peau.

Harlow jouit, et moi je ne tiens plus qu'à un fil. La mâchoire serrée, le corps contracté, je la baise jusqu'à que ne plus pouvoir me retenir. Elle halète, bouge avec moi, me griffe la poitrine avant de laisser retomber ses bras sur le lit. Dans un grognement, je me retire. Instinctivement, j'attrape mon sexe et j'éjacule tout de suite. Je n'entends plus rien, je murmure peut-être son prénom, je regrette de ne pas avoir allumé la lampe pour voir son expression quand je recouvre son ventre, ses seins, son cou de sperme.

Harlow regarde et touche sa peau, se caresse les seins. Sans réfléchir... Ce geste me rend fou. Cette fille me rend fou.

– Tu restes dormir ? demande-t-elle.

Je la regarde longuement.

– Ouais. Je dois juste prendre le petit déjeuner avec les mecs demain matin. Je ne pourrai pas rester trop tard.

Harlow bâille et attrape un T-shirt pour s'essuyer la peau.

– Je dois récupérer ma mère de toute façon. Je te réveillerai avant de partir.

Je hoche la tête, l'embrasse sur la joue en sentant que sa peau est brûlante.

– Je t'aime, murmure-t-elle, les yeux fermés.

Il doit être trois heures du matin, je l'attire contre moi et murmure :

– Je t'aime.

Je suis épuisé, mais assez alerte pour savoir que quelque chose ne tourne pas rond. J'aimerais avoir plus d'énergie pour savoir quoi.

HARLOW SE LÈVE TÔT, comme elle me l'a annoncé. Elle me réveille d'un baiser et me propose de prendre une douche. Je la baiserais dedans si elle m'accompagnait.

Le matin, l'odeur de l'océan envahit San Diego. Le vent apporte cette odeur salée caractéristique qui envahit toute la ville, me rappelant le Canada. Si je ferme les yeux, je peux *presque* oublier que je me trouve à des milliers de kilomètres de là où je suis supposé être. C'est troublant.

Encore plus effrayant ? Ça me semble *normal.* J'ai aussi réfléchi cent fois à la possibilité de rester.

Un appel de Colton, au moment où je sors de la douche, fait éclater la bulle Harlow dans laquelle je flotte et me ramène à la dure réalité.

Je lui ai envoyé un message après la réunion avec la chaîne Adventure : « Ça s'est bien passé, encore beaucoup de choses à éclaircir. Je te tiendrai au courant. » Mais je ne l'ai jamais rappelé – ni le soir même ni le lendemain matin –, en espérant gagner un peu de temps avant de décider de ce que nous ferons de nos vies. Je n'en ai toujours aucune idée. Bien sûr, quand je me décide à l'appeler, je tombe sur sa messagerie. Il est huit heures du matin, mes frères travaillent. Je lui promets de le rappeler ce soir, pour tout lui expliquer.

Maintenant, je dois décider rapidement ce que je vais leur raconter.

Je suis soulagé que mes frères soient si occupés qu'ils ont à peine le temps de s'inquiéter de la réunion ou de se rendre compte que j'évite la discussion. Je n'ai jamais été aussi irresponsable de toute ma vie.

Devrait-on accepter l'émission ? Ou pas ? Les conditions qu'ils nous offrent sont géniales, nous avons clairement besoin de leur argent. Mais tout changera forcément : notre style de vie, la manière dont les gens nous percevront. Et Harlow, dans tout ça ? Comment pourra-t-on faire marcher notre relation ? Avant de la revoir, je n'avais jamais réfléchi à l'impact que l'émission pourrait avoir sur l'une de nos relations aux uns et aux autres. Mais maintenant, ça compte, *putain.* À moins de quitter l'entreprise et ma famille, je ne peux pas revenir en Californie. Et à moins qu'Harlow sorte un lapin de son chapeau, je ne la vois pas emménager sur l'île de Vancouver.

Harlow sur le pont de l'un de nos bateaux... Ce serait tellement sexy, quand j'y pense.

En parler avec Ansel et Oliver me fera du bien, j'en suis persuadé. Je culpabilise toujours un peu de ne pas leur avoir fait part de mes inquiétudes. Mais, pour tout dire, je ne les ai pas vus autant qu'Harlow. Voilà pourquoi je tourne dans les rues du quartier Gaslamp pour garer mon pick-up avant d'aller prendre le petit déjeuner avec eux.

Les trottoirs sont vides ce matin, les rues encombrées par les camions de livraison et quelques types en train de faire un jogging. Je repère la voiture d'Oliver en tournant sur la Cinquième Avenue et en marchant vers Maryjane.

Les garçons sont installés au fond du café. Un portrait en sérigraphie de Mick Jagger est accroché sur un mur au-dessus d'eux, plusieurs téléviseurs diffusent des clips.

– Mesdames. (Je me glisse sur le siège près d'Ansel.) Belle journée, n'est-ce pas ?

– Salut Finn, lance Ansel. (Il remplit un mug de café et me le tend.) Nous avons commandé pour toi. Les trucs les plus virils du menu.

J'éclate de rire.

– Merci.

Oliver, assis en face de moi, me dévisage.

– Tu sembles d'excellente humeur ce matin. C'est grâce à quelqu'un qu'on connaît ?

– Bonjour, Olls.

Oliver se penche, remonte ses lunettes sur son nez avant de poser les avant-bras sur la table.

– Tu as raison, où sont passées mes bonnes manières ? Bonjour, Finnigan. Comment ça va ?

Ansel glousse.

– Très bien, merci. Et toi, Oliver ?

– Bien, bien. J'ai remarqué que tu n'es pas rentré à la maison hier soir. Pour être exact, ça fait un moment que tu ne passes plus beaucoup de temps chez moi. Je commençais à m'inquiéter. Un jeune homme seul, dans une grande ville étrangère, occupé à sillonner les rues la nuit...

– C'est une histoire intéressante, renchérit Ansel en buvant une gorgée de café.

Mais Oliver n'a pas fini.

– Tu n'as jamais été du genre à enchaîner les coups d'un soir. Je n'arrive pas à savoir avec qui tu passes tout ce temps...

– J'étais chez Harlow. Nous... nous voyons souvent.

La serveuse interrompt leur interrogatoire en nous apportant notre petit déjeuner.

– Waouh. En effet, c'est viril.

J'étudie l'énorme sandwich au bacon et aux œufs brouillés et les œufs frits dans mon assiette.

– Pourrais-je avoir un peu plus de ça ? demande Ansel en lui tendant un petit bol rempli d'un mélange de sucre roux. J'ai... (Il se tapote la bouche en cherchant un mot.) Une... hum... *comment dire*[4] *?* Quand on aime les choses sucrées ?

La serveuse bat des cils en dansant d'un pied sur l'autre. Je suis à deux doigts de lui tendre la main pour lui éviter de tomber à la renverse. Finalement, elle secoue la tête et plisse les yeux.

– La bouche sucrée ?

---

4. En français dans le texte. (NdT)

– Oui ! C'est ça ! La bouche sucrée. J'aimerais un peu plus de sucre...

La serveuse rougit, elle hoche la tête en prenant le bol et part à la recherche du sucre roux pour Ansel.

– Seigneur, Ansel ! s'écrie Oliver.

– Quoi ?

J'ajoute :

– Je vais tout raconter à Mia.

Ansel renverse un bol de myrtilles dans son porridge et nous regarde d'un air innocent.

– Mais quoi ?

– Tu aurais pu tout aussi bien la baiser sur la table. Ç'aurait été à peine plus gênant pour nous.

– Elle est sûrement déjà enceinte. (Oliver pointe la cuisine du bout du couteau.) Va expliquer ça à ta femme.

J'éclate de rire.

– Elle récupère tout le sucre roux des cuisines.

– Vous êtes tous les deux très drôles.

– Comment va Mia, d'ailleurs ?

Ansel me regarde avec un sourire radieux.

– Très bien.

– Euh... (Oliver fait tomber sa fourchette.) Ne lui pose pas trop de questions. Lola dit qu'elle doit les prévenir avant d'aller les voir. La dernière fois, elle es a entendus depuis le jardin de Julianne.

L'air encore plus heureux, Ansel hausse les épaules.

– Que dire ? Je suis un amant exubérant et je n'ai aucune envie d'étouffer les cris de plaisir de ma femme pendant nos parties de jambes en l'air qui doivent être les meilleures de l'univers. (Il nous regarde dans les yeux et répète.) De *l'univers.*

Oliver et moi éclatons de rire en réalisant que la serveuse se tient juste là, un énorme bol de sucre roux à la main. Je ne sais pas si elle a tout entendu, mais vu la rougeur de ses joues, c'est envisageable.

– *Merci*[5], fait Ansel en lui souriant.

La pauvre fille murmure :

– Je vous en prie.

Puis elle s'éloigne vers la cuisine.

– Je te déteste, lâche Oliver.

– Tu ne détesterais personne si tu n'étais pas aussi frustré.

Je m'immisce dans la conversation :

– Je suis d'accord.

Oliver mange en haussant les épaules.

– Franchement... Tu es un type sexy, qui réussit dans la vie. Pourquoi ne fréquentes-tu personne ?

– On va vraiment rejouer une scène de *Sex and the City* ? Au cas où tu l'aurais oublié, *Carrie*, je viens d'ouvrir une boutique. Quand aurais-je le temps de rencontrer quelqu'un ?

Je les interromps :

– Qui est Carrie ?

Mais Ansel m'ignore.

– Tu te moques de moi ? Je n'y suis allé qu'une fois ou deux, mais ta librairie est un repaire de filles sexy et foldingues.

– Ah... Je n'ai pas remarqué.

Ansel plisse les yeux.

– *Pas remarqué ?* Ça n'a aucun sens. Tu as un pénis.

Oliver sourit.

– Oui.

---

5. En français dans le texte. (NdT)

– Tu n'as jamais eu aucun problème pour baiser. Maintenant, je ne te vois plus qu'avec Lola depuis que je... (Ansel s'interrompt soudain.) Ohhhh... Je comprends.

– Oh ? je répète en les regardant tous les deux. Comprendre quoi ?

– C'est *Lola* que tu veux.

Oliver secoue la tête.

– Non, non. Nous sommes amis.

Ansel et moi répétons :

– *Amis.*

– Honnêtement. Je l'aime beaucoup. Mais pas comme vous l'entendez. C'est une fille intelligente, sympa, mais c'est tout.

Seigneur, ce qu'il ment mal ! Je lui rappelle :

– Vous vous êtes *mariés.*

– Oui, mais contrairement à vous deux, je ne l'ai jamais embrassée.

Ansel secoue la tête.

– Nous les avons *toutes* embrassées. Je dois avoir une photo. C'est la fille geek la plus sexy du monde.

– Ce n'est pas parce que tu t'es marié que tout le monde doit trouver son âme sœur. Regarde Finn.

– Moi ?

– Bien sûr. Je me doute – et n'essaie pas de le nier – que tu baises Harlow depuis que tu as posé le pied à San Diego. Pourtant tu n'es pas prêt à lui demander sa main.

– Hum... (Je saisis mon couteau et le plonge dans mon sandwich.) Je veux dire... nous ne sommes plus seulement *amis* maintenant.

Ansel met sa main en cornet au niveau de l'oreille, faisant mine de ne pas avoir entendu :

– *Comment ?* demande-t-il en français.

– Je l'apprécie. (Je prends une bouchée et oublie de mâcher.) Même plus que ça.

– Ne t'étouffe pas, quand même, dit Ansel.

– Bordel, Finn, lance Oliver. Sérieusement ?

– Ouais, sérieusement.

– Mais attends, tu t'en vas. Non ? Tu ne m'as jamais dit ce que tu faisais ici, mais je n'avais pas l'impression que tu étais parti pour rester.

– Ce n'est pas le cas. Je suis venu régler des trucs pour l'entreprise, je vais devoir rentrer bientôt. Je ne sais pas comment ma relation avec Harlow va évoluer.

Mes amis restent silencieux et font mine de s'intéresser à leur assiette. Cet aveu fait mouche.

– Mais ça se passe bien entre Mia et toi ? je demande à Ansel. Même si vous ne vivez pas ensemble ?

Mia et Ansel vivent une relation à distance depuis quelques mois, et ils semblent toujours plus amoureux.

Ansel se laisse aller sur la banquette et soupire longuement. Le genre de soupir qui cache une bombe à retardement.

– Oui, ça va... (Il passe une main sur son visage.) Je suis tellement *heureux*. C'est dur quand nous sommes loin l'un de l'autre, bien sûr. Mais quand nous sommes ensemble, j'oublie les difficultés.

Oliver déglutit et me désigne de la fourchette.

– Vous avez discuté du problème de la distance ?

– Non. Je ne sais pas où j'en suis.

– Tu aimerais rester ici, hein. À San Diego ? m'interroge Oliver.

– Ouais, bien sûr. Mais je vais bien devoir rentrer un jour. Pas *un jour*, mais dans un jour ou deux.

Je n'ai toujours pas touché à mon plat, je repousse

la nourriture du bout de la fourchette. Je n'ai plus faim.

– Vous trouverez une solution, reprend Ansel. Harlow ne voudra peut-être pas s'éloigner de sa mère tout de suite, mais...

Je lève brusquement la tête en clignant des yeux. Le même malaise qu'hier soir me prend à la gorge :

– Pourquoi ne s'éloignerait-elle pas de sa mère ?

– Eh bien parce qu'elle... (Il jette un coup d'œil nerveux à Oliver.) Et merde !

Oliver est un roc, toujours indéchiffrable, mais je le connais par cœur. Il gigote sur son siège, je sens son malaise. Puis je comprends. Je comprends tout d'un coup.

Harlow m'a dit que sa mère ne se sentait pas bien. M. Furley a demandé des nouvelles de Madeline. Le désespoir d'Harlow, son besoin de s'échapper.

La mère d'Harlow est malade, *malade*. Ce n'est pas une grippe ou une angine.

– Seigneur.

Je prends mon visage entre mes mains.

– Cancer du sein, explique Oliver. Je dirais... stade... avancé ? Elle a été opérée il y a quelques semaines et elle suit une chimiothérapie.

Je devine :

– Stade trois ?

Il hoche la tête.

– Je crois que c'est ça. Mais d'après ce que je sais, elle va bien, pour l'instant.

Je ne quitte pas mon assiette des yeux. Une douleur familière envahit ma poitrine. Je ne sais pas à qui je dois en vouloir : à Harlow pour m'avoir caché ça si longtemps, pour l'avoir dit à tout le monde *sauf* à moi, ou aux autres pour avoir gardé le secret. Je lui ai *ouvert mon cœur* et elle n'a rien partagé avec moi ? Quelque chose que je pouvais comprendre mieux que quiconque. J'aurais pu la réconforter.

Je laisse tomber ma fourchette. Le bruit résonne dans le restaurant, couvre la musique rock totalement nulle qui passe à la télé au-dessus de nos têtes et les discussions des clients. Le peu que j'ai mangé me pèse sur l'estomac, je suis à deux doigts de vomir.

– Finn. (Oliver m'attrape par le bras.) Je ne sais pas pourquoi elle ne te l'a pas dit, d'accord ? Mais ce n'était pas à moi de le faire. Vraiment.

– Je sais.

– Elle doit avoir ses raisons, ajoute Ansel.

– Ouais, merci, c'est très réconfortant.

– Prends de la distance avant de faire n'importe quoi, d'accord. J'ai tellement déconné avec Mia... Écoute ce qu'elle a à te dire.

Je me lève, jette un billet de vingt dollars sur la table.

– Tu vas où ?

Je secoue la tête sans répondre. Mon cœur bat très vite, l'adrénaline pulse dans mon sang. J'ai mal pour elle, mais je suis déçu et triste qu'elle ne m'ait pas fait confiance. Les joues brûlantes, je ne sais pas si j'ai envie de la voir pour lui demander ce qui lui est passé par la tête ou si je préfère prendre la route tout de suite.

– Je dois passer un coup de fil. Je n'ai pas été le meilleur capitaine ou le meilleur frère ces derniers temps, il faut que je me remette dans le bain. Ils sont en pleine phase de réparations, en plus. On se parle plus tard, les gars.

Chapitre 13

Harlow

Je suis arrivée à NBC depuis une heure quand Salvatore m'appelle pour m'apprendre qu'il accepte ma proposition. Il a adoré mon idée et il compte bien me trouver une place dans sa nouvelle boîte de production.

– Hors de question que tu continues à classer des papiers dans ce trou à rats. Tu dois viser plus haut, ma chérie.

Pour la première fois, je suis d'accord.

Je suis prête.

J'ai un mal fou à me concentrer sur l'énorme pile de dossiers que je dois trier, sur les photocopies qui m'attendent, les cafés qu'il faut servir. J'ai fini par trouver la solution parfaite : elle pourrait sauver l'entreprise familiale de Finn... et me permettre de le voir bien plus souvent.

Lundi après-midi, je sors du bureau et j'envoie un message à Finn :

`Tu es chez Oliver ?`

Je vois apparaître une bulle de discussion, mais je ne reçois aucune réponse. Je prends l'ascenseur, quitte l'immeuble, marche jusqu'à ma voiture en fixant mon téléphone. Je manque me prendre un poteau et me faire renverser par un vélo parce que je ne regarde pas où je mets les pieds.

Je suis devant chez moi quand je reçois son message :

`Ouaip.`

`Ok, j'arrive.`

Je souris en réfléchissant au temps qu'il lui a fallu pour écrire un seul mot.

Il lui faut aussi de longues minutes pour ouvrir la porte. Pourtant, sa voiture est garée devant, il est forcément là. Il a l'air... maussade.

Énervé, même.

– Salut !

Je m'approche de lui et monte sur la pointe des pieds pour l'embrasser. Il vient de prendre une douche, mais il n'a pas pris la peine de se raser. Sa peau râpeuse a l'odeur du savon et du café. Mais il ne se penche pas vers moi pour me rendre mon baiser, il me laisse l'embrasser sur la joue.

– Salut.

Il fait un pas en arrière, en évitant mon regard. J'entre dans la maison.

– Tu n'es pas très... en forme aujourd'hui. Si ?

Je m'assieds sur le canapé d'Oliver. Le malaise monte dans mon ventre, j'étudie son expression en parcourant mentalement toutes les paroles que j'ai prononcées en sa présence, tout ce que j'ai fait ces dernières vingt-quatre heures. Pourquoi se comporte-t-il ainsi ?

– Que se passe-t-il ?

Il hausse les épaules.

– Quoi de neuf ?

Je me fige. Il n'a pas répondu à ma question. Mais ça tombe bien : je sais comment le dérider. Aussi irrité qu'il puisse être, j'ai le pouvoir de le rendre heureux.

– Je suis venu pour te dire quelque chose.

Son visage s'illumine.

– Ta mère va mieux ?

Je m'immobilise. Ai-je bien entendu ?

– Pardon ?

– Ta mère, répète-t-il. Elle va mieux ?

– Comment... ?

Je ferme les yeux, mon cœur se serre. Je ne l'ai toujours pas dit à Finn. Cela signifie que quelqu'un d'autre lui a donné l'information.

– Non. Je... Comment as-tu... ? (Je danse d'un pied sur l'autre. Qui lui a dit ? Que sait-il ? J'ai du mal à respirer. Et je comprends soudain sa mauvaise humeur.) Finn, j'allais t'en parler mais je...

Son visage est tendu, sa mâchoire contractée :

– Tu as réalisé que ma mère était morte de la même maladie ? Je pensais justement que tu aurais envie de te confier à moi, parce que je fais partie de ta vie maintenant et que je peux comprendre ce qui t'arrive. Et aussi, tu sais, parce que tu m'aimes.

La colère monte dans ma poitrine, je fais un pas en arrière.

– Tu m'en veux parce que je ne t'ai pas tout raconté *immédiatement ?*

Il ferme les yeux, se touche le front.

– J'y ai pensé toute la journée, Gin'. Je comprends que tu n'aies pas eu envie de m'en parler au début, vraiment. Mais ensuite... (Il secoue la tête.) J'ai perdu pied, tu m'as aidé. *Toi.* C'est en partie à cause de ça que j'ai compris que notre relation n'était pas seulement physique. Mais, apparemment, je n'ai pas tenu le même rôle pour toi.

J'ouvre la bouche pour l'interrompre, mais il lève la main pour m'arrêter :

– Même quand notre relation a évolué – avant *même* de le dire, nous le *savions* –, tu ne m'as rien raconté. Je sais à quel point ta famille est importante pour toi, Harlow. Vous êtes très proches. Je comprends pourquoi tu étais si bouleversée, pourquoi tu me l'as caché. Je comprends. Mais ce que je ne comprends pas, c'est pourquoi hier soir, alors que tout allait si bien entre nous, tu n'as pas...

Il se tait, passe une main sur son visage et s'assied sur un fauteuil en face de moi.

– Je n'en ai pas beaucoup parlé...

– Ne me raconte pas de bêtises. (Il a l'air énervé.) Tout le monde est au courant. Ansel, Oliver, Lola, Mia. Ils savaient tous, putain. Je couche avec toi, je suis la personne avec qui tu passes le plus de temps et je ne sais pas ce qui te ronge de l'intérieur ni si c'est ce qui t'a poussée dans mes bras au tout début.

Je voudrais me lever et aller vers lui, mais le langage de son corps me glace : les épaules rentrées, les coudes sur les genoux, la casquette enfoncée sur la tête qui m'empêche d'apercevoir ses yeux. J'ai l'impression de retrouver le Finn que je connaissais à peine. L'inconnu que j'avais épousé.

– Finn, je suis désolée. Je ne te l'ai pas caché parce que tu.... je...

Il secoue la tête, soupire. Finalement, après une éternité, il lâche :

– Je sais ce que tu ressens. C'est un moment très difficile. Tu as envie de protéger ta famille. Et... je ne sais pas... En y repensant, je me suis demandé ce que j'aurais fait si ça m'arrivait maintenant. Ça m'a surpris, c'est tout.

– Bien sûr.

L'air anxieux, il me dévisage.

– Tu vas *bien* ?

– Oui et non.

Le silence envahit la pièce pendant une longue et douloureuse minute. Je ne sais pas quoi dire de plus. Ce serait probablement le meilleur moment pour parler de ma mère, pour lui donner tous les détails, mais je ne suis pas d'humeur à le forcer à s'attendrir et je n'ai pas envie de parler de ça s'il compte rester tendu et silencieux.

Je glisse sur le canapé et m'assieds par terre. Un sourire dubitatif étire mes lèvres.

– Finn...

Je pose une main sur ses genoux. Il m'observe un moment, avale sa salive.

– Bébé, finit-il par murmurer en écartant les jambes pour me faire de la place.

Je remonte les mains sur ses cuisses, son ventre, son torse et monte sur lui en l'embrassant sur la bouche.

– Je ne veux pas que ça jette un froid entre nous. (Je l'embrasse encore.) Je voulais t'en parler bientôt, peut-être même aujourd'hui. Mais hier soir, je n'avais pas envie de penser à autre chose qu'à toi et moi.

Il acquiesce.

– Je sais.

Lentement, sous mes petits baisers, il se détend. Il me caresse doucement le dos.

– C'est nouveau pour moi, tu comprends ? Ce que tu vis avec ta mère me rappelle des souvenirs très durs. Si nous restons ensemble...

Il se tait, je complète sa phrase :

– Je te promets que je te parlerai. J'ai besoin de parler à quelqu'un.

– D'accord.

Nous nous embrassons doucement, avec lenteur, nous nous lapons du bout de la langue. Ses mains descendent entre mes jambes, glissent sous mon short en jean.

Je grimace et m'écarte.

– Tu as mal ? demande-t-il en me regardant droit dans les yeux.

– Un petit peu. Tu m'as baisée comme un cheval de rodéo.

Il rit et m'embrasse plusieurs fois avant de répondre :

– Tu veux que je te donne un baiser magique ?

L'image de la tête de Finn entre mes jambes, le souvenir de sa bouche chaude, de ses soupirs brûlants, de ce qu'il m'a fait hier soir, me donne envie d'être embrassée autrement. Des baisers profonds.

Il m'agrippe le cou et m'embrasse avec ferveur, comme un homme sur le point de m'allonger et de me donner du plaisir.

Je sens sa queue contre mon ventre, je ne peux l'ignorer. Je l'embrasse dans le cou, l'aide à retirer sa chemise, mordille et suce sa poitrine, son ventre, ses hanches. Il se lève, je descends sa fermeture Éclair. Il m'aide à faire glisser son jean sur ses cuisses.

J'apprécie qu'il n'y ait aucun faux-semblant entre nous. Il me regarde avec honnêteté. Ses paupières s'alourdissent quand je lèche son sexe, de la base au gland, en appréciant son goût sucré.

– Bordel, c'est bon, murmure-t-il.

Je joue avec sa queue, jusqu'à la mouiller assez pour qu'elle coulisse dans ma bouche. Je la prends le plus profondément possible, je la suce à fond. Le regard fiévreux, les lèvres ouvertes, il me contemple.

Je lève la tête et lui souris :

– J'aime ton air sérieux quand je te suce.

– Je prends le sexe très au sérieux, putain.

Il m'effleure les lèvres du pouce. Je lèche son doigt, me penche pour laper son gland, joue avec les deux. Sous ma main, ses muscles se contractent.

– Allons au lit, murmure-t-il. J'ai envie de te lécher en même temps.

Je me lève, lui aussi. Il remonte son jean sur ses hanches et se penche vers moi.

– Viens.

Il m'embrasse avec tant de douceur que mes jambes tremblent. Il m'entoure la taille des mains, colle son corps de géant au mien... J'ai l'impression d'avoir commencé l'ascension d'une montagne, de m'agripper à un mur d'escalade.

– C'était notre première dispute de couple ? me demande-t-il en souriant.

– Je crois bien. On s'en est pas mal tirés.

– Harlow... (Il s'écarte pour me regarder.) C'était quoi, ta bonne nouvelle ?

Oh c'est vrai.

J'avale ma salive et respire un bon coup. Je ne sais pas pourquoi je suis aussi nerveuse – *c'est une bonne nouvelle* –, mais c'est aussi une décision capitale pour nous. J'en tremble d'excitation.

– J'ai une idée pour sauver ton entreprise.

Il rit sèchement et demande :

– Ah ouais ? Éclaire-moi.

Seigneur, c'est tellement difficile de lui expliquer ça quand il prend son air taquin.

– J'ai eu une idée chez Salvatore, mais je ne voulais pas t'en parler avant d'être sûre que ça pourrait fonctionner.

Finn plisse les yeux.

– La nouvelle boîte de production de Salvatore – et de mon père – commence le tournage d'un énorme film en avril. La majeure partie de l'intrigue se passe en mer, sur un gros bateau.

Il continue à me dévisager sans la moindre réaction. Mon ventre se tord.

– J'ai pensé qu'il pourrait peut-être faire réparer tes bateaux en échange d'un prêt au printemps. Et j'ai accepté de travailler avec lui, ce qui signifie que je pourrais venir te voir aussi souvent que je voudrais.

Il acquiesce lentement en me dévisageant.

– Je ne suis pas sûr de suivre.

– J'ai parlé de toi à Salvatore, il est d'accord pour rémunérer l'utilisation de tes bateaux pour le tournage du film qui durera quelques mois. En plus, ils veulent tourner à des heures étranges, par exemple en pleine nuit. Tu pourras toujours pêcher le matin et...

– Tu as proposé d'utiliser les bateaux de ma famille pour un tournage sans m'en parler avant ?

Ma peau se glace, la panique monte dans ma poitrine.

– Pas *proposé*. Je voulais juste m'assurer que c'était faisable.

– Mais l'idée a dû faire son chemin en interne pour que Salvatore t'appelle personnellement pour te donner son feu vert. Et tu ne m'en as même pas parlé. (Il reboutonne son pantalon.) Je voudrais être sûr de bien comprendre.

– Finn, je...

Il ricane méchamment.

– Savent-ils combien coûtent les réparations, au moins ?

– Ils feront d'abord réparer le *Linda* pour les besoins du film, mais ce sera déjà très bien pour toi, non ? Une centaine de milliers de dollars pour te remettre sur pied.

– Tu as déjà parlé des bateaux ? *Et d'argent ?* (Les yeux de Finn sont tellement écarquillés que, pour la première fois, ils semblent verts.) Harlow, tu n'as jamais vu mes bateaux, putain. Tu es sérieuse ?

Cette conversation est surréaliste. Je sens encore la chaleur de son sexe dans ma bouche. Mes mains tremblent, mes yeux se remplissent de larmes.

– Finn, on en a seulement parlé une ou deux fois pour l'instant. Ils savent qu'il faut réparer tes bateaux. (Son visage vire à l'écarlate, il contracte la mâchoire.) L'idée de travailler avec toi les ravit.

– En une ou deux fois, on peut prendre un sacré nombre de décisions. Ils sont prêts à signer ?

Mon ventre se serre.

– Ouais.

Son expression m'effraie.

– Pourquoi ne m'en as-tu pas parlé avant d'aller voir Salvatore ? Pourquoi penses-tu que tu as le droit de te mêler de *ça* ? C'est *mon* entreprise, Harlow, c'est ma vie. Ma famille. Tu penses vraiment que ça pourrait marcher entre nous ? Tu classes des documents et tu vas chercher des donuts pour des connards chez NBC alors que je cherche à sauver une entreprise que mon grand-père a fondée quand il avait *dix-huit ans, nom de Dieu.* Mon père et mes frères comptent sur moi ! Je ne sais même pas ce que tu as dit à ces mecs !

– Je peux tout t'expliquer. (Je le suis en posant une main sur son bras.) Quand j'ai parlé à Salvatore chez lui...

– Bordel, Gin', me coupe-t-il sans même m'écouter. (Il fait les cent pas, retire sa casquette, se frotte le crâne et le visage.) C'est un bordel sans nom.

Depuis que nous avons commencé à discuter, je ne sais plus où j'en suis. Comment lui faire comprendre que c'est une *bonne chose ?* Je lui rappelle d'une voix ferme :

– Tu pourrais obtenir l'argent dont tu as besoin pour faire réparer ton bateau principal. Et pour continuer à pêcher *exactement* comme avant. Tu n'es pas obligé de dire oui à la téléréalité pour rester solvable. Tu pourrais continuer à travailler avec tes frères et...

– Te rends-tu compte de ta naïveté ?

J'ouvre la bouche. Mon cœur bat si fort qu'il est sur le point d'exploser.

– Tu sais quoi ? Appelle-moi plus tard si tu veux qu'on discute. Tu es un *énorme* connard.

Ahuri, il se tourne vers moi :

– *Je* suis un... ? (Il ferme les yeux, respire profondément puis soupire en rouvrant les yeux.) Ouais, va-t'en, c'est mieux ainsi.

MIA ARRACHE MON TROISIÈME MUG de café de mes mains tremblantes.

– La caféine ne va pas t'aider, ma chérie.

Elle a pris sur son temps précieux avec Ansel pour venir me voir en pleine crise. Je laisse ma tête tomber entre mes bras en grognant :

– Suis-je une conne ? Ou est-ce lui, le con ?

Lola grignote son muffin à la myrtille.

– Les deux, à mon avis.

– Quelqu'un peut-il m'expliquer les subtilités du cerveau masculin ? D'abord, il était en colère parce que je ne lui avais pas parlé de ma mère, j'étais sur le point de lui faire la pipe de sa vie puis de sauver son entreprise, et il me passe un savon. (Je suis encore sur le point de pleurer.) Que s'est-il passé, *putain* ?

– Eh bien, fait Lola. Tu as simplement dévoilé son linge sale à un de ses potentiels associés et tu lui as offert quelque chose alors qu'il n'est pas sûr de pouvoir assurer par la suite.

Je grogne.

– Quand tu résumes ça comme ça, j'ai l'air d'une idiote.

Lola lève un sourcil et grimace avec compassion.

– L'idée de Salvatore pourrait fonctionner, Lola. Bien sûr, c'est risqué, mais s'il arrêtait de jouer à l'homme des cavernes et y réfléchissait posément, il le comprendrait ! (Je les dévisage.) D'ailleurs, interdiction de parler à Oliver ou à Ansel de ça. Finn ne leur a toujours rien dit à ce que je sais.

Lola acquiesce immédiatement, mais Mia gigote sur son siège. Finalement, elle répond.

– D'accord. Mais j'espère qu'il le leur dira bientôt parce qu'historiquement, les secrets entre Ansel et moi, ça n'a jamais été une grande réussite.

– Je sais, ma douce, je suis désolée de te mettre dans cette position. (Je pose la main sur son bras.) Mais n'oublions pas que c'est ton bavard de mari qui a lâché le morceau à Finn avant que j'en aie l'occasion, donc tu m'en dois une.

– Je bouderai ce soir pour le punir ! plaisante-t-elle.

J'éclate de rire.

– N'importe quoi !

– Sérieusement. Ansel est moitié Adonis, moitié chiot. Je dois lui en vouloir de s'inquiéter pour toi et d'oublier qu'il n'était pas censé parlé de ta mère ?

Elle lève les sourcils avec l'air de connaître la réponse. Je me cache les yeux.

– Non. Il est adorable, très gentil, et je suis une imbécile de toujours me mêler des affaires des autres. (Je soupire.) Mais normalement, ça marche toujours tellement bien.

– Finalement, ce que je ne comprends pas, c'est ce qu'il y a entre vous, demande Mia. Je pensais que vous ne faisiez que coucher ensemble, puis vous arrêtez, et maintenant ça ? Appelons un chat un chat : jusqu'à aujourd'hui, il ne nous était jamais arrivé de nous donner rendez-vous en urgence pour un garçon.

Lola hoche la tête.

– Tu dois être la seule femme de l'histoire à avoir réussi à fêter ses vingt-deux ans sans avoir eu un chagrin d'amour.

J'avoue dans un murmure :

– On s'est dit qu'on *s'aimait* hier soir.

– *Quoi ?* s'écrient-elles à l'unisson.

Les clients du café se retournent pour nous dévisager.

– Seigneur, remettez-vous, les psychopathes. (Je n'arrive pas à m'empêcher de rire. Elles en profitent beaucoup trop.) Au départ, il n'était que la distraction dont j'avais besoin pour supporter le cancer de ma mère, et la nullité de mon job, et la crise du quart du siècle qu'aucune personne de trente ans ne peut prendre au sérieux.

Je récupère une serviette en papier pour la déchiqueter.

– Puis j'ai commencé à penser de plus en plus à Finn. Il y avait cette histoire de bateau – même s'il ne m'a raconté les détails que plus tard –, et nous avons décidé d'arrêter.

– Et ? demande Mia.

– *Et...* Je me suis amusée à réfléchir à une solution à son problème, nous avons passé beaucoup de temps ensemble parce que vous étiez trop occupées par un mari, ou du travail, ou des soupirants fous amoureux.

– Attends, quoi ? fait Lola.

Je l'ignore et continue calmement :

– Finn est adorable, drôle et stoïque dans son genre, ce qui m'est totalement étranger puisque je viens d'une Famille qui Parle Tout le Temps. Et il est *sexy.* Seigneur, les filles. Au lit, Finn *ne rigole pas.* Ce n'est pas un petit garçon à sa maman de La Jolla, c'est un *homme* qui a été élevé à la dure et qui n'a peur de rien. Finn pourrait me casser le vagin et le réparer tant il est doué de ses mains. (Je tire sur mon pull en baissant la voix.) Il me regarde avec les yeux de l'amour, mais quand il se moque de moi, ce que j'adore, j'ai l'impression que c'est lui mon âme sœur. Oui, je parle trop, mais je m'en fous. Je vous dis tout. Il me regarde comme si nous avions un secret, et c'est le *cas.* Mon secret, c'est que je *l'aime,* putain. Mais, aujourd'hui, il a réagi comme un enfoiré.

Mia pose la main sur mon bras, descend jusqu'à ma main et la serre.

– Harlow ?

Je lui jette un coup d'œil. Mia et Ansel sont mariés depuis juin, mais il y a deux mois à peine, il se sont horriblement disputés. J'ai lu sur son visage sa peur de perdre la chose qu'elle désirait le plus au monde – pire encore que l'accident qui a brisé son rêve de ballerine. Son mariage.

Donc, je sais ce qu'elle va dire avant même qu'elle n'ouvre la bouche.

– Tu dois simplement régler le problème. Il est en colère, tu es blessée. Aussi cliché que ça puisse paraître, tout ça n'a aucune importance sur le long terme. Va lui parler.

JE SOULÈVE LE HEURTOIR R2-D2 et le laisse retomber sur la porte d'entrée d'Oliver. Mon estomac a disparu dans les abysses de mon corps, laissant place à une fosse acide. Le pick-up de Finn n'est plus garé dans l'allée.

Oliver ouvre la porte torse nu, dans un pantalon de jogging porté trop bas, exposant bien trop de ventre musclé pour un type que j'aimerais ranger à jamais dans la catégorie des amis. Il sort de la douche, ses cheveux sont encore mouillés et emmêlés, ses lunettes embuées. Même en pleine crise de panique, je prends le temps d'apprécier son charme. S'il grandissait un peu et osait faire le premier pas, il serait parfait avec Lola.

– Tu attends un plan cul ?

Je le regarde bien en face. Il croque dans une pomme et mâche avec un sourire mal à l'aise. Il avale et lance :

– Tu sais bien que non. Je suis habillé pour rester chez moi.

– Tout seul. Parce que Finn est parti ?

– Il y a une heure.

– Parti... ?

Oliver désigne le nord.

– Canada.

Avec son accent australien, j'ai l'impression qu'il prononce : *kin-i-dah.* J'ai beau comprendre tout de suite ce qu'il dit, il faut une seconde à mon cerveau têtu pour réaliser que Finn a quitté la ville sans me dire au revoir.

Il est parti sans m'embrasser, sans s'assurer que je ne suis pas tombée enceinte après notre étreinte spontanée dans la voiture. Sans même venir me *voir.* Quel connard !

Je suis soudain tellement en colère que j'ai envie de prendre la pomme d'Oliver et de la balancer contre le mur.

– Hier soir, je lui ai dit que je l'aimais.

Mon ton est détaché, comme si je discutais affaires et que ça le concernait. Comme s'il avait besoin d'être au courant. Mais tout expliquer me fait du bien. La tempête dans mon esprit, la douleur qui envahit mon corps me donnent envie de hurler. Je veux la confirmation que Finn est un absolu connard, comme vient de le prouver son comportement.

– Et tu veux connaître le must du must ? C'est lui qui l'a dit *en premier*. Et maintenant il est parti sans même *dire au revoir* !

Si Oliver est surpris, il le cache remarquablement bien. Ce doit être son super-pouvoir. Dans les comics, tous les héros en ont un. Oliver bluffe si bien qu'il pourrait surprendre saint Pierre au jugement dernier. Dommage que le super-pouvoir de Lola soit l'inverse, c'est-à-dire respecter la vie privée des autres. Ils sont partis pour jouer *Les Vestiges du jour* jusqu'à la fin des temps.

– Tu veux entrer ?

Je secoue la tête. Il fait trente degrés, mais je grelotte. C'est ce qu'on ressent quand on a le cœur brisé ? Comme si un liquide me rongeait de l'intérieur, comme si je ne pouvais plus respirer, tant je suis glacée, perdue. J'ai envie de pleurer sur l'épaule nue d'Oliver. Sans aucune fierté.

Avoir le cœur brisé, ça craint.

– Écoute, Harlow. (Il m'attire contre lui.) Ah, mon chat, tu trembles.

– Je panique, j'avoue en me laissant aller contre lui. (Comment a-t-il pu partir sur un coup de tête ?) Oliver... Pourquoi, bon sang ?

Il me regarde d'en haut. De *très* haut.

– Je connais Finn depuis longtemps. Il ne s'énerve pas facilement. Il montre très rarement ses sentiments. (Il grimace.) Je sais que tu es bouleversée toi aussi. Il a grogné quelques mots, m'a dit qu'on se parlerait bientôt et a marché jusqu'à son pick-up. Je ne sais pas ce qui lui est passé par la tête, pourquoi il est parti ou... rien, vraiment, qui pourrait t'aider à te sentir mieux. Tu es sûre de ne pas vouloir entrer ?

Je secoue encore la tête.

– Il ne t'a rien dit ?

Oliver rit.

– Finn nous raconte rarement sa vie. Il nous parle en général quand les choses sont réglées. Tout ce qu'il t'a dit, il le pensait. Il n'est pas du genre à exagérer ou à mentir.

– Mais... oh...

Il parle du *je t'aime.* Aïe. Coup de poing dans le ventre.

Il me regarde dans les yeux.

– Appelle-le, d'accord ?

Chapitre 14

Finn

À SAN DIEGO, J'AI PRIS DES HABITUDES qui ne ressemblent vraiment pas à Finn Roberts : faire la grasse matinée, regarder la télé, acheter mon café chez Starbucks, ne pas travailler quinze heures d'affilée par jour. Conduire alors que le soleil se lève à peine sur l'océan est le premier sentiment familier que j'ai depuis très longtemps.

Oliver est rentré pendant que je faisais mes valises, il m'a regardé avec circonspection :

– Tu veux un café pour la route ?

– Ouais, ce serait super.

Nos relations sont plus tendues qu'à l'ordinaire, je sens qu'Oliver serait capable de me poser une bonne centaine de questions si je lui en donnais l'occasion. À l'inverse, il sait que j'ai moi-même cent bonnes raisons de ne pas lui répondre. Mon sac bouclé, nous avançons vers la cuisine. Nous attendons en silence que la Keurig finisse de verser le café dans le mug posé dessous.

– Je ne te donne pas celui-là, dit-il en y versant une quantité de sucre si énorme que peu d'être humains pourraient la supporter en une fois.

– Bien sûr que non, c'est ton mug Aquaman. Tu crois que j'ai envie de perdre un œil ?

Il me regarde en souriant faiblement.

– Non, je ne te donne pas celui-là parce que ton café va mettre quelques minutes à se préparer et que j'ai besoin de te parler avant ton départ.

– Ah.

– Je sais qu'en ce moment, tout n'est pas facile.

Il laisse la phrase en l'air, se dirige vers le réfrigérateur et récupère un litre de lait.

Une bouffée de panique me submerge. Et si Harlow avait décidé de se venger en lui déballant tout ce que je lui ai caché ? Mais ce n'est pas le cas, j'en suis persuadé. Harlow a beau être naïve, impulsive, s'occuper de ce qui ne la regarde pas, la fourberie ne fait pas partie de ses défauts.

Il revient vers le comptoir, vérifie la date de péremption avant d'ouvrir l'emballage. Il est aussi calme que si nous étions en train de discuter tranquillement après une journée de travail. Il me pousse à la confidence, l'air de rien. Mais ça ne fonctionne pas.

– Tu peux me parler, tu sais.

– Je sais. (Je suis reconnaissant à Oliver de ne pas insister.) Merci.

Et c'est tout. Il me tend mon café, me fait un câlin encore plus long que ceux d'Ansel (ce qui est louche). Et je pars.

Je quitte son quartier et me dirige droit vers l'I-5 sans un coup d'œil dans le rétroviseur.

TRENTE-TROIS HEURES ET UNE HORRIBLE nuit d'insomnie à l'hôtel plus tard, je suis arrivé. Je me gare dans l'allée – le bruit des graviers qui crissent sous mes pneus me fait l'effet d'une berceuse –, et je revois ma maison pour la première fois depuis des semaines. Déconcerté, je réalise que j'ai l'impression de ne plus rien connaître de ce lieu familier. Tout semble minuscule après avoir passé ce qui me semble une éternité dans une grande ville ouverte sur le monde.

C'est dans ce genre de moment que je prends conscience de la différence entre le monde d'Harlow et le mien. Ici, tout est tellement plus calme. Au lieu des tours peuplant le ciel, ce sont des conifères qui surplombent une eau bleu cristal, dans un ciel sans nuages. Les aplats de couleurs semblent immuables. Nous sommes presque entièrement entourés par la forêt, les effluves parfumés des arbres qui perdent leurs feuilles éclipsent l'odeur de l'eau derrière la maison. Il n'y a aucune circulation, pas de bruit. On peut marcher pendant des jours et des jours sans voir personne.

L'air est humide – *tout* est humide –, mes bottes couinent sur l'herbe que je dois tondre. Après des semaines passées sous le soleil de Californie, la température me prend par surprise. Le mois prochain arrive la saison des orages. En quelques semaines, la couleur des feuilles aura changé, le sol sera jonché de touches orange, rouges, brunes. J'arrive sous le porche et cherche ma clé, repoussant du pied les feuilles qui se sont accumulées sur le tapis. Le verrou cède facilement, la porte s'ouvre en grand devant moi.

Ma maison est petite, avec deux chambres, simple et confortable. Il suffit de quelques pas pour arriver face à l'océan, par la porte de derrière. J'ai pu l'acheter pendant l'une de nos meilleures années, et je suis reconnaissant au Finn Raisonnable qui a choisi d'acquérir une maison alors que Colton s'est offert une Mustang qui consomme énormément et un appartement à Victoria.

L'intérieur est un peu vieillot et sent le renfermé, je pose mon sac et arpente les pièces, l'une après l'autre, pour ouvrir les fenêtres et aérer la maison. L'atmosphère se rafraîchit, mais je me sens tout de suite mieux. L'odeur des pins et du sel envahit toute la demeure. Au fond de la pièce principale, les portes vitrées donnent sur un ponton d'où l'on voit du bleu et du vert à perte de vue. Les arbres imposants laissent place à la petite berge au bord de l'eau.

Toutes les portes et les fenêtres ouvertes, je me force à entrer dans la cuisine pour trouver quelque chose à manger. J'aurais dû faire les courses en arrivant : le réfrigérateur est presque vide, mais je parviens à dénicher une soupe en conserve et des pêches dans le cellier, ce qui m'évitera de mourir de faim d'ici demain.

J'ai passé des heures sur la route, à tourner et retourner dans ma tête des pensées incohérentes, et j'ai bien trop peu dormi. Je titube jusqu'à ma chambre. Sans prendre la peine de fermer les fenêtres, je retire mes vêtements, ouvre les draps et pour la première fois depuis une éternité, m'effondre avec reconnaissance dans mon propre lit.

QUAND JE ME RÉVEILLE, la maison est glacée. Mais c'est agréable – c'est la vie ici, avec son air vivifiant, exactement ce dont j'ai besoin pour me donner la force de passer une journée sur le bateau.

Après une bonne nuit de sommeil, mon esprit s'est éclairci. Je sors du lit et me prépare : je suis enfin arrivé à une décision pour l'avenir de mon entreprise. C'est un soulagement, même si l'anxiété me noue toujours l'estomac. Je nous fais suffisamment confiance, à mes frères et à moi-même, pour savoir que nous retomberons sur nos pieds, quoi qu'il arrive.

J'espère seulement ne pas être sur le point de ruiner nos existences.

J'arrive sur les docks avant cinq heures. L'air salé m'emplit les poumons, mon corps enclenche le mode autopilotage, mes muscles savent exactement quoi faire.

Les garçons ont bien travaillé. Ils ont remplacé les planches et réparé les câblages, les contrôles dans la salle des machines semblent fonctionner normalement. Aucun équipement ne traîne, les filets sont réparés. Une bouffée de fierté m'envahit.

– Finn ?

Mon plus jeune frère, Levi, monte sur le pont.

– Ici !

Il suit ma voix et entre, une tasse de café brûlant à la main. Il porte une veste en tartan épais et un bonnet enfoncé sur ses cheveux bouclés.

– Eh bien, putain. (Il pose sa tasse et m'enlace vigoureusement.) Heureux de te voir, le revenant.

Apparemment, je suis devenu un grand sentimental à San Diego : je l'enlace plus étroitement au moment où il s'écarte.

– Merci. Merci de vous être occupés des bateaux. Vous avez géré, les gars.

Je m'éloigne après avoir retiré le bonnet de sa tête pour ébouriffer ses cheveux blonds de jeune gamin. Il me lance un sourire éclatant. Levi a toujours été du genre à être de bonne humeur, le frère qui fait des plaisanteries, et aujourd'hui il ne déroge pas à la règle.

– Colt arrive, mais si tu préfères, on peut s'éclipser pour se faire les ongles.

– Va te faire foutre !

J'éclate de rire en lui lançant son bonnet à la figure.

Colton entre, un énorme sac en papier contenant son déjeuner à la main, une pomme dans l'autre.

– Qui voilà ?

Il me serre dans ses bras aussi fort que Levi, et je retrouve instantanément la vie du bateau, avec les frères Roberts, prêt à commencer une nouvelle journée. Même si cette journée sera très différente.

– Hum, les garçons... (Je retire ma casquette de base-ball et me frotte le front.) On devrait rester à quai aujourd'hui.

Colton me dévisage.

– Pourquoi ?

Je jette un coup d'œil vers le port. Mon père n'est toujours pas là.

– Papa est toujours à la maison ?

– Il ne va sûrement pas tarder, fait Colton. Surtout s'il sait que tu es de retour.

– Qu'est-ce qui t'arrive, Finn ? demande Levi. On ne jette pas les filets aujourd'hui ?

Je décide de leur annoncer la nouvelle sans attendre mon père. Je remets ma casquette en regardant mes deux frères à tour de rôle.

– Je suis arrivé à une conclusion.

Levi fait un pas vers moi.

– C'est-à-dire ?

– Je pense qu'on devrait signer. (Je souris à l'expression pleine d'espoir de Levi.) Pour l'émission.

Mes frères lancent des hourras enthousiastes et se topent dans la main avant de m'attirer contre eux.

– Bordel, *ouais !* crie Colton. C'est bon, Finn. Je suis ravi, putain.

– Tu réalises ce que les gens vont raconter ? demande Levi avec un sourire signifiant qu'il ne s'en inquiète pas vraiment. Ça va jaser, j'en suis sûr.

– Eh bien, ils peuvent parler tant qu'ils veulent, je réplique. On pourra leur faire des signes de la main loin du port parce que nos moteurs fonctionneront.

– Je leur enverrai un baiser à poil, mon relevé de comptes devant la bite, ajoute Colton.

Levi sourit.

– Ça ne m'étonne pas de toi.

À cet instant, j'ai juste envie de les regarder tous les deux, de bonne humeur, l'air réjoui, pleins de projets. Je compare cette image au souvenir de leurs mines le jour de mon départ à San Diego. Tout allait *mal*, et je n'avais simplement pas réalisé jusque-là à quel point ça les affectait, je peux constater la différence aujourd'hui. Ils sourient comme des jeunes gens heureux. Pleins d'espoir pour la première fois depuis des années. L'argent ne fait pas le bonheur, mais le bonheur est bien plus facile à atteindre quand on ne s'inquiète pas de savoir comment on paiera les factures à la fin du mois.

– Allez... (J'attrape un porte-bloc qui pend à un crochet et parcours le journal de bord.) Nous devons faire une liste pour les appeler et leur dire ce qui doit être réparé.

Levi me suit dans la salle des machines.

– Alors, tu nous racontes la Californie ?

– Il veut que tu nous parles de cul, interrompt Colton.

Je le réprimande :

– Surveille tes paroles, Colt.

Colton me lance un regard d'innocente feinte le plus comique du monde.

– C'était sympa. Génial de voir Oliver et Ansel. La boutique flambant neuve. (Je prends quelques notes sur les tableaux, ajoute la date d'aujourd'hui et la liste des réparations prioritaires.) J'ai vu Harlow.

Je regrette immédiatement cette confidence.

– Harlow, répète Levi, surexcité. La Harlow du trench-coat ?

Bien sûr, Levi n'a pas pu oublier ça. Parce que le karma a un sens de l'humour incroyable, Levi est arrivé devant chez moi à l'instant où Harlow montait dans son taxi. Il a adoré raconter cette anecdote à toute la famille.

Je lui lance un regard noir.

– Ouais. Cette Harlow.

– Je comprends mieux. Je n'aurais pas répondu au téléphone, moi non plus.

– Ouais, à propos de ça...

Mais Levi secoue déjà la tête.

– Nous sommes de grands garçons, Finn, nous pouvons gérer sans toi. Tu avais besoin de respirer, mec.

– Tout à fait, renchérit Colton.

– D'accord... (Je suis un peu bouleversé, je ne sais pas quoi répondre.) Nous avons un moteur à démonter avant de passer le fameux appel, donc allons-y.

C'EST COMME SI JE N'ÉTAIS JAMAIS PARTI. Je travaille du lever du soleil à la tombée de la nuit – en faisant seulement une pause au déjeuner pour appeler les producteurs avec mes frères et mon père, et leur dire que nous sommes partants. S'épuiser à la tâche, travailler jusqu'à ne plus pouvoir tenir debout, trop éreinté pour m'inquiéter ou même *réfléchir*, fait du bien.

C'est seulement au milieu de la nuit que ma tranquillité d'esprit s'évapore. Je me réveille après un rêve bien trop réaliste. Harlow, sur moi, qui rit à une plaisanterie. Sa peau nue est à peine visible sous la lumière de la lune. Me réveiller seul me fait frissonner.

Je préfère rester au lit et fixer le plafond plutôt que risquer de me rendormir et rêver d'elle. Je ne sais pas si Harlow a signé l'arrêt de mort de notre relation en parlant à Salvatore Marìn derrière mon dos ou si je l'ai fait, en acceptant de participer à l'émission. Dans tous les cas, je dois accepter que nous n'ayons plus aucun avenir.

Malgré cette certitude, je sais que je n'ai jamais aimé personne comme je l'aime. Comment m'en remettre ? Parviendrai-je un jour à me défaire de cette sensation rampante dans ma poitrine, comme si j'avais laissé l'un des mes organes vitaux en Californie ? Toutes ces questions me terrifient.

JE NE L'AI PAS VUE depuis quatre jours. Que le proverbe « le temps vient à bout de tout » aille se faire foutre. Je ne dors pas bien, je ne mange pas assez, je me laisse dépérir.

J'ai eu une conversation avec Salvatore et mis notre plus petit bateau en vente pour qu'on puisse se concentrer sur les plus gros. L'émission envoie une équipe de mécaniciens pour commencer à travailler sur le *Linda* dans une semaine environ, mais je n'arrive pas à m'empêcher de démonter moi-même autant de pièces que possible. Je suis le premier arrivé au port tous les matins, le dernier à partir. Mercredi, nous avons fini le démontage entier du moteur, et nous sommes arrivés à la conclusion que nous ne pouvons vraiment pas gérer ce problème sans aide extérieure.

Colton passe l'après-midi au téléphone avec le producteur pour programmer les réparations, j'aide Levi à vérifier les poulies. Mon père vérifie l'état des filets, récapitule toutes les réparations à effectuer. Une voix familière me parvient soudain.

– Je peux monter à bord, Capitaine Branleur ?

Je tourne la tête : c'est Oliver qui me sourit.

– Bordel de merde ! (Je lui fais signe de monter sur le bateau.) Que fais-tu ici ?

Ma première réaction, c'est le bonheur, l'excitation de voir mon ami qui a fait tout ce trajet pour me retrouver.

La seconde, plus physique, c'est la peur. Je suis parti sans lui fournir la moindre explication, je ne lui ai même pas donné de nouvelles en arrivant. Maintenant, je viens de prendre une décision d'envergure à propos de mon entreprise familiale, sans avoir rien raconté à mes meilleurs amis.

– Quelque chose ne va pas ? Ansel ? Harlow ?

Il secoue la tête.

– Ils vont bien. J'avais juste envie de te parler. (Il me serre contre lui avant de faire un pas en arrière et de regarder autour de lui.) Je ne pensais jamais remettre le pied sur l'un de ces rafiots de malheur. Ça sent le poisson, putain.

– Ça alors !

Nous nous tournons tous les deux vers Colton, au sourire extatique.

– Colton, dit Oliver en lui serrant la main. (Oliver nous regarde l'un après l'autre.) On dirait que tu vas vieillir aussi mal que celui-là, mon pauvre ! Comment ça va ?

– Bien. Super, en réalité. Finn t'a parlé de l'émission ?

Putain.

– L'é... l'émission ?

– Ouais, pour la chaîne Adventure, continue Colton. Deux saisons, Olls. Tu y crois, toi ?

Je l'interromps :

– Colt. Je voulais en parler à Oliver moi-même.

Oliver me sourit. Je le connais assez pour savoir que ce n'est pas un sourire *je suis tellement heureux pour toi.* C'est le genre de sourire condescendant qu'il adresserait à quiconque confondrait *Star Trek* avec *Buck Rogers* ou qui ne comprend pas la dynamique du triangle amoureux entre Wolverine (alias X Men), Jean Grey et Cyclope[6].

– Un super plan, Finn. J'aime apprendre les choses à la source.

Je me gratte le cou en attendant que Colton et Oliver finissent de se donner des nouvelles. J'écoute plus attentivement : Colton lui demande combien de temps il compte rester.

---

6. Wolverine, Jean Grey et Cyclope sont trois super-héros de l'univers Marvel.

– Je reprends l'avion demain matin.

Colton grogne.

– Pourquoi restes-tu si peu ? On pourrait avoir besoin de toi la semaine prochaine quand les mécaniciens arriveront et qu'on chassera Finn des bateaux.

– Très drôle.

– Écoute, je dois retourner dans la salle des machines. On se prend une bière ce soir ?

Oliver acquiesce.

– Avec plaisir.

– Génial. Content de t'avoir vu, mec. On se voit ce soir.

Nous regardons Colton disparaître dans le bateau. Oliver est le premier à ouvrir la bouche.

– J'aime beaucoup tes frères.

– Ce sont des types chouettes. Ils ont vraiment bien géré pendant mon absence.

– Tu sais qui je n'aime pas trop à l'instant présent ?

– Ansel ?

Il rit.

– Viens faire un tour, Finn.

Oliver passe sur le port et, après un instant d'hésitation durant lequel je me demande si je ne pourrais pas repartir à la nage jusqu'à chez moi, je le suis. En apparence, Oliver est l'une des personnes les plus cool qui soit. L'un des rares qui sache se contenir et ne laisse parler ses émotions qu'exceptionnellement. Il a pris l'avion jusqu'ici pour vérifier que tout allait bien sans savoir pour l'émission... Ça risque de faire mal.

Même si le soleil est haut dans le ciel, l'air frais pique le visage. Le vent tourbillonne et rafraîchit plus encore l'atmosphère. Nous nous éloignons. Le klaxon d'un bateau retentit dans le silence, Oliver se tourne vers moi.

– Cette histoire d'émission a un rapport avec la manière dont tu es parti, n'est-ce pas ? Ça explique aussi ta mauvaise humeur ?

Je retire ma casquette pour passer une main dans mes cheveux.

– Tu as parlé à Harlow ?

Une part de moi aurait presque aimé que ce soit le cas. Si Harlow lui avait déjà tout raconté, je ne serais pas obligé de le faire, de me mettre à nu sur le pont de mon bateau.

Mais je ne suis pas aussi chanceux.

– Non, elle m'a dit que c'était à toi de me le dire. Je suis d'accord avec elle.

Le bruit des vagues qui s'écrasent sur la jetée nous parvient, alourdissant le silence. J'aurais dû tout lui raconter. J'aurais dû en parler à Ansel.

– Finn, je sais que tu n'es pas très bavard. Je comprends. Bordel, après avoir passé quelques jours avec cette pipelette d'Ansel, j'apprécie ta réserve. Mais je tiens à toi, tu es mon meilleur ami, je ne t'aurais pas donné autant d'occasions de te confier à moi si je ne m'intéressais pas à ce qui se passe dans ta vie. Parle-moi.

– Je n'aime pas discuter des choses avant d'être sûr de ce que je ferai.

– Je comprends. Mais je viens d'arriver pour m'assurer que tu vas bien, et j'apprends par ton *frère* que tu as *déjà* signé un contrat pour une *émission de télé*...

Il fait un geste de la main, indiquant qu'il n'a pas besoin de finir sa phrase.

Je désigne un banc au bout du pont, vers lequel nous nous dirigeons en silence. Nous nous asseyons, Oliver étire ses bras en arrière, je pose les coudes sur mes genoux en regardant par terre. Le pont est vieux, délavé par le soleil, mais je distingue le grain de chaque planche, comme si je venais de les poser la veille.

– Ces derniers mois ont été particulièrement difficiles. Il y a moins de poissons, le prix du gazole a explosé. Les gens laissent tomber, abandonnent au fur et à mesure. Mon père allait prendre une hypothèque sur la maison. J'aurais dû moi aussi m'y résigner. Tu as vu ma maison, Olls. Tu sais qu'on ne parle pas de beaucoup d'argent. On était vraiment mal barrés.

– Merde.

– Donc... Il y a un mois, des producteurs de la chaîne Adventure sont venus nous voir. Ils veulent filmer la vie du bateau, notre quotidien. Faire un documentaire sur *nous*. Ma première réaction a été de les envoyer balader. Ensuite, j'ai compris qu'ils étaient sérieux, et j'ai dit non, parce qu'il est clair que le but de l'émission était moins la pêche que nous et nos vies.

– La vie de quatre célibataires musclés du Canada, tu veux dire.

– Exactement. (Je me frotte le visage.) Mais les mecs (mes frères et mon père) ont pensé qu'on devait écouter leur proposition. Ils en ont assez de se battre tous les jours, tu comprends ?

À côté de moi, Oliver hoche la tête.

– Nous en avons discuté et nous avons décidé que bien qu'étant moi-même le principal obstacle – et crois-moi, j'étais contre –, j'irais à L.A. pour rencontrer les producteurs, je discuterais avec eux et reviendrais. On déciderait ensuite tous ensemble.

– D'accord. D'où ton séjour chez moi.

– Plus j'y pensais, plus je savais que je n'avais pas envie de faire l'émission. Même sur la route de San Diego, je savais. Je n'avais aucune envie de passer à la télé. Mais quand je suis arrivé en Californie... l'un des moteurs a pété, c'était ça ou tout perdre. Aucun prêt n'aurait pu suffire pour nous sortir du pétrin.

– Mais tu ne m'as rien dit. Tu n'as rien dit à Ansel.

Je secoue la tête.

– Non.

– Tu en as parlé à Harlow.

Je respire un bon coup et regarde au loin. Des mouettes nous survolent puis plongent vers l'océan.

Je finis par répondre :

– Ouais.

– Devrais-je être en colère parce que tu lui en as parlé à elle et pas à moi ? Tu as été marié avec elle pendant quoi, douze heures ? On est meilleurs amis depuis six ans.

– Tu as raison. Mais Ansel et toi, vous faites en permanence partie intégrante de ma vie. Harlow était de passage.

Oliver lève un sourcil, j'ajoute :

– Au départ.

– Et du coup, c'était plus facile de lui parler ? Quelqu'un que tu connais à peine, plutôt que quelqu'un que tu connais depuis un bon bout de temps ?

– Tu ne comprends pas pourquoi ? Je ne voulais pas t'expliquer ce qui m'arrivait avant de le comprendre vraiment. Je ne voulais pas que ça change la manière dont tu me voyais.

– Tu es un imbécile fier et têtu, Finn Roberts.

Je réajuste la casquette sur ma tête.

– J'ai déjà entendu ça.

– Donc, pour résumer, tu es parti quand tu as appris qu'Harlow faisait la même chose.

Je fronce les sourcils. Que veut-il dire ?

– Elle ne voulait pas parler avec toi des problèmes de sa mère, tu ne voulais pas parler de tes problèmes de bateau avec nous. Vous vouliez tous les deux séparer les choses.

– Non. (Je secoue la tête. Il pense que je suis parti parce qu'Harlow ne m'a pas parlé de sa mère. *Seigneur.* Depuis quand me voit-on comme un type aussi insensible ?) Je ne suis pas parti parce qu'Harlow ne m'a pas parlé de sa *mère*, Oliver. Bordel. Ça craignait à cause de la *mienne*, et parce que je lui ai raconté toutes mes galères et que nous nous sommes déclaré notre amour la veille. Mais je ne serais pas parti pour si peu.

– Ok. Alors il y a quelque chose de plus. Harlow ne lâche rien, comme toi.

Je passe une main sur mes yeux.

– J'ai quitté San Diego parce que je devais revenir ici. Et... (Je le regarde en face.) Je suis parti parce que j'étais énervé. Harlow a essayé de trouver un moyen de sauver mon entreprise sans m'en parler.

Oliver a un mouvement de surprise, il ne paraît pas comprendre.

– Quoi ?

Je lui explique qu'Harlow est allée voir Salvatore Marìn derrière mon dos. Qu'elle lui a raconté des détails de ma vie qu'elle n'avait pas à partager avec lui. Qu'elle lui a offert la possibilité de louer mes bateaux sans même savoir si c'était possible.

– Donc, elle ne te l'a pas dit avant d'être sûre que ça fonctionnerait ? (La voix d'Oliver est douce, comme s'il voulait simplement *comprendre*, mais je sens qu'une conclusion acerbe se prépare.) Elle ne voulait pas évoquer le sujet avec toi avant que ce soit une possibilité tangible ?

– Ouais, je fais, irrité. C'est ce qu'elle m'a dit.

– Tout comme toi, tu ne voulais pas nous parler de l'émission avant d'avoir pris ta décision ?

Je comprends ce qu'il veut dire, mais où veut-il en venir ?

– Oliver, cette situation, c'est un nid de serpents. Oui, j'aurais dû t'en parler parce que tu es mon ami. Mais Harlow devait m'en parler parce que *c'est ma vie, putain.* Ce n'est pas la même chose.

Il regarde la mer et réfléchit à mes propos pendant un long moment.

– Ouais, je comprends.

Il n'y a rien de plus à dire.

– Allons prendre une bière, putain. Je vais tout te raconter à propos de cette émission de télé.

Il acquiesce, se lève et me suit.

– Tu es heureux ici, sans elle ? Tu es content d'être seul tous les soirs ?

– Pas tellement, fais-je en ricanant.

– Tu penses que c'est une vraie garce. Parce qu'elle a essayé de détruire ton entreprise. Quelle *connasse* !

– Seigneur, Olls, elle n'essayait pas de la *détruire*, je lance, submergé par mon instinct protecteur. Elle essayait simplement de trouver un moyen pour que nous...

Je me fige en distinguant l'énorme sourire goguenard d'Oliver.

Je grogne :

– Va te faire foutre, l'Australien !

Chapitre 15

Harlow

MARDI, EN ME RÉVEILLANT, je sais que j'ai mes règles. Je ressens une énorme vague de soulagement, bien sûr... mais ma colère ne tarde pas à revenir : Finn a sauté dans son pick-up et s'est dirigé vers le nord, en me laissant me dépatouiller avec ce qui aurait pu être un énorme problème.

L'une des choses que j'appréciais le plus chez Finn, c'était la certitude de pouvoir compter sur lui, sa disponibilité pour sa famille et ses amis. Apparemment, après leur dispute, ça ne s'applique pas à la fille à qui il a été marié pendant douze heures, qu'il a aimée un jour et potentiellement mise enceinte.

Cette qualité est essentielle pour moi à cause de mon éducation. Prendre les choses en main. Ne jamais laisser un problème irrésolu. S'excuser quand il le faut. Mon père me l'a dit cent fois : « S'inquiéter ne sert à rien. »

Je décide donc d'aller chez mes parents à l'aube pour m'assurer que tout va bien, profiter de ma mère et, comme mon père le dirait sûrement, défouler mes angoisses.

Il est déjà debout, il mange ses céréales dans son état habituel de zombie pré-caféine. Je cours donc à l'étage et me glisse sous la couette avec ma mère. Je ne veux pas me laisser déborder par mes propres problèmes et oublier qu'elle traverse une épreuve terrible. En fin de compte, c'est une maman qui a besoin de câlins.

Elle n'a toujours pas perdu ses cheveux, mais j'ai déjà fait mon deuil de sa crinière. J'ai hérité de la peau olivâtre de mon père mais des cheveux auburn de ma mère, qui sont étalés sur l'oreiller, aussi longs et aussi épais que quand j'étais petite. Au plus fort de sa carrière, ses cheveux étaient son atout principal. Elle a même fait une pub pour un shampooing, nous nous moquons encore d'elle, avec Bellamy, parce qu'elle passait une minute à agiter ses cheveux brillants avec des airs de Barbie.

– Bonjour, Tulipe, marmonne-t-elle.

– Bonjour, Pantène.

Elle glousse, enfouit sa tête dans l'oreiller.

– Tu n'arrêteras jamais.

– Non.

– La pub a servi à payer...

– ... la caméra que papa a utilisée pour filmer *En cage.* Qui lui a permis d'être sélectionné par Universal pour *Course poursuite,* grâce à quoi il a gagné son premier Oscar. Je sais. Je te taquine.

C'est le truc. Le travail de ma mère a permis de subventionner celui de mon père, qui a permis à notre famille d'être financièrement à l'aise. Il n'a jamais été question de fierté mal placée, même si mon père est l'une des personnes les plus fières que je connaisse. Ma mère vient d'une famille riche de Pasadena. Mon père d'une mère célibataire originaire d'Espagne. Il n'a jamais espéré faire décoller sa carrière grâce à l'argent ou aux relations de Madeline Vega. Une fois qu'il a convaincu l'amour de sa vie de l'épouser, seules trois choses ont eu de l'importance : que ma mère porte son nom, qu'il la rende heureuse et qu'ils fassent tous les deux ce qu'ils aiment dans la vie.

Je demande :

– Pourquoi les garçons sont-ils tellement stupides ?

Elle rit.

– Je ne t'ai jamais sentie aussi bouleversée par un garçon. Je commençais à m'inquiéter.

– T'inquiéter que j'aime les filles ?

– Non. (Elle rit encore plus fort.) Ça ne m'aurait pas dérangée. J'avais peur que tu deviennes une mangeuse d'hommes au cœur froid.

– Papa met la barre très haut.

J'enfouis le visage dans ses cheveux en inspirant son odeur. Sous les effluves de son shampooing et de sa crème pour le visage, je reconnais une odeur un tout petit peu différente – qui ne sent pas mauvais mais qui est... inhabituelle –, résultat de la chimiothérapie et de tout ce qu'on a fait subir à son corps. J'ai beau y penser tout le temps, ça me frappe soudain physiquement. Ma mère est malade, mon univers a changé depuis deux mois. Immédiatement, Finn et sa force me manquent. J'ai du mal à respirer.

– Jusqu'ici, je n'avais jamais réussi à prendre quelqu'un au sérieux.

– Tu veux dire, avant Finn ?

– Ouais.

Elle roule sur le matelas pour me regarder.

– Que s'est-il passé ?

Je lui raconte – en omettant quelques détails – les derniers rebondissements de notre relation, mon besoin de divertissement, sa capacité *un peu trop forte* à me distraire. Je lui parle de nos sentiments, des *je t'aime.* Elle est déjà au courant pour l'accord avec Salvatore, mais elle ne sait apparemment pas qu'il est resté lettre morte.

– Ma chérie, dit-elle en posant sa main chaude sur ma joue. Tes intentions étaient bonnes. Mais une association, ça ne se décide pas en cours de route. J'ai travaillé sur toute la partie commerciale à la place de ton père, mais nous l'avons décidé ensemble.

– Je comprends que Finn se soit mis en colère parce que je lui ai caché des choses, mais je n'arrive pas à admettre son incapacité à prendre du recul et ni à réaliser que c'était le meilleur plan pour lui. Il aurait au moins pu avoir une conversation avec moi. Ce n'est pas comme si Sal avait déjà fait rédiger un contrat. Il est juste *intéressé.* Finn s'est enfui sur un coup de tête.

– À ton avis, qu'aurait fait ton père si j'étais revenue du shooting pour Pantène en lui tendant un chèque et en lui disant : « Va acheter ta caméra, bébé. »

Je roule dans le lit et grogne dans l'oreiller.

– Bordel.

– Pourquoi *bordel ?* demande mon père, dans l'embrasure de la porte.

Il boit une gorgée de café.

– Ta fille est en train d'apprendre les règles des relations de couple.

Il siffle.

– Enfin !

– Vous n'en avez pas assez de me taquiner ? (Je sors du lit en faisant mine d'être offensée.) Je suis très occupée, j'ai beaucoup de choses à faire.

– Tu travailles aujourd'hui ? demande mon père au moment où j'arrive en haut des escaliers.

J'entends à sa voix qu'il ne croit pas vraiment à cette éventualité. Je me fige sur la troisième marche et lui lance un regard noir.

– Non !

– Appelle Finn ! crie-t-il. Ce garçon me plaît.

LE PROBLÈME, C'EST QUE je n'ai aucune envie d'appeler Finn. J'ai envie d'aller au Canada, en voiture, de lui donner un bon coup de pied dans les couilles et de rentrer à la maison. Il s'est comporté comme un bébé géant, il est parti comme une mauviette. Je suis tentée de lui envoyer un colis avec un flétan en plastique, le DVD du dernier film de Salvatore et une boîte de tampons.

Aujourd'hui, je démissionne officiellement de mon stage chez NBC. Personne ne se rendra compte que je suis partie. Si c'est le cas, on dira : *L'Enfant d'Hollywood Ne Supportait Pas d'Apporter des Cafés.* Salvatore m'a libéré un bureau dans son immeuble à Del Mar. Je lui ai dit que je serais la meilleure préposée aux cafés qu'il ait jamais eue, il m'a répondu en riant que c'était très bien mais que je passerais probablement trois jours par semaine dans les bureaux de Los Angeles avec lui, que quelqu'un d'autre pourrait s'occuper des cafés.

La nouvelle m'arrive comme une bombe pleine de paillettes et de chiots très mignons : non seulement, il m'offre un job mais il fait de moi sa première assistante. Je passe du statut de préposée au café chez NBC à celui de bras droit de l'un des plus gros producteurs d'Hollywood. Mon père ne cille même pas en apprenant la nouvelle.

– Je savais que ce n'était qu'une question de temps.

Il m'adresse un sourire qui me donne l'impression d'être l'étoile la plus brillante et la plus belle du ciel tout entier.

Malgré ce grand changement à l'horizon, une semaine passée au téléphone à gérer des contrats, choisir des meubles pour mon bureau... je réalise que sept jours sans Finn, ce n'est pas si évident. J'ai failli l'appeler mille fois, juste pour lui raconter ma journée ou pour partager ma joie liée à mon nouveau job avec Sal.

Mais sortir mon téléphone de mon sac me rappelle chaque fois qu'il ne m'a ni appelée ni envoyé de texto ou de mail. Je refoule l'envie de lui donner de mes nouvelles.

Un peu plus d'une semaine après son départ, Salvatore me parle de lui au déjeuner :

– Ton petit ami est très...

Je pointe ma fourchette vers lui.

– Finn n'est *pas* mon petit ami.

Sal lève les mains.

– D'accord, d'accord, ton *ami,* Finn – c'est mieux comme ça ? – est très classe. Il a pensé que les réparations sur son bateau dépasseraient la valeur de son utilisation pour le tournage et nous a informés qu'il ne pourrait pas travailler avec nous cette fois, mais il nous a proposé une ou deux solutions de repli. Il a même accepté d'être notre consultant principal pour *Release Horizon*.

– Oh ?

Je ne sais pas si mon cœur bat aussi fort parce que je suis heureuse que Finn participe d'une manière ou d'une autre à notre projet, qu'il ait pris l'initiative d'appeler Salvatore ou si je suis terrifiée à l'idée de perdre totalement les pédales lorsque je serai obligée de le voir.

– Direction le Canada la semaine prochaine pour aller voir les bateaux.

Ma fourchette tombe lourdement dans mon assiette. Salvatore lève les yeux de la sienne.

– La semaine *prochaine* ? Mais le tournage ne débute qu'en avril.

– Tu travailles pour moi *maintenant*, Tulipe, me rappelle Salvatore en utilisant mon surnom familial pour adoucir cette remarque. J'aurai besoin de toi là-bas. Ça te pose un problème de venir au Canada ?

– Ce qui se passe entre Finn et moi n'a rien à voir avec le travail. Désolée, Sal. Je me suis laissée aller. Mais tout va bien.

Il me scrute et joue au parrain :

– Tu veux que je lui casse la figure ?

– Non, je préférerais le faire moi-même.

Je mords dans mon sandwich. Je n'ajoute pas que j'aime beaucoup la figure de Finn.

– Seigneur, j'espère que tu ne fais pas une erreur en me mettant sur ce projet. Je connais un peu le secteur, mais tu ne penses pas que quelqu'un avec plus...

– J'ai assez d'expérience pour nous deux, réplique-t-il en haussant les épaules. Tu sais comment les choses fonctionnent, il ne me reste plus qu'à t'apprendre à me seconder de la manière la plus efficace possible. Tu as les épaules nécessaires pour ce job. Trouver des gens loyaux, intelligents et qui n'ont pas froid aux yeux est de plus en plus difficile de nos jours.

Je jette un regard énamouré à Sal.

– Je t'adore, tu sais ça ?

– Ouais, ouais. (Il boit une gorgée de thé glacé.) D'ailleurs, que s'est-il passé avec Finn ?

Je soupire.

– Je ne l'ai pas prévenu que je t'avais proposé d'utiliser ses bateaux pour une production hollywoodienne de plusieurs millions. Il s'est mis en colère. Bla-bla-bla.

Il me regarde, à demi amusé, à demi incrédule.

– Tu rigoles !

– Avant que tu ne dises quoi que ce soit, tu dois savoir qu'on m'a déjà fait remarquer plusieurs fois que j'avais eu tort. J'ai vraiment l'impression d'être passée pour une imbécile.

Son visage se détend, il hausse les épaules et prend une bouchée de salade. Je continue :

– Et il est *parti.* C'est pour ça que je suis en colère. C'était...

Il déglutit et termine la phrase pour moi :

– Nul ?

– Ouais.

– Eh bien, tu pourras lui dire ce que tu en as pensé la semaine prochaine. On déjeune avec lui.

Sal bat des cils, l'air innocent.

Putain.

– SÉRIEUSEMENT, ANSEL. Combien payes-tu tes billets d'avion pour être là presque tous les week-ends ?

Samedi matin, je m'assieds sur la banquette du Great Maple pour un petit déjeuner avec toute l'équipe.

– Très cher, avoue-t-il en riant. (Une fossette obscène apparaît sur sa joue.) Mais je suis venu ce week-end parce que nous cherchons une maison.

– Pardon ?

Je regarde Mia fixement.

– *Quoi ?* ajoute Lola.

– Le jugement de l'enfer est terminé ! s'écrie Mia en souriant si largement que je pourrais compter toutes ses dents. Ansel est officiellement libre de chercher un job ici et il a déjà un entretien à l'UCSD !

– Bordel de merde, c'est génial ! (Je saute sur la banquette, oblige Oliver à se lever pour enlacer Mia.) Je suis tellement contente pour vous !

Lola participe au câlin, j'entends Ansel dire quelque chose à propos d'une vidéo et de sirop d'érable.

Je m'extirpe des bras de mes amies et donne une tape sur l'épaule d'Ansel avant de lisser ma chemise.

– Je n'arrive pas à y croire ! Nous allons être tous ensemble !

– Enfin, presque.

Lola grimace, l'air de dire *c'est gênant.*

– C'est vrai, tous sauf Finn.

Tout le monde me dévisage comme si j'étais une montagne de coquilles d'œufs et que je roulais sur le bord de la table. J'éclate de rire, beaucoup trop fort. Le malaise devient tangible.

– Évidemment, je sais qu'il n'est plus là.

Et puisque personne ne m'empêche de parler, ma bouche articule :

– Il est parti sans dire au revoir.

Lola siffle en me touchant l'épaule.

– Chut, foldingue !

Je ravale un éclat de rire.

– Ça fait très Glenn Close, n'est-ce pas ?

Ansel renchérit :

– Oui.

– Je suis allé le voir le week-end dernier, dit Oliver.

Dans ma tête, des pneus crissent très très fort.

– Tu as vu *Finn* ?

– Ouais. Personne ne m'a rien dit, donc je suis allé le voir.

Il me lance un regard acerbe puis cligne de l'œil. C'est tout Oliver. On ne peut jamais savoir ce qu'il pense. Je n'aurais jamais cru que le départ de Finn l'avait inquiété au point de laisser sa nouvelle boutique entre les mains de la douteuse compétence de Not-Joe et de prendre un vol pour le Canada, juste pour le voir.

J'ai envie de dire quelque chose pour montrer que je ne suis pas complètement consumée par la douleur à l'idée que quelqu'un d'autre soit allé voir Finn. Vu leurs regards, je sens qu'ils s'attendent à ce que j'allège l'ambiance par une plaisanterie. Mais... c'est impossible.

J'en ai assez d'être en colère. Rester en colère, c'est épuisant et je n'ai jamais été bonne à ça. Finn me manque, *putain*. Mon âme sœur me manque, je suis jalouse qu'Oliver l'ait vu pendant tout un week-end !

– Ça va ? demande doucement Lola.

– Pas vraiment. Je dois y aller la semaine prochaine pour visiter des bateaux avec Sal, et nous déjeunons avec Finn pour le remercier d'être notre consultant. Je sais qu'il va y avoir un malaise et que ce sera déchirant parce qu'il restera froid et professionnel. Cette histoire me rend tellement triste.

Seigneur, je déteste mon honnêteté de fille dévastée. On dirait que mes parents m'ont insufflé un réflexe pavlovien qui m'oblige à tout avouer et à laisser tomber le sarcasme chaque fois que je suis triste.

– Si ça peut t'aider, dit Oliver, il a fait la même tête que toi quand je lui ai dit que tu es passée à la maison pour le voir le jour de son départ.

– Tu lui as dit que j'étais en colère ou que j'étais triste ? Parce que je veux qu'il m'imagine avec une tronçonneuse et des bottes à talons aiguilles.

Oliver éclate de rire, secoue la tête et mord dans sa gaufre.

– Il t'a expliqué pourquoi il était en colère ?

– Plus ou moins.

– Donc il a exagéré, on est d'accord, n'est-ce pas ?

Même ma voix n'est pas convaincante. Ansel demande :

– T'a-t-il raconté pourquoi il avait laissé tomber sa licence ?

– Ouais, brièvement. Enfin, on n'en a jamais vraiment parlé, mais il m'a dit qu'il avait arrêté ses études pour rejoindre l'entreprise familiale.

– Pas exactement. (Il pose sa fourchette.) Il a arrêté ses études pour *diriger* l'entreprise familiale.

– Attends. (Je lève une main.) Sa licence ? Je pensais qu'il avait commencé à travailler après Bike and Build ?

– Non, dit Oliver. Quand il avait dix-neuf ans, son père a fait une attaque cardiaque puis un AVC. Colton avait seize ans. Levi, onze, je crois. Finn n'avait pas le choix.

– Son père va mieux maintenant, continue Ansel. Mais il ne peut pas tout faire et Finn gère tout de A à Z depuis qu'il est gamin. Il a pris un été pour lui l'année de Bike and Build quand Colton a été en âge de prendre le relais, il est venu à Vegas mais sinon, il n'a jamais pris de vacances à part à San Diego.

J'acquiesce en buvant une gorgée d'eau. Je repose mon verre, la main tremblante. J'ai envie de le voir *maintenant*, de l'embrasser, de l'aider à tout arranger.

– Tu as essayé, c'est mignon. Il m'a tout raconté au téléphone il y a deux jours, dit Ansel.

– Il a beaucoup juré ?

– Pas du tout.

Je lève les sourcils, impressionnée. Et je jette un coup d'œil à Oliver.

– Ce week-end, il t'a dit ce qu'il comptait faire pour son entreprise ?

Oliver secoue la tête.

– *Harlow !*

Il ne va donc rien me dire. D'accord. Je n'ai plus aucune fierté, donc allons-y.

– A-t-il parlé de moi ?

Oliver hausse les épaules.

– Pas beaucoup. Mais c'est de Finn dont nous parlons. En général, il ne parle pas de ce qui le préoccupe le plus.

Je souris. *Bien joué, l'Australien.*

NOTRE VOL POUR VICTORIA ATTERRIT à seize heures le lundi, Sal et moi nous rendons ensemble en taxi au Magnolia Hôtel, en discutant de notre planning des deux prochains jours : réunions, visites de bateaux, encore des réunions. Ici, la ville a l'odeur de l'océan, mais l'ambiance est tellement différente de la Californie. L'air semble plus lourd, plus salé, le vent est plus puissant. En comparaison, San Diego fait figure de station balnéaire douce et paisible. À Victoria, nous sommes aux confins de l'océan.

Être ici me rend nerveuse. Je suis à nouveau si près de Finn que je frissonne malgré le soleil d'automne. La dernière fois que je suis venue ici, j'étais pleine de bulles d'excitation, d'effervescence dans le ventre, j'ai souri pendant tout le voyage. Je n'ai pas prêté attention à la nature, à l'espace entre les maisons, à la présence constante de l'océan.

Cette fois, je vois *tout*. Même si nous discutons de travail et des noms que je dois connaître, des notes que je dois prendre pendant notre séjour, je vois tout.

Finn vit ici. Je ne peux pas m'empêcher de me le répéter. Il vit ici, dans cet autre monde, cette vie alternative, entouré du vert des forêts et du bleu saphir de l'océan. Fred's, Starbucks et Downton Graffick semblent tellement éloignés de tout ça. Finn doit avoir eu l'impression d'arriver à Tokyo en posant le pied à San Diego. Un vrai jeu vidéo.

Je n'imagine même pas ce qu'il a pensé de Vegas.

Nous récupérons les clés de nos chambres et attendons l'ascenseur. Sal jette un coup d'œil à son téléphone et laisse échapper une sorte de hoquet.

– Quoi ?

Il sourit et me tend son iPhone, où s'affiche un article de *Variety*. Je le parcours avidement au moment où nous entrons dans l'ascenseur.

La chaîne Adventure signe avec les Frères Roberts pour « Le Pêcheur »

La chaîne Adventure a signé pour les deux saisons historiques d'une toute nouvelle émission de téléréalité qui suivra les péripéties d'une famille de quatre hommes – trois frères célibataires et leur père – confrontée aux défis de l'industrie de la pêche de la côte Ouest de l'île de Vancouver.

L'émission, avec Stephen, Finn, Colton et Levi Roberts, offrira une « exploration des responsabilités familiales et des dynamiques complexes liant ces hommes au sein de l'entreprise qu'ils dirigent ensemble. L'histoire de la quête de chaque fils pour sauver l'entreprise familiale et construire une vie sur l'eau, face aux difficultés de l'industrie impitoyable de la pêche du Pacifique Nord, a attiré la chaîne Adventure et a inspiré cette émission », explique le producteur délégué, Matt Stevenson-John.

Aux côtés de Stevenson-John, Giles Manchego fera partie de l'aventure de cette production. D'après le porte-parole de la chaîne, l'accord a été finalisé vendredi. Le tournage du « Pêcheur » commencera en avril, au début de la saison du saumon. Les premiers épisodes seront diffusés le 1er juillet.

– *Waouh.*

Tout l'air s'évacue de mes poumons, je rends son téléphone à Sal et déclare d'une petite voix :

– Donc, ils ont fini par signer.

– On dirait bien.

J'ai dit à Sal que c'était une possibilité, il ne semble pas surpris mais je ne sais pas quoi penser. Je ne sais pas quoi *dire*. Je sais pas pourquoi *je* suis surprise, mais je n'étais pas prête à lire cet article accompagné de l'une des photos de promo que Finn déteste tant. Violent coup de poing symbolique dans ma poitrine.

Je ne suis pas sûre que mes jambes me soutiendront. Je m'appuie contre la paroi de l'ascenseur.

– Tout va bien ?

– Oui, je...

Je ferme les yeux et inspire trois fois comme mon père me l'a toujours conseillé quand je me sens dépassée par la situation. Oliver et Ansel étaient probablement au courant et ils ne m'ont rien dit. Finn ne m'a pas appelée. Je me sens tellement... insignifiante.

– ... je ne m'y attendais pas.

Réellement ? N'avais-je pas le sentiment qu'il penchait dans ce sens, parce que c'était ce que sa famille voulait ? En refusant l'offre de Sal, quelle option lui restait-il ?

– Une très bonne initiative, si tu veux mon avis, dit Sal. (Je le connais assez pour savoir qu'il fait mine d'ignorer ma pâleur.) D'après ce que j'ai entendu, la chaîne Adventure a rassemblé un énorme budget pour l'émission. La famille de Finn bénéficiera d'une avance mais aussi de royalties.

Je hoche la tête. C'est une bonne chose. C'est *merveilleux*. C'est ce que je me force à me répéter.

Nous arrivons à mon étage. Sal me donne rendez-vous à huit heures le lendemain matin dans l'entrée.

– Je suis persuadé que tu trouveras quelque chose à faire ce soir.

Je sors de l'ascenseur, parce que sa suite se trouve à l'étage des Gens Riches.

– On n'a rien prévu ?

Pour être honnête, après avoir appris la nouvelle, il n'y a rien qui me donne plus envie que de me distraire en écoutant les histoires toujours drôles et passionnantes de Sal.

– *Je* dîne avec des amis.

En une seconde, je réalise qu'il a tout manigancé pour que j'aie une nuit de liberté. Je crie :

– Enfoiré ! *Tu as parlé à mon père ?*

Sal sourit, mais les portes de l'ascenseur se referment.

– Je ne vais pas aller voir Finn ! je crie encore devant les portes fermées. (Un vieux monsieur appuie sur le bouton.) Hors de question !

On dirait que je parle à l'inconnu. Il regarde ailleurs, mal à l'aise.

JE POSE MON SAC ET APRÈS AVOIR JETÉ un coup d'œil à mon téléphone, je quitte l'hôtel à la recherche de Finn.

Le coucher du soleil sur l'océan est si magnifique que je manque de mots pour le décrire. J'aimerais pouvoir partager cette impression avec quelqu'un. Le ciel à l'horizon, d'un orange enflammé, se fond dans la palette des tons lavande des nuages. Le taxi avance le long de la côte à partir de Victoria, dépasse Port Renfrew vers la maison de Finn à Bamfield, située à Barkley Sound.

Ma tête tourne, j'ai envie de le voir plus que tout au monde. Je demande au chauffeur de taxi de me laisser sur le port. S'il fait encore jour, Finn sera sûrement sur son bateau. Quand je distingue le nombre de bateaux, je réalise que le chercher équivaut à tenter de trouver une aiguille dans une botte de foin.

Je vagabonde à la recherche du *Linda* en me disant qu'avec un peu de chance, je trouverai quelqu'un qui pourra m'indiquer où se trouve Finn Roberts, future star de la chaîne Adventure. Mais le port est calme, le silence seulement brisé par le craquement des cordes et de l'eau qui clapote autour de la centaine de bateaux qui m'entourent. L'idée que certains de ces bateaux restent à quai parce que leurs propriétaires ne peuvent pas payer les réparations est déprimante.

– Vous êtes perdue ?

Je me retrouve face à face avec un Finn, le visage buriné par le soleil, mais avec vingt ans de plus. Il ressemble comme deux gouttes d'eau à son fils : immense, les épaules larges, des yeux noisette et un regard franc.

– Vous devez être M. Roberts ?

Il me serre la main en levant les sourcils avec curiosité.

– Oui. Et vous ?

– Harlow Vega.

Stephen Roberts se fige, écarquille les yeux puis sourit largement.

– Eh bien, il n'y a qu'à vous regarder... (Il me prend les mains et m'observe de haut en bas.) Vous êtes quelque chose. Il sait que vous êtes là ?

Je secoue la tête.

– Absolument pas.

– Je parie qu'il sera ravi.

Ça, ça reste à voir.

Il me prend par le bras et m'emmène au bout du ponton, puis à gauche sur une jetée rocailleuse. Nous nous arrêtons devant un bateau avec *Linda* peint sur la coque.

– Finn ! crie son père. J'ai quelque chose à te montrer.

Une tête blonde apparaît et je reconnais immédiatement le benjamin de Finn, Levi. Il est aussi grand que Finn mais pas encore aussi massif, ses cheveux blonds sont emmêlés, son visage est délicieusement poupin. Il a dû faire craquer les producteurs de télévision.

Levi me fixe un moment avant d'éclater de rire.

– Oh, merde. Finn ! Viens vite.

J'entends des pas sur l'échelle qui descend sur le pont. Je vois ses grosses bottes en caoutchouc, son T-shirt blanc trempé taché de graisse. Il tient une pièce de moteur dans un chiffon graisseux, son T-shirt est tellement mouillé que je distingue tous les muscles de sa poitrine. Même ses *tétons.* Et la ligne de poils qui descend de son nombril à son... Dieu tout puissant.

Hé ! l'Univers, tu te fous de ma gueule.

Son visage apparaît enfin. Il a une tache de graisse sur le menton, son visage bronzé est couvert d'une couche de sueur. Il me repère immédiatement, son expression passe de la curiosité à la confusion.

– Harlow ?

– Salut.

Il jette un coup d'œil à son père et à Levi avant de me regarder à nouveau. Quand nos yeux se rencontrent, mon cœur bat si fort que je suis tentée de vérifier si le mouvement est visible sur ma poitrine. On dirait qu'il souffre, j'ai envie de savoir : *Est-ce moi ? Ou tu t'es fait mal en réparant le bateau ?*

– Que fais-tu ici ?

Il pose délicatement la pièce sur le bastingage et utilise le chiffon pour se nettoyer les mains.

– Je travaille avec Salvadore. J'avais une nuit de liberté et tu es parti sans me dire au revoir. J'ai pensé que je pourrais venir rectifier la chose.

Il ferme les yeux, se frotte le visage avec l'avant-bras. Son père siffle :

– Ce n'est pas ce que tu m'as raconté, Finn.

Il ferme les yeux.

– Papa, je t'en prie.

M. Roberts se penche pour m'embrasser sur la tempe en murmurant :

– Bon courage, beauté.

Mes mains tremblent, mon cœur bat tellement fort qu'il pourrait éclater. Finn avance sur le pont et emprunte l'échelle qui mène au port. Il me tourne le dos. Une fois à quai, il approche de moi avec lenteur comme si j'allais disparaître ou le frapper en plein visage.

Il est encore plus viril dans ses cuissardes, ses muscles sont tendus après des heures d'efforts.

– Je ne m'attendais pas à te voir ici.

– Je me doute. Moi, je ne m'attendais pas à ce que tu partes sur un coup de tête.

– Ce n'était pas un coup de tête. Tu savais que je ne tarderais pas à partir.

Je grimace en regardant au loin. Il s'approche encore, puis s'immobilise.

Je ne rêve que d'une chose, poser les mains sur son visage et l'embrasser. Il me manque, et malgré la colère que je ressens depuis son départ, *je l'aime.* Je me sens affreusement mal parce que je l'ai trahi en parlant avec Salvatore, seule.

– J'ai appris pour l'émission.

Il hoche la tête, retire sa casquette et se gratte les cheveux.

– Tu es content ?

Parce que ouais, je suis toujours en colère et ouais, j'ai envie de le frapper mais bordel, je l'aime et j'ai envie qu'il soit heureux.

Il hausse les épaules.

– Euh oui. Tout le monde voulait le faire. C'est le plus logique. (Il jette un coup d'œil au bateau puis me regarde.) Des journalistes sont venus aujourd'hui.

– Ça doit être de la folie.

Il sourit.

– Ouais.

Les mouettes crient au loin, l'instant me semble familier même si je sais que je ne l'ai jamais vécu. Je suis tellement bien avec lui. J'aime le voir ainsi : près de son bateau, sale, sûrement affamé. J'aimerais prendre soin de lui.

– Finn ?

Il lève les yeux vers moi, en se frottant la main pour enlever une tache.

– Oui ?

– Je suis venue parce que j'ai vraiment mal vécu la manière dont tu as quitté la ville. J'avais besoin de te le dire. (J'avale ma salive.) Mais surtout, je voulais te dire que j'étais désolée de t'avoir trahi.

Il hausse les sourcils mais ne répond rien.

– Je n'aurais jamais dû aller voir Sal sans t'en parler d'abord. Je n'aurais jamais dû parler de ton bateau. J'avais tort, je suis désolée.

Il acquiesce lentement.

– D'accord.

Je baisse les yeux en grimaçant. J'ai mal au cœur. Il s'est refermé. C'est *fini.*

– Je voulais que tu saches que je ne l'ai pas fait parce que je pensais que tu avais besoin de mon aide. Je l'ai fait parce que c'est ce qu'on fait dans ma famille quand on aime quelqu'un. Je ne voulais pas seulement te sauver, je voulais trouver un moyen de *nous* sauver.

Il déglutit bruyamment, regarde mes lèvres un instant.

– Ouais ?

Je hoche la tête.

– Ouais.

J'espérais qu'il dise autre chose. J'espérais qu'il me donne plus que ça, plus que des monosyllabes qui n'ont aucun sens. Il me dévisage comme un mur de brique dans une impasse, sans aucune émotion.

Nous nous toisons en silence, il me regarde de la tête aux pieds. Je réalise à quel point ma tenue doit lui sembler cliché : jean crème, pull bleu marine, écharpe rouge. Je dois ressembler au portrait de l'Américaine typique dans le film *Une journée en bateau.* Il sourit méchamment et me donne raison :

– Tu n'es pas à ta place ici. Ça se voit, Gin'.

Mon ventre s'enflamme, je hoquette, tellement blessée par le ton de sa voix, par son regard froid et sa capacité à se murer en lui-même en un clin d'œil. Mon problème ? Il était tout pour moi. Maintenant, je ne sais plus du tout où j'en suis.

– J'aurais pu penser la même chose de toi, chez moi, dans ma ville. Mais je ne l'aurais jamais exprimé ouvertement. J'appréciais trop de te voir. J'aimais ta manière d'être différent.

– Harlow...

Je croise les bras sur la poitrine, me tourne pour partir. Mais je me fige avant de lui lancer un dernier regard :

– Avant d'oublier. Je ne suis pas enceinte. Merci de t'en être inquiété.

Chapitre 16

Finn

– Elle n'avait pas l'air de très bonne humeur quand elle est partie, lance Levi en s'appuyant contre le mur de la salle des machines.

Il m'étudie du regard. Je laisse échapper un grognement vague et saute sur la rampe. Mon ventre est plein d'acide nitrique. Que s'est-il passé ? Ai-je vraiment laissé Harlow s'en aller ?

Comment ai-je pu oublier qu'elle aurait pu tomber *enceinte* ? Même si à ce moment-là, la chose ne nous a pas semblé être une *réelle* possibilité, peut-être à cause de l'excitation de nos déclarations d'amour, de la fête et des disputes qui ont suivi, j'ai vraiment déconné.

Je suis le pire connard égoïste de tout l'univers. Le souvenir de cette nuit où elle est montée sur moi, où j'ai écarté sa culotte pour glisser en elle, où nous nous sommes déchaînés me bouleverse. Nous n'avons pas seulement baisé dans la voiture. J'aimais déjà tellement cette fille que j'en suis devenu imprudent.

Mon petit frère attrape son sweat et ses clés.

– Il n'y a plus rien à faire, je peux y aller ?

Je retiens un éclat de rire. Chaque jour apporte son lot de nouveaux sujets d'inquiétude. Je suis toujours perturbé par l'apparition d'Harlow sur mon bateau. Elle est partie. Les réparations du bateau ont commencé, Levi, Colton, mon père et moi-même sommes ravis. Mais sont-ils conscients autant que je le suis des changements qui vont s'opérer dans nos vies avec le tournage ? L'équipe nous suivra dans nos moindres repaires. Que se passera-t-il quand ils organiseront pour moi des rendez-vous galants alors que la seule femme que je désire a disparu sur le port ?

Je suis le seul à ne pas avoir encore signé toutes les pages du contrat. J'ai accepté l'émission, bien sûr. J'ai paraphé toutes les pages sauf une : je n'ai pas accepté la clause concernant les relations personnelles. Je le dois à Salvatore. J'ai refusé son offre, mais j'ai discuté avec lui. D'ailleurs, le communiqué de presse de la chaîne dans *Variety* n'a pas mentionné cette condition.

Demain, l'équipe de mécaniciens arrivera avec tous les outils adaptés au bateau. Je pourrais partir, les laisser faire, respirer un peu, mais j'en suis incapable. Je serai là tous les jours pour les rendre fous. Même si la plupart des types qu'ils ont engagés sont des gens d'ici, ceux-là mêmes que j'aurais appelés si j'avais eu l'argent pour faire réparer le bateau.

– Finn ?

Je jette un coup d'œil à Levi, figé devant l'échelle.

– Ne fais pas l'idiot. Cette fille est superbe, elle est venue pour *toi*.

Je me frotte le visage en lui faisant signe de partir. Elle est sublime, oui, mais ce n'est pas la beauté d'Harlow qui m'impressionne. C'est sa férocité, son honnêteté dans ses sentiments, ses dix ans de moins que moi – elle est plus jeune que Levi. J'ai beau tousser chaque fois qu'elle parle d'*expérience de la vie*, elle est plus efficace que moi quand il s'agit de régler ses problèmes.

JE M'ASSIEDS SUR MON LIT, mes cheveux dégoulinent sur mes épaules et ma couette. Il est presque minuit, mais je ne vois pas comment retrouver mon calme dans une situation pareille. Un téléphone sonne quelque part à San Diego. Lorelei finit par répondre.

– C'est un numéro canadien, dit-elle juste en guise de salutation.

Elle va droit au but, donc moi aussi.

– Harlow est encore plus en colère contre moi maintenant, n'est-ce pas ?

Après une pause, elle dit :

– Pour faire court, oui.

De la chaleur monte dans mon ventre.

– Et la version longue ?

– La version longue ? *Oui, elle est en colère.*

Je ris sèchement.

– Merci Lola, tu m'aides beaucoup.

– Tu veux que *je* t'aide ? Venir te voir lui a énormément coûté. Harlow ne fait pas d'efforts pour les gens qu'elle n'aime pas – certains pensent qu'elle est égoïste, mais c'est tout le contraire. Elle pourrait faire le tour de la Terre pour quelqu'un qu'elle aime. Je sais qu'elle t'aime, et d'après ce qu'elle m'a raconté, si tu lui as dit cinq mots, c'est le bout du monde.

– En effet.

Elle soupire.

– Tu es un con.

Je ris en changeant mon téléphone d'oreille pour m'essuyer les cheveux.

– C'est probablement vrai. De mauvaises habitudes.

– En règle générale, elle aime cet aspect chez toi. Mais pas quand elle se met en danger comme ça. Harlow n'est pas du genre à passer plus de cinq minutes à parler d'un garçon. Je ne l'ai jamais vue aussi triste.

Mon ventre se contracte, je me sens nauséeux.

– Dans quel hôtel loge-t-elle ?

– Hors de question que je te le dise. Elle *dort.*

– Pas pour ce soir. Pour demain.

Mais je ne m'attends pas à ce que notre déjeuner d'affaires avec Sal soit le bon moment pour me réconcilier avec Harlow.

– Si tu continues à la faire souffrir, je te couperai les couilles pendant ton sommeil.

– Lola.

Le silence fait écho à l'autre bout du fil pendant dix secondes. Vingt secondes.

– Lola, je te promets que je ne vais pas la faire souffrir. *Je l'aime,* putain.

– Magnolia Hôtel à Victoria. Chambre 408.

SALVATORE ET HARLOW sont déjà installés. La serveuse m'escorte jusqu'à notre table. Je n'ai jamais déjeuné au

Mark, le restaurant de l'Hôtel Grand Pacific, mais j'aurais dû me douter que c'était du grand standing : on se croirait dans le guide touristique de luxe de la ville de Victoria.

Je sens tout de suite qu'Harlow compte m'éviter du regard pendant tout le déjeuner. Quand il me repère derrière la serveuse, Sal se lève pour me saluer, Harlow l'imite avec réticence. Je lui serre la main, nous nous asseyons. Sal ne s'attend apparemment pas à ce que je dise bonjour à Harlow.

Elle a ouvert son bloc-notes, prête à jouer le rôle de l'assistante modèle. Avec quelqu'un d'autre, elle pourrait peut-être se fondre dans le paysage... même si avec son physique, j'en doute. Impossible avec moi. Sa beauté me prend à la gorge. Elle a lâché ses cheveux et porte un sweat vert émeraude, un pantalon noir ajusté avec des escarpins sexy à lanières. Bordel, je veux une photo d'elle habillée comme ça pour l'épingler à mon plafond.

Mais je suis ici pour le travail, je prends très à cœur mon rôle de consultant pour le film. Ma clause de non-concurrence avec la chaîne Adventure ne s'applique pas au consulting pour un film. L'avenir me terrifie tellement que je m'accroche à toutes les propositions, à tous les contacts que je peux prendre. En outre, la première fois que nous avons discuté, Sal m'a dit qu'il avait besoin de quelqu'un qui « parle poisson de A à Z ». Personne n'est plus qualifié que moi pour le job.

– Alors, comment va le bateau ? demande Sal pour entamer la conversation.

Je ris. Je me revois à la maison... c'est déprimant.

– Il est foutu.

Il rit aussi, d'un rire chaud et authentique. Surprenant. Son apparence est très soignée, mais il est d'un abord facile. Je jette un coup d'œil à Harlow – je crois comprendre son initiative. Ce type est un mec bien, un mec respectable d'Hollywood. Pour couronner le tout, il a fait de la fille de mes rêves son bras droit parce qu'il connaît ses qualités.

– Félicitations, dit-il. L'émission a l'air super, Finn.

– On verra bien. Ce sera différent, c'est sûr.

Pendant un instant, je croise le regard d'Harlow. Sait-elle à quoi je pense ? A-t-elle deviné que j'ai refusé la clause concernant les relations personnelles ? Que ça plaise aux producteurs ou non. Elle regarde ailleurs, par la fenêtre, et serre les dents. J'ai tellement déconné hier que je ne pourrai peut-être pas me rattraper.

J'espère avoir tort.

La serveuse remplit nos verres d'eau, nous laissant le temps de lire le menu. Sal et moi discutons amicalement de la région : la météo, le sport, pourquoi je préfère les Mariners aux Blue Jays (l'équipe préférée de ma mère), à quelle fréquence je vais voir les Mariners jouer – autant que je peux, c'est-à-dire presque jamais.

Harlow reste silencieuse, prenant en note toutes les informations utiles, totalement en retrait le reste du temps. Sal ne la pousse pas à parler. Connaît-il les détails de notre histoire ? J'aimerais attirer son regard, lui faire comprendre que nous n'en avons pas fini, que j'ai enfin retrouvé mes esprits et ma capacité à aligner plus de deux mots. Mais elle ne lève pas les yeux.

La serveuse prend notre commande, elle se tient si près de moi que sa jupe m'effleure le bras. Je m'écarte un peu sur mon siège, Sal fait signe à Harlow de commander.

– Je vais commander pour tout le monde.

Surpris, Sal lève les yeux. Elle reprend en le désignant :

– Une salade Caesar, le caprese de poulet et un thé glacé sans sucre.

Ses yeux pétillent.

– J'allais commander un steak, ma chère.

– Non. (Elle lui fait un clin d'œil.) Mila m'a dit : pas de viande rouge.

– Bon, d'accord.

Elle me montre du doigt.

– Il commencera par la bisque...

Euh... Elle ne va même pas me demander ce que je préfère ?

– En fait...

– Le flétan en plat principal. (Elle me lance un regard noir, j'ai mal au cœur en repensant à notre merveilleuse journée de pêche sur l'eau.) Et un verre de chardonnay.

Je cligne des yeux. *Du chardonnay ?*

À côté d'elle, Sal éclate de rire. Harlow rend le menu à la serveuse en continuant :

– Je prendrai le filet, saignant, une énorme assiette de frites. (Elle me jette un coup d'œil.) Et une Stone IPA pour faire passer le tout.

La serveuse sourit, me regarde puis prend les menus et s'éloigne. Harlow lève les yeux et fait la moue.

Je demande :

– Un verre de chardonnay ?

Elle se lèche les lèvres et m'adresse un sourire narquois.

– Tu as l'air déshydraté.

– J'allais commander le steak, moi aussi.

Je ravale un sourire.

– Eh bien, tu pourras regarder le mien en appréciant ton flétan pêché du jour.

Sal nous jette un coup d'œil amusé, le menton dans la main.

– Le public va adorer vous regarder.

– Ça ne risque pas, Salvatore, lâche Harlow sans me quitter des yeux.

– Ça *pourrait* arriver, je réponds en souriant. Il y a une page très particulière du contrat que je n'ai pas signée.

La surprise se peint sur son visage, mais elle reprend tout de suite une contenance. Salvatore n'a pas dû lui faire part de mes confidences. Car oui, je lui ai avoué en me couvrant de ridicule que je ne m'imaginais pas être un jour avec quelqu'un d'autre. Harlow est mon âme sœur, je le crierai du sommet de la montagne Fairweather s'il le faut.

– Clause de non-relation ou pas, nous n'aurons aucun contact que ce soit tant que tu n'auras pas admis que tu t'es comporté comme un connard hier.

Sal ricane, boit une gorgée d'eau. Si cela ne pose pas de problème à Harlow d'en parler ici, alors moi non plus.

Je pose les coudes sur la table.

– Hier, je me suis comporté comme un connard.

Harlow me dévisage longuement – la bouche, le front, les yeux. Elle regarde la table, passe le doigt sur le bord de son verre d'eau avec l'air de réfléchir intensément. Et puis elle hausse légèrement les épaules, ruinant ce moment parfait.

– Sal et toi devriez vous mettre à discuter sérieusement.

DU STRICT POINT DE VUE PROFESSIONNEL, ce déjeuner est un succès incontestable. Sal a un million de questions à me poser, je parviens à y répondre et à lui donner certaines informations auxquelles il n'avait clairement pas pensé auparavant. Je signe un accord de consultant officiel – avec des honoraires à cinq chiffres – pour les aider immédiatement avec la mise en place des concepts et certains aspects du film. En trois semaines, ma vie a pris un virage à 180 degrés. Je n'en reviens toujours pas.

Du point de vue d'Harlow, ce déjeuner est un échec notoire. Elle a pris des pages et des pages de notes – tout ce que je disais, en gros –, a posé quelques questions intéressantes mais, après notre brève altercation au début du déjeuner, elle ne m'a plus regardé une seule fois.

Mais c'est mieux que ce à quoi je m'attendais. Honnêtement, je pensais qu'elle m'ignorerait complètement, ou du moins, qu'elle ne laisserait jamais la conversation dévier sur le plan personnel devant Sal. Elle n'a pas pu s'empêcher de flirter avec moi, ce qui me donne l'audace nécessaire pour aller frapper à la porte de sa chambre le soir même.

Quand la porte s'entrouvre, je pense m'être trompé de chambre – Lola s'est bien moquée de moi ! Mais je réalise vite que la femme mystérieuse qui m'a ouvert est bien Harlow, engoncée dans un énorme peignoir, une serviette de toilette sur les cheveux, le visage recouvert d'une substance blanche, craquelée...

– C'est un masque de beauté ?

Elle hoche la tête en plissant les yeux. Il craquelle encore plus.

– Qu'est-ce que tu veux, Finn ?

Ce que je *veux ?* Je veux qu'elle ouvre plus grand la porte et me laisse entrer. Je veux lui ôter son peignoir, l'embrasser. Je veux la retrouver, pour beaucoup plus que douze heures. Mais d'abord...

– Je veux que tu enlèves ton masque pour ne plus avoir l'impression que ton visage est sur le point de se briser.

Elle soupire et me ferme la porte au nez.

Le couloir fait des kilomètres de long. Je me demande combien d'hommes se sont vu refermer la porte à la figure ici. C'est un bel hôtel, putain. Donc sûrement beaucoup, j'imagine.

Je frappe à nouveau.

Il lui faut plusieurs minutes pour répondre, comme si elle avait hésité plusieurs fois.

Finalement, elle ouvre puis se rue dans la salle de bains.

– Entre. Assieds-toi partout sauf sur le lit. Ne souris pas, ne te déshabille pas, ne touche pas mes culottes.

Je m'installe dans un fauteuil en ravalant un éclat de rire.

– Je l'enlève parce que c'est le moment et non parce que tu me l'as demandé. Si la sensation n'était pas hyper désagréable, je le garderais le temps de ta courte visite, juste pour t'emmerder, espèce de gros enfoiré !

Et elle claque la porte de la salle de bains. J'entends la douche couler.

Bordel.

Je pense qu'elle va me pardonner.

Dix minutes plus tard, Harlow émerge de la salle de bains, toujours en peignoir mais les cheveux humides lâchés sur ses épaules, le visage net. Je retiens mon souffle. Elle a court-circuité mes instincts les plus basiques : respirer, ciller, avaler ma salive. Elle est incroyable.

– Tu as touché à mes culottes ? demande-t-elle en avançant jusqu'à sa valise.

Au prix d'un effort surhumain, j'inspire et déglutis pour parvenir à parler.

– Ouais. Je les ai frottées contre mon torse en sueur.

Elle siffle et me lance un regard noir.

– Pas de flirt ! Je suis énervée contre toi.

Mon sourire s'évanouit tout de suite.

– Je sais.

Elle saisit une brosse à cheveux dans son sac et commence à se coiffer en me regardant :

– Difficile de rester énervée quand tu portes une tenue pareille.

– C'est joli... hein ?

Je regarde mon T-shirt élimé, mon vieux 501, mes Chuck rouges préférées. Ma tenue n'a rien d'exceptionnel mais, sous son regard, j'ai l'impression de porter un smoking. Ma gorge nouée se détend imperceptiblement.

– C'est plus facile pour toi ? De me voir dans un restaurant huppé ou dans un hôtel de luxe, avec un masque sur le visage, plutôt que sur ton propre bateau ?

Ma poitrine se contracte à nouveau.

– J'étais en colère, Harlow. Je me suis comporté comme un enfoiré.

– Je sais. Je suis du genre à tout pardonner tout de suite à ceux qui comptent pour moi. Il suffit qu'on me demande pardon, et c'est bon.

– Ce n'est pas ça, je lui avoue. Tu étais déjà partie au moment où j'ai su que je t'avais pardonné.

Elle mordille sa lèvre inférieure, la suce, les yeux écarquillés, l'air vulnérable. Je sais qu'elle ne le fait pas exprès, mais j'ai presque envie de m'ouvrir la poitrine pour lui montrer mon cœur qui bat la chamade.

Je regarde la chambre.

– Tu sais que je n'ai jamais dormi dans un hôtel en dehors du week-end à Vegas ?

Elle a du mal à respirer.

– Et pendant Bike and Build ?

– Non. Certains allaient à l'hôtel mais nous, nous préférions dormir chez l'habitant ou camper.

– Waouh... C'est...

– C'était ma *vie.* À part mes deux années d'université, je suis toujours resté ici. J'ai été un enfoiré en te disant que tu n'avais pas l'air à ta place, mais je ne voulais pas dire que je *n'aimais* pas te voir ici. Je voulais seulement dire que tu n'avais rien à voir avec mon monde.

Elle pose la brosse et s'appuie contre le bureau.

– Je ne sors pas boire des verres tous les jeudis, je n'achète pas de café au Starbucks tous les matins. Je ne pars pas en vacances et je ne pouvais pas appeler un ami producteur pour me donner une tonne d'argent afin de réparer mon bateau.

– Mais tu vas probablement pouvoir désormais. Ta vie va complètement changer.

– Je sais. (J'appuie mes coudes sur mes genoux.) C'est ce que je veux dire.

– Ça te fait peur ?

Je souris en regardant le tapis.

– Peut-être pas peur, mais je me dirige vers l'inconnu. Il faut que je m'y prépare.

– Tu n'auras pas à t'y confronter tout seul. Je sais que j'ai déconné avec Sal, mais est-ce que tu me fais *confiance ?*

J'acquiesce.

– Oui. (Elle me dévisage d'un air plus doux.) Oui, absolument.

– Très bien. Alors je m'habille et tu m'emmènes boire un verre dans un bar de bûcherons.

Mon cœur s'arrête de battre puis revient à la vie. Je me redresse.

– Donc tout est réparé ? Juste comme ça ?

Elle acquiesce.

– Juste comme ça. Je t'aime. Nous ne sommes pas obligés d'en discuter pendant des heures. J'ai déconné, tu as déconné. Je suis sûre que nous déconnerons à nouveau, mais ce sera différent.

Elle attrape un jean, un pull, une culotte et un soutien-gorge Aubade, sa marque de lingerie favorite, et fait mine d'aller se changer dans la salle de bains. Instinctivement, je me lève et traverse la chambre.

– Ne te rhabille pas.

Harlow se fige contre un mur. Je ralentis, profitant des quelques secondes restantes pour essayer de me calmer. Je vois son cou frémir à cause des battements de son cœur.

– Finn...

Elle appuie la tête contre le mur en me regardant tandis que je m'approche à quelques centimètres d'elle.

– Tu m'aimes ?

Je triture la ceinture de son peignoir.

– Bien sûr, espèce d'imbécile. (Elle se lèche les lèvres, se mord la lèvre inférieure et *putain,* elle sait que ça me fait bander.) Je te l'ai déjà dit. Tu penses que ça peut s'évaporer en quelques jours, comme un tatouage provisoire ?

J'éclate de rire, me penche en retirant le peignoir pour l'embrasser sur la clavicule. Elle sent le shampooing et une odeur que je ne pourrai jamais oublier : le chèvrefeuille, les galets. Harlow, *ma* Harlow.

Je défais le nœud autour de sa taille et ouvre son peignoir. Sa peau nue, douce et dorée, luit devant moi.

Je ne résiste pas à la caresser des hanches aux seins et l'attire contre moi. Elle gémit.

Je souffle dans son cou :

– Je suis désolé. Je suis content que nous n'ayons pas besoin d'en reparler, mais j'ai besoin de le dire dans tous les cas. Je suis désolé d'être parti comme ça, je suis désolé de ne pas t'avoir parlé hier. Et je suis tellement désolé de ne pas t'avoir appelée pour savoir si on n'allait pas avoir un bébé, putain.

Elle me repousse pour scruter mon visage.

– *On ?*

– Bordel, Harlow, tu ne l'as pas fait toute seule.

Elle rit et acquiesce.

– Moi aussi, je suis désolée.

– Bébé, j'ai passé deux semaines à broyer du noir.

Elle se tait, blottit son visage dans mon cou. Puis elle se met à hoqueter et je réalise… qu'elle pleure.

Je prends son visage dans mes mains pour la regarder.

– Harlow… non… ne pleure pas, je…

– Je pensais que c'était fini. (Je lui essuie les joues.) Et le bateau ? Je pensais que tu en avais fini avec moi. Je ne savais pas comment m'en remettre. Je n'ai jamais eu à me remettre d'une peine de cœur avant toi.

– Je ne pouvais pas te quitter.

– Mais tu es parti. (Elle me regarde, les larmes coulent sur ses joues.) Tu es parti, tu ne voulais pas me parler et j'étais terrifiée à l'idée que j'étais le genre de fille à trouver son âme sœur, et c'est *tout*.

Ma poitrine se contracte, je retire mon T-shirt avec précipitation avant de l'attirer à moi. Je veux sentir sa peau contre la mienne, son cœur battre contre le mien. Elle fait tomber son peignoir et se blottit dans ma chaleur, les bras autour de mon cou.

Tout le monde connaît la force d'Harlow. Harlow montre si rarement ses faiblesses. Elle vient de me dire qu'elle ressentait la même chose que moi – j'ai trouvé mon âme sœur, moi aussi – et je n'ai pas envie de tout foutre en l'air.

– On parlera de tout, me promet-elle. Mais ne me quitte plus jamais. Promets-le moi.

– Je te le promets.

Je l'embrasse, d'abord doucement, sur les lèvres. Comme pour sceller une promesse, mais sa bouche s'ouvre et le gémissement qui s'en échappe ressemble à un sanglot autant qu'à un halètement. Bordel, c'est le bruit le plus sexy du monde. Tellement *authentique*.

Sa langue glisse entre mes lèvres, effleure mes dents, ma langue, et ses petits gémissements sont tout ce que j'entends. Elle caresse mon sexe par-dessus mon jean. Sous ses mains, je bande encore plus dur. Le désir m'emporte, comme si on venait de craquer une allumette sous ma peau.

Elle ouvre les boutons de mon jean et plonge la main dans mon boxer. Je grogne longuement, elle m'attrape par le gland. Je me tortille pour faire tomber mon jean sur mes chevilles. Je veux qu'elle m'entoure la taille de ses jambes.

Je veux sentir sa peau, entendre ses gémissements, être enveloppé par son haleine. Je veux la goûter sur ma langue et...

– Je prends la pilule, maintenant, dit-elle entre deux baisers enflammés. Je l'ai commencée le premier jour de mes règles.

– Bordel de *merde.* Cette phrase est la perfection incarnée.

Elle rit, descend mon pantalon et je le retire avec mes chaussures. Je chancelle contre elle, la plaque un peu plus contre le mur.

– Je serai tendre tout à l'heure. (Je passe la main entre ses jambes, effleure son clitoris, incroyablement trempé. *Putain.*) Tout à l'heure, je prendrai mon temps, mais là, je...

– Tais-toi. Je *sais.*

Je la soulève, passe ses jambes autour de ma taille, elle se maintient ici en me regardant prendre ma queue dans ma main et glisser le gland contre son sexe. Juste un peu, encore et encore. *Putain.*

– Regarde...

Elle soupire.

– Je regarde.

Le léger mouvement de son corps quand j'entre et sors est une merveilleuse torture. Mes bras tremblent, je la désire tellement, mais elle confond la retenue et l'effort.

– Tu ne vas pas souvent à l'hôtel mais tu sais, le lit, ce n'est pas fait pour les chiens.

J'éclate de rire et l'y allonge sur le dos, la rejoignant tout de suite pour ne pas m'éloigner d'elle une seule seconde.

Elle appuie ses jambes sur mes hanches et m'attire contre elle, me guide en elle tellement lentement que je dois m'arrêter. Mes hanches rencontrent ses cuisses. Je pourrais jouir en une seconde.

Elle m'observe, droit dans les yeux. Nos visages sont assez proches pour que nous partagions nos respirations. Je lève le menton pour l'embrasser, c'est intense, mais je ne la quitte pas des yeux. Je n'ai jamais *ressenti* ça.

J'ai envie de le lui dire, mais ça semble tellement cliché. Le sentiment dépasse tellement les mots, comme *jamais jusque-là* et *avec personne d'autre*. Je lui dis :

– Tu es mon âme sœur.

– Ouais.

Elle hoche la tête. La sueur perle sur ses lèvres, son corps m'appelle plus fort, plus profondément. Je suis terrifié : si je me remets à bouger, je vais jouir.

Harlow se frotte à moi, me baise, et je reste immobile pour mieux me contrôler, mais c'est une bataille perdue d'avance. Ça ne va durer longtemps pour aucun de nous deux. Je bande tellement que je suis près d'exploser en elle. Elle est gonflée, brûlante, tellement trempée que je sais à la rougeur de sa poitrine qu'elle pourrait jouir en une minute.

Elle plante les talons dans le matelas et se cambre, je passe les mains sous ses épaules, plonge les doigts dans ses cheveux, blottis mon visage dans les mèches mouillées. Et puis, sous moi, couverte par moi, pleine de moi, Harlow bouge comme je n'ai jamais senti quelqu'un bouger. Elle enfonce les ongles dans mon cul pour m'empêcher de me mouvoir, se balance d'avant en arrière, m'agrippe si étroitement... Son sexe est trempé, c'est tellement bon. *Seigneur,* elle gémit dans mon cou, bouge, grogne, se frotte là où elle le désire, se resserre sur ma queue. Elle se fait jouir. Je suis enfoncé en elle, sa bouche appuyée contre mon oreille laisse échapper des mots entrecoupés.

– Tellement bon, halète-t-elle. Mon Dieu, c'est tellement bon.

Je suis au bord de l'orgasme. J'attends d'être sûr qu'elle jouisse avec ses petits gémissements excitants.

– Dépêche-toi.

Elle hoquette, gémit, me griffe plus profondément et, dans un soupir soulagé, elle jouit si fort qu'elle tremble dans mes bras. Mon plaisir est tel que je ne peux plus me retenir. Je la pénètre d'un coup, si fort que l'orgasme me submerge. Elle hurle dans mon cou.

Je n'ai pas envie que ce soit déjà fini, je n'ai pas envie de la laisser partir, mais elle pèse trente kilos de moins que moi, donc je roule sur le côté dans le lit.

– Tu sais à quel point les couvertures des hôtels sont sales, n'est-ce pas ?

Je ferme les yeux, plein d'une sensation délicieuse de chaleur et d'humidité.

– *Quoi ?*

– Les gens qui baisent dans les hôtels...

Je pose une main sur sa bouche.

– Chut...

Elle glousse, me lèche la main. Je reviens sur elle tout de suite, épingle ses bras au-dessus de sa tête et embrasse ses joues, son cou, ses seins. Le soulagement me frappe tout à coup comme si le vent soufflait sur le lit, me rafraîchissant les idées. Je suis ici, avec elle. Je n'ai peut-être pas sauvé mon entreprise comme je le voulais, mais nous ne perdrons pas nos bateaux. Ma vie va évoluer dans le bon sens, l'amour de ma vie est nue sous moi. Tout ira bien.

Mais quelque chose me tracasse encore. Nous n'en avons pas discuté.

– Comment va ta mère ?

Elle se fige en me lançant un regard qui signifie que ce n'est pas le meilleur moment pour poser la question.

– Désolé. Je ne pensais pas aux seins de ta mère en caressant les tiens. Je réfléchissais à mon soulagement, parce que tout va s'arranger, et puis j'ai pensé à ce que tu traversais. Nous n'en avons encore jamais parlé.

Harlow attire mon visage vers le sien et m'embrasse si profondément que je dois m'écarter pour respirer.

– J'apprécie que tu poses la question.

– Alors ?

– Habille-toi. Nous en parlerons devant une bière.

Elle se lève, je la suis dans la salle de bains, m'assieds sur les toilettes et lui caresse les jambes, pose la joue contre son nombril pendant qu'elle se met de la crème sur le visage et se fait un chignon. Elle sent aussi bon que tout à l'heure, un effluve de sueur et de sexe en plus.

– Tu penses que tu m'aimes, là tout de suite ? demande-t-elle.

– Oui.

Je caresse sa hanche puis laisse errer ma main entre ses cuisses. Elle frissonne, je la pénètre du doigt. Je l'embrasse sur le ventre en marmonnant :

– *Putain.* Putain. C'est sexy.

– Quoi ?

Je la regarde.

– Je sens mon sperme en toi.

Elle rit.

– Tu es un gros, gros cochon.

Mais elle ne s'éloigne pas. Elle ne peut pas dissimuler la rougeur de sa poitrine ni ses tétons dressés.

– J'aime ça.

J'aimerais voir mon sperme sur toi. Je ne le lui avoue pas encore. Peut-être parce que si j'exprime cette pensée, nous ne quitterons jamais la chambre.

Elle plonge les mains dans mes cheveux.

– Moi aussi, j'aime ça. J'aime toutes les choses que tu m'as fait découvrir.

Je ne sais pas si elle parle de sexe, de cordes ou d'autre chose – quelque chose de plus important. Elle fait un pas en arrière, attrape une serviette et la passe sous le filet d'eau.

– Mais ne te fais pas d'idées. On sort, ce soir.

IL FAUT CONDUIRE UNE DEMI-HEURE pour aller de son hôtel au bar de mon quartier, mais le temps file à une vitesse incroyable. Harlow vit avec sa mère exactement ce que j'ai traversé il y a vingt ans. À la différence près qu'elle a la maturité émotionnelle nécessaire pour le gérer bien mieux que moi, et que les traitements sont plus efficaces aujourd'hui. Ma mère a su qu'elle avait un cancer quand j'avais dix ans, j'oscillais entre la peur panique de la perdre et les responsabilités qui m'incombaient à cause de sa maladie : Levi avait quatre ans, à la mort de ma mère deux ans plus tard. Je me suis occupé de tout à la maison pendant les deux ans où mon père s'est enfermé dans le travail, seize heures par jour sur le bateau.

Si je pouvais revenir en arrière et tout recommencer, je ferais exactement comme Harlow. La voit-elle assez ou trop ? De quoi aura-t-elle besoin pendant la deuxième phase de la chimio ? Pendant combien de temps son père pourra-t-il tenir en la soignant tout seul ? Je sens au tremblement de sa voix qu'elle a besoin de me l'entendre dire.

– Tu fais tout comme il faut, Gin'. Si je pouvais revenir en arrière, je prendrais exemple sur toi.

Elle tourne la tête vers moi.

– Vraiment ?

– Vraiment.

– J'ai peur que son état empire.

Je me gare sur le petit parking de Dockside et coupe le contact.

– Ce sera probablement le cas pendant un moment. Mais tu ne seras pas toute seule. (Je le répète.) Je sais que j'ai déconné en partant sur un coup de tête. Mais... tu me fais confiance ?

Harlow m'embrasse sur la bouche.

– Oui.

Pour un mardi soir, le bar est animé. Sûrement parce que le temps est magnifique. Quand il fait aussi bon en octobre, les gens ont envie de boire un verre pour fêter leur bonne journée de pêche.

Nous entrons dans Dockside, tout le monde me crie des félicitations pour l'émission. Putain, je n'avais pas pensé à ça ! J'étais tellement préoccupé par Harlow que je n'avais pas réalisé que personne ici ne me regarderait plus de la même façon. Je me dirige vers le bar avec elle en faisant comme si je ne remarquais pas que toutes les têtes se tournent sur son passage.

Le barman pose la question qui obsède tout le monde : il a un an de plus que moi, il a fait Harvard, mais il est revenu vivre ici parce que c'est le plus bel endroit du monde.

– Finn, qui est ton invitée ?

– Harlow, répond-elle sans me laisser le temps d'ouvrir la bouche.

– Tu es la sœur cachée de Finn ? demande Kenyon, à l'autre bout du bar. Dis oui, s'il te plaît.

Harlow grimace comme pour s'excuser.

– Je suis la fiancée envoyée par la poste. Il m'a dit qu'il avait un château. C'est vrai ?

– Désolé, ma chérie, réplique Kenyon en riant. Juste une émission de télé glamour et beaucoup de groupies.

– Des groupies ? lance-t-elle en me regardant.

Je commande deux bières et des cacahouètes.

– Allez, viens.

Je la pousse vers l'extrémité du bar sur deux tabourets libres, où nous pourrons parler tranquillement.

– Tu as déjà des groupies ?

– Kenyon adore remuer la merde.

– Parce que tu *as* des groupies ?

Je lui raconte en riant :

– Quelques filles sont venues sur le port aujourd'hui après l'annonce officielle.

– Tu veux dire, les filles qui viennent ici pour jouer aux fléchettes et te regarder avec les yeux de l'amour ?

Elle désigne du menton un groupe de filles. Je bois une gorgée de bière et regarde rapidement. Une demi-douzaine d'étudiantes nous dévisagent.

– Ouais, ce sont elles.

– Elles ont lu entre les lignes de l'article de *Variety*. Il doit y avoir plus de monde dans ce bar qu'à l'ordinaire. Cette *ville* va devenir très courue. Toutes ces filles doivent déjà être en train de « twitter » que tu es ici.

Je n'aurais jamais pensé que cette émission pourrait en aider d'autres que nous. Mais je ne parviens à me concentrer sur rien, à cause de l'intensité de son regard. Je l'examine en buvant ma bière.

– Tu es jalouse ?

Elle éclate de rire.

– Non. Tu as joui en deux minutes il y a moins d'une heure. Mon emprise sur toi est intacte.

– Oh que oui ! Je t'aime, putain.

Elle s'appuie sur le bar et me dévisage.

– Maintenant, on se fait des tatouages assortis.

– Ouais ?

– Ouais. Sirènes ou crânes. Tu choisis.

– Sirènes ?

– Ouais. Ton gros trident intriguera toutes les filles. Parfait pour entamer la conversation.

Je me gratte la joue en fixant ses lèvres parfaites. Les seules marques sur sa peau viendront de moi.

– Je ne crois pas, non.

– Ou alors, une ancre.

Je manque m'étouffer.

– Jamais je ne me ferai tatouer une *ancre !*

Elle se tait mais sourit. Je me penche pour l'embrasser.

– Tu me rends heureuse.

Putain. Cette fille.

– Tu me rends heureux, toi aussi.

Elle plisse les yeux et se redresse.

– Aucune autre fille n'a intérêt à t'embrasser pendant l'émission. Tu as le droit de draguer. Mais tu devras être si nul que tu feras mourir de rire les téléspectateurs. Ensuite, tu t'échapperas pour me voir et tu me couvriras les cuisses de marques de morsure.

Je cligne des yeux.

– Harlow, je t'ai dit que je n'avais pas signé cette clause. Je ne draguerai personne pendant l'émission.

Je l'embrasse encore. J'en meurs d'envie, je veux sentir ses cuisses soyeuses sous mes dents, voir les marques sur sa peau délicate. Je regarde ailleurs pour me calmer.

– Tu ne seras pas obligé ?

– Ils sont contents d'avoir signé. Je ne pense pas que Matt ou Giles tiendront absolument à ce que je reste célibataire. Ils se concentrent sur le professionnel en ce qui me concerne et réservent la romance pour Colt et Levi.

– Ouais, je peux comprendre.

Je grogne.

– *Harlow.*

Elle sourit en se léchant les lèvres.

– Tu veux dire qu'on ne sera pas obligés de se cacher ?

Je secoue la tête.

– Suis-je totalement fou ? Je vais finir par figurer sur la liste des célébrités de pacotille pour l'émission de télé *Survivors* à quarante ans.

– Oh, ça va, ce sera l'année prochaine. Ce n'est pas un contrat de deux ans ?

– Ah ah !

– Au moins, tu auras une épouse sexy.

– Épouse ?

Mon cœur bat beaucoup trop fort. Elle lit dans mes pensées les plus profondes, elle sait que je ne rêve que d'une chose : partager un lit, une maison, une vie avec elle.

– Ouais.

– Tu as déjà été mon épouse, tu te souviens ? (Malgré tout ce qui s'est passé à Vegas, il y a peu de choses que je prenne au sérieux comme la famille. Je descends de mon tabouret, elle m'attire entre ses jambes.) Donc tu me demandes en mariage pour de bon cette fois ?

– C'était écrit. (Elle appuie le menton sur ma poitrine et me regarde d'un air énamouré.) Je veux des enfants.

Je l'embrasse sur le sommet du nez.

– Moi aussi. Mais pas tout de suite.

– Trois.

Je secoue la tête.

– Deux.

– Alors, ils ont intérêt à être les deux plus beaux enfants du monde. On devrait commencer à s'entraîner.

– La nuit.

– Le jour.

J'acquiesce.

– Comme à Vegas ?

Elle regarde ma montre.

– Je n'ai rien à faire jusqu'à dix heures demain.

– Je ne suis pas obligé de travailler demain.

Harlow pose un billet de vingt dollars sur le bar.

– Alors vite, beau gosse ! Le temps presse.

Remerciements

Nos remerciements vont, comme toujours, à notre merveilleux agent, Holly Root, à notre éditeur Adam Wilson (qui ne sait toujours pas dans quoi il s'est embarqué), à l'équipe infatigable et créative de Gallery Books, à nos inestimables pré-lectrices de toujours, Erin et Tony, à nos merveilleux lecteurs, aux blogueurs qui nous soutiennent et font notre promotion, à nos maris et à nos enfants pour leur enthousiasme constant et leur patience.

Juste après le début de l'écriture de ce livre, le père de Lauren et Erin est décédé. Il avait combattu pendant plus de dix ans la maladie. Parce que Christina et moi sommes plus que des co-auteurs – nous sommes meilleures amies –, cette perte nous a profondément affectées toutes les deux, et nous avons été incapables d'écrire pendant plusieurs semaines. Je m'approprie ces remerciements pour remercier Christina d'avoir été aussi présente et dévouée. Tu dépasses tout ce que je pouvais imaginer ; la générosité de ton caractère m'émerveillera toujours.

La dernière fois que j'ai parlé à mon père, il m'a dit qu'il ne m'avais jamais vue aussi épanouie et qu'il était fier de moi parce qu'en devenant écrivain, j'avais réalisé mon rêve. Ça m'a profondément touchée. Pour mon père – professeur, psychologue, épidémiologiste –, le fait que nous n'écrivions pas de la littérature pompeuse ou des romans visant une quelconque sorte de révélation culturelle n'avait aucune importance. Il appréciait de me voir si heureuse. En retour, je lui étais reconnaissante de comprendre le plaisir que je prends à écrire des histoires amusantes, à faire sourire les lecteurs et à les aider à s'évader de leurs angoisses quotidiennes le temps de quelques pages.

En 1992, peu avant mon départ de la maison, mon père m'a écrit une lettre pendant l'été que je passais à Yosemite. Je la cite :

J'ai adoré te parler au téléphone hier soir – je commence véritablement à apprécier, à chérir ces moments où je me rends compte que j'ai une relation exclusive avec toi. Tu me connais mieux que moi-même. C'est seulement avec toi (ou avec Erin, même si c'est différent) que je deviens cette nouvelle personne, connue sous le nom du père de Lauren. Parfois, le père de Lauren existe moins que Dr Billings ou le mari de Marcia. Malgré tout, je suis toujours ravi de réaliser que « le père de Lauren » est une personne réelle que tu connais, que tu devines et que tu aimes la plupart du temps.

« La plupart du temps », c'est un euphémisme, bien sûr. Donc merci, papa, d'être si merveilleux que je n'aie pas eu à plonger dans les profondeurs de mon imagination pour décrire la relation père-fille entre Alexander et Harlow Vega, pleine d'amour, de soutien, de loyauté. Tu nous manques.

Lauren

À PROPOS DES AUTEURS

Christina Lauren est le nom de plume d'un duo d'écrivains, de meilleures amies, d'âmes sœurs – de jumelles de toujours ! Christina Hobbs et Lauren Billings sont les auteurs de *Beautiful Bastard* et de la série *Beautiful*, en tête des listes de best-sellers du *New York Times*, de *USA Today* et à travers le monde. Dans la plupart de leurs romans, aussi romantiques qu'empreints d'une sensualité torride, on s'embrasse. On s'embrasse beaucoup. On les retrouve sur le web – christinalaurenbooks.com – ou sur Twitter – @seeCwrite et @lolashoes –, et sur Facebook : www.facebook.com/HugoNewRomance.

La série Wild Seasons continue en 2015 avec
Dark Wild Night

Mais, tout d'abord, retour à la série Beautiful avec
Beautiful Beloved
février 2015
Et
Beautiful Secret
avril 2015

Où se retrouvent tous les personnages de
Beautiful Bastard,
Beautiful Stranger,
Beautiful Player...
et un personnage de Wild Seasons

AFTER
∞
"LE PHÉNOMÈNE LITTÉRAIRE
DE SA GÉNÉRATION."
ENFIN DISPONIBLE EN FRANCE
AFTER
AFTER
ANNA TODD
SAISON 1
AFTER
ANNA TODD
AFTER
AFTER
AFTER
ANNA TODD
Hugo+Roman
AVRIL 2015
SAISON 4
MAI 2015
SAISON 5

K.A. TUCKER

Nouvelle série : Ten Tiny Breath

RESPIRE - TOME 1
FÉVRIER 2015

MENTIR - TOME 2
AVRIL 2015

SAISIR - TOME 3
JUIN 2015

Hugo Roman

ROMANS À PARAÎTRE
DANS LA COLLECTION
HUGO NEW ROMANCE

De Maya Banks
Série Slow Burn : *Keep me safe*
août 2015

De Laurelin Paige
Série You : *Fixed on you*
septembre 2015

De Jay Crownover
Série Marked Men : *Rule*
octobre 2015

De Kay Bromberg
Série Driven
octobre 2015

De Colleen Hoover
Ugly Love
novembre 2015

Hugo Roman

Romans parus et à paraître
dans la collection « Hugo New Romance »

Du même auteur, Christina Lauren :
The Beautiful Series
Beautiful Bastard
Beautiful Stranger
Beautiful Bitch
Beautiful Sex Bomb
Beautiful Player
Beautiful Beginning
Beautiful Beloved
Beautiful Secret

Série Wild Seasons
Wild Seasons - tome 1 *Sweet Filthy Boy*
Wild Seasons - tome 2 *Dirty Rowdy Thing* : mai 2015
Wild Seasons - tome 3 *Dark Wild Night* : octobre 2015
Wild Seasons - tome 4 *Wicked Sexy Liar* : 2016

De Anna Todd :
After - saison 1 : janvier 2015
After we collided - saison 2 : février 2015
After we fell - saison 3 : mars 2015
After ever happy - saison 4 : avril 2015
After - saison 5 : mai 2015

De Lexi Ryan :
Unbreak Me - tome 1
Unbreak Me - tome 2, *Si seulement...*
Unbreak Me - tome 3, *Rêves volés*

De Emma Chase :
Love Game - tome 1 [*Tangled*]
Love Game - tome 2 [*Twisted*]

Love Game - tome 3 [*Tamed*] : janvier 2015
Love Game - tome 4 [*Holy Frigging Matrimony*] : avril 2015

De C.S. Stephens :
Thoughtless - tome 1 *Indécise*
Thoughtless - tome 2 *Insatiable*
Thoughtless - tome 3 *Intrépide*

De Katy Evans :
Fight for Love - tome 1 *Real*
Fight for Love - tome 2 *Mine* : janvier 2015
Fight for Love - tome 3 *Remy* : mars 2015
Fight for Love - tome 4 *Rogue* : mai 2015
Fight for Love - tome 5 *Ripped* : juillet 2015

De Maya Banks :
Slow Burn - 3 tomes : mai, août, novembre 2015

De Laura Trompette :
Ladies' Taste - 3 tomes : avril, juillet, septembre 2015

De Jay Crownover :
Marked Men - 2 tomes : août, octobre 2015

De Laurelin Paige :
Fixed - 2 tomes : septembre, novembre 2015

De Kay Bromberg :
Driven - 2 tomes : octobre, novembre 2015

De Colleen Hoover :
Maybe Someday : 2015
Ugly Love : 2015

Retrouvez l'univers Aubade :
www.aubade.fr

Retrouvez toute l'actualité de la série *Wild Seasons*
de Christina Lauren, et des autres titres de la collection
« New Romance », sur notre page Facebook :
www.facebook.com/HugoNewRomance
www.hugoetcie.fr